孤身在红尘

南山　著

北方文艺出版社
·哈尔滨·

图书在版编目（ＣＩＰ）数据

孤身在红尘 / 南山著 . —— 哈尔滨：北方文艺出版社，
2023.7

ISBN 978-7-5317-5926-3

Ⅰ . ①孤⋯ Ⅱ . ①南⋯ Ⅲ . ①长篇小说 – 中国 – 当代
Ⅳ . ① I247.5

中国国家版本馆 CIP 数据核字 (2023) 第 081686 号

孤 身 在 红 尘
GU SHEN ZAI HONG CHEN

作　　者 / 南　山
责任编辑 / 滕　蕾　　　　　　　　装帧设计 / 谭　子

出版发行 / 北方文艺出版社　　　　邮　　编 / 150008
发行电话 / (0451) 86825533　　　经　　销 / 新华书店
地　　址 / 哈尔滨市南岗区宣庆小区 1 号楼　　网　　址 / www.bfwy.com

印　　刷 / 湖北金港彩印有限公司　　开　　本 / 880×1230　1/32
字　　数 / 157 千　　　　　　　　　印　　张 / 10.5
版　　次 / 2023 年 7 月第 1 版　　　印　　次 / 2023 年 7 月第 1 次印刷

书　　号 / ISBN 978-7-5317-5926-3　　定　　价 / 68.00 元

一

从物理温度上看，其实这个冬天不太冷。有一段时间白天最高气温都在零上十度呢。但是给林树的感觉却是非常冷，尤其是膝盖部位，总感觉有嗖嗖的寒风从骨缝里穿过，让他的膝盖变得僵硬、疏脆，好像轻轻一碰就会变成粉末。每次从地铁出来，他都喜欢走楼梯而不是自动扶梯，借以锻炼身体。以往他都是一步迈两三级台阶，而且很轻松，完全不像他这个年纪的人应该有的活力。但最近他明显感觉膝盖部位没那么灵活了，像一个缺了润滑油的轴承，时不时地嘎嘣响，只走了几个台阶就酸胀得厉害。是不是老寒腿了？要不要搞一条秋裤穿穿？

林树觉得自己突然就老了，毫无征兆地。不是生理年龄有多大，而是心理一下子就颓了。

另一处给林树带来冷感的是他住的地方。他在目前租的房子里住了快三年，各方面都还可以，就是要自取暖。他曾做过试验，暖气炉一晚最少要烧掉六到八个煤气，大概要十五元，一个月就要近五百元。如果白天也取暖，这个金额就要翻两番。按三个月取暖期计算，取暖费够一个月的房租了。一想到这笔钱，他会立刻切换到另一种心态：自己还年轻，火力壮，靠自身的阳气足以对抗一整个冬天。所以前两年的冬天他一直都没有取暖，也比较轻松地过冬了。但是今年他在房间里感觉异常的冷，好像身上的每个毛孔都在漏风。晚上他在沙发上看书，都要拿一条薄被盖上腿；晚上睡觉，也要把这条薄被压在另一条厚被子上才感觉暖和一点。

是房间里比往年更冷，还是自己的火力没那么壮了？他有些困惑。

不仅如此，最近疯涨的菜价也让林树压力倍增，心生寒意。他在吃的方面算是比较"朴素"的了，一般只买一些常见菜，而且就固定那几样。西红柿、白菜、胡萝卜、圆葱什么的，基本都是菜市场里最便宜的品种。最近绿叶菜的价格高得离谱，动不动就七八元一斤，经常吃的西红柿都快九元一斤了，还让不让人活了？他感到生活窘迫，现金流有枯竭的风险，便果断把西红柿从自己的采购清单里划掉，改成了一元多一斤的白萝卜。因为"冬吃萝卜夏吃姜，不劳医生开药方"嘛，对身体有好处。

多年来的单身生活，让林树积累了不少这种省钱小智慧。同时他也在积极寻找新的省钱之道，比如某个电商平台，简直是自己的快乐星球啊。水果、蔬菜、日常用品，只要他需要的，都能在上面买到，而且是以极其便宜的价格，他也从路人变成了该电商的死忠粉。质量嘛，也都过得去。已经那么便宜了，还想要多好的质量呢？也给商家留条活路吧，大家都不容易。

所以即使被朋友调侃为消费降级，林树还是觉得：

真好!

不过这真的是他来这座城市二十多年最冷的一个冬天，简直像个冰窖。

二

其实让林树真正觉得冷的，还不止这些。

"双减"政策的"靴子"落地以来，林树所在的教育培训机构已陆续裁员近90%。他是在第三批被裁的，虽然相比第一批同事多领了两个月的薪水，但因为他是今年刚刚入职这家机构的，所以按照 N+1 的原则，他拿到的补偿金少得可怜。如果没有从服务了六年多的上一家机构跳槽到这里，他还能拿到稍微可观一些的补偿金。可谁又能预测到"双减"这只黑天鹅呢？人算不如天算，都是命。

失业猛于虎。本来还是一个颇有知名度的教育培训机构的中坚，行业里的名师，一夜之间就成了无业游民，这个落差可能比经济上的损失让他更难以接受。可又能怎样呢？这是行业巨变，螳臂又怎么去挡车呢？人到中年，还有多少力气去和自身以外的事情抗争呢？对自己前途的悲观，让林树像是被困在北极圈的荒野，从内到外，除了冷还是冷。

不过失落也罢、不甘也罢、气愤也罢，都解决不了任何问题。还是先管理好自己的情绪吧，想想接下来的日子怎么过。

三

他给自己两周的调整时间，去思考接下来的求职方向。这么多年他的职业生涯基本都在K12（基础教育）领域，借着"内卷"红利，整个行业都过得还不错。有多家上市公司，也诞生过很多融资纪录，稍微有点名气的老师都是家长群体里的红人、行业的香饽饽。每年的收入七七八八加在一起，谦虚地说比上不足比下有余。

但日子舒服，也像温水煮青蛙。当新政来临，林树才意识到，除了讲课，自己一无所长。现在全行业萧条，即使自己的经验再丰富、教学成绩再好，也是英雄无用武之地了。改行，别的都不会做；不改行，本行已经不存在了。他忽然意识到自己处于一片绝境之地。

两周时间根本理不出个头绪。他在想，除了教学讲课，自己身上的哪些能力可以用来换成钱。他必须接受的一个现实是，自己很有可能无法像以前一样，到一家机构做个打工人，而很有可能成为一个"自由职业人"。虽然内心少了很多安全感，但两种方式的本质是一样的，都是出卖自己的时间和能力，去换取对应的报酬。后者说不定更灵活、更自由一些呢。想想自己在四十多岁的年纪，遇到这样的"年景"，真是有些欲哭无泪。

四

从九月底至今，林树已经失业三个多月了，但他几乎没有把这件事告诉任何人，包括在老家的家人。有什么可说的呢？告诉朋友吗？他们真的关心你是否被辞退、是否有工作、是否过得好吗？即使关心，也帮不上什么忙吧？可能还要为自己担心，那何必给他们添麻烦呢？况且自己本来朋友就不多。告诉家人吗？就更没必要了，父母年纪大了，会比自己更焦虑，万一再有个好歹的，更犯不上了。再说，这么多年遇到的所有事不都是自己一个人扛过来的吗？没事，车到山前必有路——以前遇到难关时，林树就是这么开导自己的。

所以他每周和父母通电话时，表现得一切正常，语调轻快，还偶尔开一下玩笑。身在农村的父母也关心不到"双减"这样的大事。他们最关心的就是林树有没有按时吃饭和睡觉，身体有没有毛病，顺便催一下婚。在应对父母这方面，林树早就轻车熟路了，汇报一下最近的食谱、工作成绩，以及自己编撰的相亲故事，父母就很放心了。在他们的思维里，应该从没想到过林树会失业，因为每月都能收到林树给他们的汇款，从未间断。

虽然还没有确定的求职方向，但他还是快速地把简历放到了网上。他的简历非常简单，毕业至今近二十年，只服务过三家机构，还都在同一个行业。各种证书、获得的奖项，也清清楚楚，还算有些成绩。就看有没有老板能发现自己了。

说实话，林树对该如何求职这件事已经非常陌生了，自己仅有的两次跳槽，一次是熟人主动牵线促成的，一次是对方挖的自己，都不是自己主动的。所以这次他感觉很被动，加上对自己中年竞争力的不自信，所以在求职这件事上他表现得有些消极，迟迟没有进展。

五

十一月的时候，林树在微信朋友圈看到一个做支教助学的公益机构在招募志愿者去一些边远地区核实受助对象的信息，费用全部自理，时间三到七天不等。林树看了一下，其中广西和贵州的路线他还是挺想去的，因为他自己也曾支教过，对助学类公益活动特别感同身受。而广西和贵州这种多民族地区的教育情况一直是他特别想了解的。他也以志愿者的身份参与过多个公益项目，有一定的经验，所以看到这条信息的那一刻，他心里真是有些跃跃欲试。难得的是自己现在有大把的时间可以支配，如果在职就根本没有可能了。

但他最终放弃了，费用是一方面，机票、食宿等加起来至少也要几千块，这个时候不适合产生这种大笔的开销；另一方面是担心在出行期间如果有面试机会，错过了就可惜了。以后有机会再去吧。

六

在省钱这件事上，不能开源，就要想办法节流了。林树还真是大刀阔斧、杀伐果决。一方面，砍掉一切非生活必需品，比如以前隔三岔五就会消费的咖啡、话剧等；换季的衣服也不添了，也没什么场合可以穿，就算了；不得不买的生活必需品，也是货比三家，挑最便宜的买，能用就行。最极端的表现是，以前对于某个电商平台商家鼓励消费者"晒照片＋评论"后给予返现的事，他都是不屑一顾的。现在，他每单都去"晒照片＋评论"，为了获得那 1 元或 2 元的"奖励"，蚊子腿也是肉嘛，谁和钱有仇呢？

另外他能做的就是，把一日三餐改成了一日两餐。对此他找到了一个非常冠冕堂皇的理由：减重。两个多月下来，效果显著，体重到了大学毕业后的最低值六十五公斤，以他近一米八的身高，在四十岁这个年纪，真是难得的不油腻。

他甚至发现了一个让他觉得非常有效的省钱之道，就是临期食品。比如牛奶、面包等，往往会比保质期更长的同种物品便宜 20%—50%，简直是天上掉馅饼的感觉。他甚至觉得按照这个消费方式，即使失业再久一点他都能撑下去。

各种消费欲望被他压制得直冒烟，生活一下子了无生趣。每次在甜点店橱窗外咽口水的时候，他一边可怜自己，一边鄙视自己，然后转头走开，回家去煮面条吃……

七

实在郁闷得不行，林树也会借酒浇愁。不过不是去酒吧，只是买几罐啤酒在住处自斟自饮。为了省钱，他甚至连花生米、鸭脖子之类的下酒菜都免了。啤酒品牌也从国外的换成了国内的，而且直接跳过了青岛，换成雪花或者哈啤这种价格更有优势的品牌。本来喝酒就不应该，如果还为此多花钱了，就更不应该了。

那段时间，他觉得酒真是个好东西。每次喝酒，就像有了一个可以说话的人，即使他一句话也没说，但恍惚间会觉得有个人在听，很认真地听，且不会笑话他目前的不堪，会接纳他所有的情绪，会允许他毫不掩饰的脆弱，会默不作声地拍拍他的肩膀拥抱他。他最受不了的就是这种拥抱，不是因为不好意思，是因为长这么大很少有人这么拥抱他，让他这么有安全感，尤其在这个漂泊多年、举目无亲的城市。这一抱，会让他醉三天，醉得他的心里就像一座孤城……

当孤独的情绪渐渐累积，就会像决堤的河水，倾泻而下。林树习惯用文字来承载这些情绪，他为此写了一首诗《如酒》。

（一）

如细雨和风

如皓月当空

轻抚我　在你怀中

不用说多痛

我的心事　你都懂

用沉默和我交流

用倾听伴我春秋

无论午夜白昼喜悦心忧

挺身出　在我需要的时候

不在左右　也温柔

哪怕严冬　有温度

你说　没有起伏不是路

勇敢走　每一步都算数

沉静如你　也汹涌

你的胸怀容我肆意西东

让我醉　也让我醒

你的缠绵许我一世钟情

孤独且孤独

余生共余生

风起青萍

是你思念的剪影

（二）

如烈焰如冰

如利刃刀锋

疼惜我　在你心中

不用哭出声

我的情绪　你纵容

最知心的老朋友

护我高光或鬼丑

兵荒马乱　你也不弃如故

从无所求　从青丝到白头

牵我的手　不辜负

再多不堪　有风度

你说　冷暖沉浮去享受
不用在乎　你心中甘苦

沉静如你　也汹涌
你的胸怀容我肆意西东
让我醉　也让我醒
你的缠绵许我一世钟情

孤独且孤独
余生共余生
水流云走
是你无言的相守

（三）
纵然万千滋味入喉
难解千愁
我们彼此拥有　始终
没有尽头

纵然时光折叠匆匆
一切成空
我们彼此拥有　始终
没有尽头

八

时间久了，林树觉得情况实在不容乐观。四十多岁，虽然有很多工作经验，但在职场上，经验不是一切，并不能给他带来多少竞争优势，反而可能会是一个劣势和局限，而且，职场上的年龄歧视越来越严重。很多招聘条件很明确的要求年龄在三十五岁以下。过了三十五的人就像犯了什么错一样，低人一等。

另外，经济大环境不是很友好，一个直接影响就是用人需求的减少。所以近来职场"地震"不断，经常有互联网大厂裁员的消息，很多曾经的"金饭碗"一夜之间就成了"泥饭碗"，说碎就碎。现在林树就要和这些新的"待业人"一起竞争这些稀缺的工作机会了。

有时他甚至很羡慕那些商场卫生间的清洁工人。再怎么说，人家也是有工作的。有工作意味着有收入，意味着被需要，意味着能够创造价值。虽然工作比较累，没那么体面。但哪个工作不累呢？体面有那么重要吗？没有工作意味着你在一个正常的社会体系之外，意味着你是一个边缘人，意味着你会活得非常没有底气。哪怕你是一个有能力，甚至能力很强的人，但在能力没有变现之前，你就是没有价值的。

本来他以为在年底前能搞定工作的事，现在看来有些乐观了，乐观得有些盲目。他低估了现在的就业形势。那最坏的情况会是什么呢？去做兼职？去做体力活儿？比如超市的理货员？快餐店的小时工？外卖骑手？家政公司的保洁员？可问题是，即使有这样的工作机会，自己就一定能争取到吗？在这些岗位面前，自己的优势又是什么呢？如果面试通过了，自己真的会去吗？我能接受自己做这样的工作吗？如果不接受，这个年怎么过呢？

林树没有答案，但他又想喝酒了……"让我醉，也让我醒，你的缠绵许我一世钟情"，林树情不自禁地哼起了自己写的诗，只是这曲调听起来像一阵呜咽的秋风，萧瑟、喑哑……

九

睡到下午三点多，肚子饿得咕咕叫，林树睁开眼睛后的第一个动作就是伸手摸起放在枕边的手机。竟然有个未接电话，还是个固定电话的号码，大概是诈骗电话吧？他已经记不得上次有人给他打电话是什么时候了。他坐起来，披上外套，把电话拨了过去——万一是通知我面试的呢？

"你好，我这边是昭阳打工子弟学校，正在招一位有经验的数学老师，不知您是否有兴趣见面聊聊？如果有兴趣，我们这边比较着急，您今天下午时间可以吗？"

林树甚至没有听清楚学校的名字，就忙不迭地说："有兴趣，可以可以。"他扯开被子下床，穿好衣服，简单洗漱，出门了……

十

不知道投了多少份简历出去，但这是林树的第一个面试机会。春节临近，他实在不想以失业的状态去过年。为此，他愿意调整预期，包括对岗位、薪水的要求等，目的只有一个，就是在春节前能够重新上岗。

十一

元旦小长假已经盼了好久了。按照计划，文岚这会儿应该在洱海边晒太阳，或者在长白山滑雪。但突如其来的肠胃炎让所有计划都泡汤了。

实在是流年不利，文岚心里想。就在今年，忽然有好多人带着各种千奇百怪的事涌进她的生命里，推推搡搡，就像一场战争开始前抢占有利地形一样，让她的心理和生活都被挤得严重变形，错乱不堪。

先是年初的时候，学校的一个大三男生服用安眠药自杀未遂，把看似与之毫无关联的文岚一下子推到了风口浪尖。原因在于，这个男生自杀的原因是他暗恋给他们上课的文岚老师多时，鼓足勇气表白后没有得到任何回应，反倒招来各方的一片调侃、嘲讽，甚至警告。他感到严重受挫，人生无所寄托，于是选择了极端。

人们最擅于从他人的苦难中寻找乐趣了。本来表白的过程只是该男生给文岚发了一条微信，表达了自己对文岚的喜爱和崇拜，希望不仅仅是师生……且没有收到文岚的任何回复。但不知怎么就被别人知道了，并且被虚构了很多狗血的情节，就好像不狗血就不足以满足大家好奇心的需求，大家太饥渴、太需要一场狂欢了吗？

她先是被学校领导约谈，暂停工作，甚至还惊动了上级主管部门，派来了调查组。其中一个原因是这位男生是当地一位知名企业家的儿子。此事一出，引起了企业家夫妻的极大情绪和剧烈反应，要求学校和主管部门一定要深刻调查，严惩文岚，甚至扬言要她一命换一命。

而文岚，明明什么都没做，却全是错……

十二

一个清白的人，要自证清白。就如同你要证明你是你一样，像个死循环。等到这件事有了了断，已经是三个月之后了。这三个月期间经历的事足以写成一部小说了，还是分上中下册那种，甚至拍成电视剧也完全有可能。只是文岚再也不想提及，恨不得想去做一个记忆剪切手术，把这段经历从大脑中彻底移除。她甚至怀疑自己当初怀揣国外名校博士学位、放弃更好的机会来到这个南方小城一所三本高校工作，是不是真的如妈妈所说的"脑子坏掉了"。

十年前，文岚带着国外名校博士学位回到国内。因为她读博期间发表过多篇高质量论文，在还没毕业的时候就有多所国内知名高校向她伸出了橄榄枝，并承诺在科研、晋升、安家等方面给予诸多优厚条件。

在亲朋好友的欢迎声中，文岚没有选择任何一所名校，而是非常果决地、令众人大跌眼镜地选择了这所位于南方一座小城的普通高校。大家以为文岚贪图校方给她的大房子和百万级安家费，而他们不知道的是文岚当时的满心伤痕。

在国外读博期间，文岚在一个聚会上认识了一位来自以色列的犹太小伙子，对方也在同一所学校读博，只是专业不同。小伙子叫雅各布，高高的个子、健硕的身材，阳光亲和、渊博幽默。听朋友说，他在专业领域非常有造诣，年纪轻轻就已经有不少研究成果，他的导师非常看好他。

文岚从未想过她会和一个犹太人之间有什么交集，更没有想过会交一个犹太男朋友。然而命运就是这么神奇，雅各布对来自中国的文岚非常着迷。在他眼里，文岚就像一朵莲花，清雅脱俗、含蓄知性，有一种古典的东方美。经过长达三年锲而不舍的追求，雅各布终于抱得美人归。恋爱过程虽然没有轰轰烈烈，但非常甜蜜。文岚甚至后悔当初为什么没有早点答应雅各布的追求。

但就在他们沉浸在对未来的美好憧憬甚至谈婚论嫁的时候，雅各布的父母表达了一个意见，让这段关系瞬间进入了冰点，那就是他们希望雅各布的另一半也是犹太人，并且能和雅各布一起回到以色列生活，因为他们家族的根和灵魂都在那里。

这不是意见，这是一把利剑，可以斩断文岚和雅各布之间坚如金刚石般关系的剑。文岚不是犹太人，最有可能满足的条件是去以色列生活，但这也不在她的规划范围内。况且她是独生女，不可能离开父母远嫁异国他乡。

雅各布父母的意见有多坚决，文岚和雅各布的分手就有多撕心裂肺。而雅各布不知道的是，他们分手的时候文岚已经怀孕了。

十三

文岚也不知道。

等她发现的时候，她已经回国了。分手的痛感一度让她严重抑郁，新生命的到来让她不得不打起精神。她需要一个

17

没有人认识她的环境，一方面疗伤，一方面准备迎接宝宝的到来。至于是不是大城市、名校，都无所谓了。恰好这所地处南方小城的高校在重金礼聘人才。千年历史，人文气息浓厚，陌生又安静，经济也比较发达，非常适合生活。加上校方给的"聘礼"也比较优厚，能够保障她和孩子的生活，文岚就义无反顾地选择了这里。而父母的反对，她已经完全顾不上了。

可惜孩子还是没保住，医生说文岚的抑郁状态对孩子的生长很不利。文岚再度陷入巨大的悲痛，她觉得是自己"杀"了那个孩子……

十四

即使能离开，文岚又能去哪呢？父母已经去世快五年了，老家的亲戚这些年也基本没了来往。尽管她已经从十多年前那段感情中走出来了，但再没有任何人走进她的感情世界。她把心门关上了，想打开，可能需要一句神奇的咒语才行。

她把自己活成了一个世界，看似在世界里，其实是平行于这个世界。如果孤独有轮廓，那一定是文岚与这个世界相交的形状。

十五

人或者动物，如果一直处于同一种状态，会感觉不到这种状态的存在。比如温水里的青蛙会觉得水是温的吗？比如因纽特人会觉得北极是冷的吗？一直不过生日的文岚会想要过个生日吗？

她需要的不是蛋糕，不是礼物，不是庆祝，她需要一个仪式感。她需要郑重地告别2021，也需要郑重地进入2022。她隐约觉得这个生日会是她人生的一个分界。她没有和任何人说，只是想给自己准备一个最爱的抹茶蛋糕和一瓶红酒，她想要一次微醺……

十六

在去公交站的路上，林树接到一个电话。

"在家吗？我出来办事，一会儿路过你家，给你带了点东西。"

从对方不急不慌、慢慢悠悠的语态和憨憨的嗓音就知道是青格乐——林树大学同寝室的同学。

"又给我带好东西啦？我正在去面试的路上，要不改天我去找你拿？"林树说。

"去哪里面试？我送你过去不就行了吗，你现在在哪儿，把定位发我，我去接你。"没等林树答应，青格乐就挂断了电话，根本不给林树拒绝的机会。

林树知道无法拒绝，乖乖地发了定位给青格乐，然后在原地等他。不到十分钟，青格乐就到了。"上车。"青格乐摇下车窗对林树说。看着瑟瑟发抖的林树，还没等他坐稳，青格乐就从后座拽过来一个鼓鼓的纸袋塞到林树怀里，说："把这个换上，三九天了还穿这么少。都四十岁的人了，还不会照顾自己，让我说你什么好呢。面试地点是哪？"

"南山路210号，好像挺偏挺远的。"林树说，同时疑惑地看着包裹，想知道里面是什么，"这鼓鼓囊囊的，是什么呀？"

"没事，咱不是有导航嘛，一定安全准时把你送到。你赶紧把它换上，冻得哆哆嗦嗦的，一会儿怎么面试啊？"说着青格乐一边设置导航一边启动了车子。

原来是一件羽绒服，林树翻来覆去看了好几遍，是新的。又看了看青格乐，发现和他身上穿的是同款，颜色一样，只是尺码不同，很厚实，但又轻又软，应该很保暖。

"不是专门给你买的，我先买了一件，尺码选小了，退货又麻烦，就直接又买了一件大的。这件小的你帮我穿吧，质量还不错，穿着也挺舒服的，关键是很暖和。别嫌弃啊。"青格乐看林树有些疑惑，向他解释着。

青格乐和林树身高差不多，但比林树壮很多，身材的宽度和厚度要好比林树大几号。夸张地说，林树像个纸片，而青格乐像一堵墙。

"你这是在精准扶贫吗？"林树笑着说，"不过来得正是时候，这几天我正要去买呢。"

林树知道这件羽绒服一定是青格乐特地买给他的。青格乐明知道自己穿多大码的衣服，怎么可能像他自己所说的"先买了一件，尺码选小了"呢？一定是他按照林树的身材也买了一件，但又担心林树不好意思要，所以编了一个理由。这么多年了，就他那点小心思我还能看不出来？但林树没有戳破青格乐的"谎言"，而是"欣然"接受了，知道青格乐担心他的状态，想帮他，又顾忌他的感受。

"你有啥贫可扶的？你是在帮我呢，不然退货多麻烦，有那个时间我说不定又能谈成一笔大生意呢。"青格乐眼睛眯成了一条缝，大红苹果一样的脸，看上去就像个年画娃娃。

说话间，青格乐的车已经开出了市区，导航显示距离目的地还有二十公里，大概需要三十分钟。

十七

大一入学时，林树是他们宿舍第一个去报到的。等青格乐到宿舍的时候，已经是开学前一天晚上十点多了。青格乐的随身行李在火车上丢了，因为听错了报站提前两站就下了公交车，只好步行到学校，还被大雨淋透了，又累又饿，非常狼狈，心情也沮丧至极。宿舍其他人在组队打游戏，对青格乐的情况视而不见。只有没参与游戏的林树拿出自己的新毛巾让青格乐赶紧擦干头发免得感冒，还拿出自己多带的牙膏牙刷香皂洗发水等给青格乐让他去洗漱，又跑去学校旁边的大排档买了些吃的给青格乐垫肚子，等全部安顿下来宿舍已经熄灯了。第二天林树又带青格乐满校园跑，去补办手续，总算没耽误正常入学。青格乐心里满是感激，但不善于表达，就把自己带来的风干牛肉、奶疙瘩等家乡的零食一股脑地塞给林树。自那以后，青格乐在心里就认下了林树这个兄弟。

林树来自农村，比较腼腆、内向，也有点倔强、孤僻，但心地纯良、周到细致，处处为他人着想，所以看着青格乐狼狈无助的样子，几乎是出于本能地就去帮了他。

青格乐从草原来，单纯开朗、生性自由，就像他的名字一样很快乐，同时比较粗犷、热血，重情重义。只要是他心里认可的人，就会用一辈子去守护。这次入学是他第一次来大城市，又遇到各种意外情况，很受挫，一时有些不知所措。如果不是林树，他甚至不知道大学的第一夜要怎么度过。

经过这件事，他们很自然地成了好朋友。林树和青格乐同岁，生日比青格乐大三个月，青格乐就以"树哥"称呼他，后来就直接叫"哥"了。林树时常提醒青格乐这样不好，尤其会让宿舍其他同学有想法。青格乐说，这有什么，你就是我哥呀。

　　渐渐地，受青格乐影响，林树也变得乐观、外向了一些。就像青格乐经常说的，没啥大不了的，任何事情总有办法解决的。青格乐的一些举动，也让林树很感动。青格乐知道林树很俭省，平时总是青菜豆腐，就时常在自己打了肉菜的时候分给林树一半让他改善伙食。林树身体比较瘦弱，青格乐和他一起值日时总抢着帮他把重活儿干了；每次从草原回来，青格乐也总是给林树带家乡的各种美食。虽然林树不像青格乐那样会把"兄弟"两个字叫出来，但心里也觉得有这么一个弟弟很幸运。

　　青格乐的玩心比较重，不爱学习，什么事都想尝试和参与，也比较直接、冲动，说话不会拐弯，加上人高马大，所以不了解的人都以为他比较粗野、鲁莽、暴躁。林树也不说什么，只是去图书馆、自习时经常叫着他，带动他一起学习；期末考试前帮他突击、补习，让他不至于挂科；在他感冒发烧时，准备好药片和热水并递到他手上，看着他吃下去；在他遇到事情的时候，帮他多分析、提醒，让他不会贸然做决定；在他与别人有摩擦的时候，多帮他解释、圆全，减少不必要的误会。渐渐的，青格乐的性子温和了许多，没那么毛躁了，也越来越信任林树，什么事都愿意找林树商量。

十八

大学毕业后，林树留在了学校所在的城市东州，进入自己喜欢的教育行业，一直没有换过。青格乐由着性子辗转多地，换过很多工作。相比林树的安定，他显得有些漂泊。在见过了很多世面之后，青格乐越来越觉得心里放不下的始终是家乡的那片草原。于是他回到父母身边，东挪西借加上自己的一点积蓄，开了家小网店，通过电商的形式，把家乡的土特产推广出去，帮助当地农牧民打开销路，增加收入。他觉得自己做的事非常有价值。

然而过程并不顺利，如果按照他本来的性格，很容易急躁，甚至放弃。但他心里很笃定，好东西值得被看见，家乡农牧民的付出值得更多的回报。所以他无论遇到多少困难，都一直在坚持。就像他经常说的，没什么大不了的，办法总比困难多。

青格乐也曾遇到过几次危机，比如有一年他收购了很多当地的小米、燕麦等，因为暴雨，仓库进水，淹了大部分库存。一方面很多订单没法发货，只好退款；一方面因为违约赔偿了几个大客户很多钱，一下子损失惨重，元气大伤。

青格乐没和林树说，但林树隐约觉得青格乐好像出了什么事。问了青格乐，也没问出什么。正好赶上放暑假，林树没告诉青格乐直接去了草原。当他在仓库见到异常消瘦和憔悴的青格乐时，心里阵阵地疼。这哪里还是那个浑身上下生命力满满、开心大苹果一样的青格乐啊？

一个拥抱。

"别担心，没啥大不了的，还有我呢。"林树拍着青格乐的后背说。"以后有事一定要和我说，我们可是兄弟呀！"林树胡噜着青格乐的头发，像在抚慰一个受了莫大委屈的孩子。

青格乐一句话也说不出来，死死地抱着林树，有泪从眼角滑落。

林树随即把自己毕业五年攒下来的、正准备首付买房子的三十万转给了青格乐，那是林树当时所有的钱。

雨过天晴。

十九

起起落落。

青格乐现在用自己的名字注册了商标，开发出了好几个系列的特色农牧产品。有肉制品、奶制品、杂粮产品等。靠着过硬的质量、用心的经营，已经形成了良好的口碑，并且销量在几个类目里都成了前几名。现在他的网店卖出去的每个产品的外包装上，都有他的名字和头像，眯缝的小眼睛、红苹果一样的大圆脸，越看越像年画娃娃。

为了保证供应和品质，他还组织当地的农牧民成立合作社，指导他们科学种植和养殖，并统一回收他们的粮食、肉类、牛奶，带动了当地很多人过上了小康生活。除了当地的团队，青格乐还在林树所在的东州成立了运营总部，他也常驻在这里，便于去拓展更多客户、打造品牌。这样他们兄弟也能时常见面。说是时常，但一年见个三五次算多的，因为青格乐太忙了。

但忙归忙，每年的元旦前后，青格乐都一定会来找林树吃个饭，唠一唠这一年的高兴事、烦心事，并带一些自己公司的新产品给林树尝尝。还有就是林树生日的时候，青格乐都会提前预留出时间，陪孤身一人在东州的林树吃碗长寿面，并准备好礼物。他刻意不去准备比较贵的礼物，担心林树有心理压力和负担。其实按照青格乐自由的天性，是不太注重这些仪式感的东西的。但那是林树啊，是我的哥哥呀，为了他，青格乐什么都愿意做。

他觉得这是兄弟间该有的样子。

今天他来找林树，就是因为他们已经很久没见了，他知道林树最近的情况，非常惦念。加上马上元旦了，也到了一年一度固定聚会的时候。而那件羽绒服，根本不是他买了不合适又嫌退货麻烦，而是他特地给林树买的，担心林树不好意思收（那个品牌挺贵的），所以才编了那套说辞。

而他给林树准备的礼物还不止这一件羽绒服。

二十

到了面试地点，林树穿着青格乐送他的羽绒服下了车，把自己原来穿的那件留在了车的后座上。"你先回去吧，别耽误你自己的事，衣服回头我找你去拿，慢点开车。"林树对青格乐说。"行，别紧张，敞开聊。"青格乐对着林树的背影大声说。这么多年，他的普通话还是不怎么普通，依然带着大草原特有的语调，浑厚、质朴，尾音有点拐弯，在林树听来莫名其妙地像是带着青草和泥土的香，很亲切。

大约一个小时后，林树面无表情地出来了，很累的样子，没什么精神。他四处张望在找公交车站点，"嘀嘀，嘀嘀，嘀嘀"，循声看去，是青格乐在不远处的车里按着喇叭，示意他上车。

"你这家伙怎么还在，你不是还有事吗？难不成你一直在这儿等我？"林树问。

"我是有事啊，很大的事呢。我今天的事就是做你的专车司机。林老师请上车。"青格乐故作轻松地说。

林树知道，青格乐一定是一直守在这里等他面试结束，除了想第一时间知道面试的情况，也肯定想知道他最近的各方面情况。但是刚才来的路上青格乐一句都没问，估计也是担心给我压力，但又实在想知道，所以一直等在这里。唉，这家伙，真是用心良苦。也怪我，让他担心了。而林树不知道的是，青格乐也和他一样，在过一道难过的关……

二十一

一大早就有人敲门，披头散发的文岚打着哈欠开了门。是一个快递小哥，请她签收一个蛋糕——一份抹茶蛋糕。

就是她昨天想买给自己的那款抹茶蛋糕。文岚很纳闷，是不是送错了？看了下收件人名字和电话、地址等信息，都是她的。快递小哥转身走了，文岚百思不得其解。她没有和任何人说起这件事，谁送的呢？

微信提示音响起，一条信息显示在手机屏幕上：收到蛋糕了吗？后面是一个笑脸表情。

是林树……

二十二

看着微信对话框里林树的头像，文岚笑了。这是多日以来，她难得的笑。笑容映在冬日早晨的阳光里，就像一块冰融化了，流淌出一片春天，有着茸茸的绿意，如抹茶一样羞涩，暗香浮动。虽然远隔千里，她依然能够感受到一种不动声色的温暖。就像一束文火，不热烈，但持久，一直在。

"How old are you？怎么老是你？"

文岚拍了张蛋糕的照片，连同这句话一起发给了林树。

对方正在输入中……

确实老了，老到我们真的成了"老"朋友了——林树知道文岚话里的意味，也引发了自己的小感慨——趁"热"吃吧，希望它能满足你的味蕾，还有你期待的仪式感。

文岚知道林树还是不想多说什么，回复了一个比心的表情，算是结束了这次"对话"。每次都是这样，好像还没开始就结束了，只剩下回味，荡在空气里，落在岁月中，也在他们两个人的心里，缥缈又散不去。

欲说还休……

二十三

文岚几乎不发微信朋友圈，也不关注别人的微信朋友圈。她觉得里面看到的全是各种正能量，就像所有人都不约而同地把自己的负面情绪阉割了。于是变成了万人一面，太不真实了。相比之下，她觉得微博会好一些。虽然信息更杂更乱，但能够最大限度地保留一块自己的小天地。不为人知、可以流露一些真实想法和情绪，也不在意有多少粉丝和点赞，没那么多顾虑，也更自由，可以做情绪的树洞。

想吃抹茶蛋糕这件事文岚没有和任何人说，只是随手发在了微博上。她猜测林树一定是看到了自己的微博，于是偷偷地下了单，所以自己才"莫名其妙"地收到了这个蛋糕。可他是怎么找到我的微博的呢？我可从来没有告诉过他呀？！

从大一相识到现在已经快二十年了。从青年到中年，一个男人和一个女人之间的友谊就这样纯洁地保持了近二十年，不知该庆幸，还是悲哀……

文岚坐在阳光煦暖的窗前，喝着咖啡，小口地品着抹茶蛋糕。淡淡的苦，微微的甘，绵绵的香。单独哪一味都不惊艳，都不深刻，都不浓烈，但纠缠在一起，就是那么美妙，那么诱惑，那么回味无穷……

像极了她和林树相识的这二十年……

二十四

大一刚开学，为了让新生之间快速熟悉，系里组织了一系列活动，其中一项是演讲比赛，自由报名。文岚作为学生干部，是本次活动的负责人。报名的同学需要先提交演讲稿，由文岚和组委会的其他同学筛选出前二十名进入正式比赛环节。

林树本来没有报考这所学校，因为发挥失常所以"跌落"

至此。虽然这也是一所重点院校，但距离他自己的理想学校还差一个层次。而且当时家里的条件无法支撑他复读，于是他只能抱憾入学。他给自己定下一个规矩，就是抓住一切机会去锻炼和提升自己，以弥补不能去理想大学给自己的遗憾。所以他第一时间报名并提交了演讲稿，尽管他生性害羞内向，不擅长讲话，更别说当着那么多人演讲了。

他很快接到了入选通知，并被安排在最后一个出场。紧张、兴奋、忐忑、焦虑，各种复杂的情绪一直在折磨他。青格乐还在晚自习结束教室里空无一人的时候，陪林树模拟了好几次。他自己也没有经验，无法给林树更多建议，只是想陪在他身边，这样林树就不至于那么紧张吧。

比赛现场，阶梯教室里坐满了全系两百多名大一新生。系里和院里的领导、评委、高年级的学长代表坐在前两排，距离演讲者所在的讲台也就一米的距离，近到演讲者伸手就能触碰到评委的鼻子，有种强烈的压迫感。在其他人演讲的时候，林树一直在教室外来来回回地踱步，嘴里念念有词，一遍一遍地背稿子，时不时地挥舞一下手臂，却怎么也带不出想要的气势和效果。

青格乐一边盯着林树，生怕他有什么需求，比如因为紧张导致口渴而想喝水，或者想去厕所；一边从门上的玻璃盯着场内的情况，以便及时知晓目前演讲者的序号是多少，好让林树随时准备上场，搞得他比林树还紧张。

文岚也是第一次组织这样的活动，经验不足，比赛节奏控制得不太好，比较拖沓。等到林树上场的时候，已经过了吃晚饭的时间。观众们已经比较焦躁了，一直有意无意地弄出各种声响。他们都饿了，着急去吃饭，已经没有耐心听后面的演讲了。林树本来就紧张，面对这种场面更是不知如何是好，说话磕磕绊绊，还有几处因为忘词导致的停顿，事先想好的动作也因为肢体僵硬而做得很笨拙。看上去他就像一个面无表情的木偶，还是一个大红脸的木偶。

不出预料的没有取得好名次。林树其实没有遗憾，他本来就对名次没有任何期待。有这样一次经历对他而言就是很大的突破了。所以他很释然，甚至晚饭时还给自己买了份两元钱的菜作为奖励。而直到比赛结束，他都没和文岚说过一句话，只是记得在比赛现场她一直在忙前忙后，疲惫而慌乱。

二十五

大一的其余时间，林树和文岚再无交集。大二时，已经是校刊编辑的文岚有一天在下课时找到林树，说想约他写一篇关于新生军训的稿子，因为最近校刊要为下一届新生出一本特刊。林树很意外，说："为什么找我？"

文岚说："上次演讲比赛我就注意到你的文笔很好，很有感染力。所以安排你压轴出场，没想到现场的情况影响了你的发挥，没能取得好名次，我心里一直过意不去。但你的才华不应该被埋没。而且咱们军训时我就注意到你非常投入，军训结束送教官的时候你也是难舍难分，好像还哭了。想必对军训有很多感触。所以想约你写一篇稿子，分享一下你的感受。"

"这个……"林树直挠头，窘得想立刻逃走。怎么我哭鼻子的事她都知道了？听起来好像观察了我好久。另外，演讲比赛我最后一个出场，原来是因为我稿子写得好？尽管很不好意思，但好像没有拒绝的理由。倒不是因为他觉得自己的才华不应该被埋没，而是觉得人家一个女同学开口"求"自己，不帮忙实在说不过去。

林树如约交了稿，而且几乎一字未改就发表在了校刊上。文岚带着新刊来找他，说编辑部内部投票选本期最佳稿件，林树的文章全票当选，文岚也顺带被评为本期最佳编辑。为此文岚要请林树吃饭，庆祝加感谢。

那顿饭吃了什么，林树已经完全不记得了。他记得的是，因为这两篇稿子，他的文笔得到了文岚的极大认可，并被她推荐去应聘校刊编辑。而林树也因此成了校刊编辑部历史上第一位没有在大一做过记者，就直接做了编辑的人。他和文岚也在同学关系之外多了一层同事的关系。

二十六

从此，开始了他们之间含蓄又美好得一塌糊涂的时光。他们都是内心很纯净的人，身处大世界，也有各自的小世界。有点理想主义、有点小众、有点孤独，不想流于世俗。他们就像找到了同类，互相懂得、互相欣赏，但又没那么热烈，很自然地保持着合适的距离。就像一棵幼苗，自由生长，有无限希望。

文岚的肠胃不好，林树就去买了药给她备用；文岚担心自己1000米跑的考试，晚自习后林树就陪她去操场跑圈练习；女孩子用热水比较多，林树每次就多打一壶放在文岚在自习室的座位下面……

林树的英语底子薄，文岚就经常帮他校正发音，传授提升听力的技巧；林树为了省钱没什么课外娱乐，文岚就时常多买一张电影票送给他；林树有时因为打工不能去上课，文岚就会把详细的课堂笔记第一时间借给他……

其实在大一军训时，林树就像全系的男生一样注意到文岚了。她出挑的身高、素雅的长裙、纯净的眼神、由内而外的知性，在一众理工男的眼里无疑就是女神。其实让林树觉得文岚比较特别的是，每次休息时间，文岚都会拿出随身听戴上耳机听英语。他听说她那时就已经在准备出国考试了。

林树心里有着小小的自卑，觉得两人中间有着很远的距离，可望而不可即。青格乐也经常和男生们议论文岚，有一次还问林树："你说文岚会喜欢什么样的男生？有机会我一定请她去草原骑马。"

二十七

大三暑假前的一个晚上，文岚约林树在海边见。林树提前结束了打工的工作，直接去了海边。文岚递给他一个饭盒，里面是蛋炒饭和几块红烧肉。"你怎么知道我没吃饭？"林树腼腆地笑了，接过饭盒狼吞虎咽地吃了起来。不知为啥，林树现在见到文岚还是会害羞，还是会不自信。这种自信即使写出再多漂亮的文章也无法建立。林树不相信自己可以走出自己的那个世界，不相信自己可以走进文岚的世界，他觉得那个世界的门槛好高好高。

"我拿到了国外一所学校的 offer（机会），九月份入学。"文岚平静地说，似乎没有想象中高兴。

林树夹着红烧肉的筷子停在嘴边，愣了一下。"祝贺祝贺！不枉你付出那么多辛苦准备。太好了！"他放下饭盒和筷子，猛劲地鼓掌。

"我可能很快就要过去那边，做些准备。再见面就不知道什么时候了。"文岚的声音越来越弱，几乎被海风吞没。

林树知道会有这么一天，但没想到来得这么快。可无论什么时候来，他又能做什么呢？结局会有什么不同吗？

海风推起细浪，一层一层拍打着岸边的礁石，像是呢喃着倾诉着谁的心事。月光下的沙滩上，深深浅浅的脚印杂乱无章，像极了林树那时那地的心情。他知道，过几天他和文岚之间，隔着的就不是沉默了，而是一整片大洋。

而直到文岚上了飞机，林树都没有来得及给她看他根据他们的事写的、在当地广播电台播出了的一篇文章……

二十八

青格乐载着林树回到市区时已经到了吃晚饭的时间。一路上林树都不怎么说话，面色沉郁，若有所思。青格乐以为他不舒服，一边开车一边把自己的保温杯递给他。"喝点热水，饿了不？咱们吃饭去。"

林树接过水杯，打开盖子，把手放在杯口，水的热气漫过他的手心，脸上渐渐有了生机。"你不是还有事吗？被我耽误了一下午，快去办正事吧。我自己回家吃就行了。"林树一脸歉疚地说。

"和你吃饭就是正事啊，咱们找个小馆子，大吃一顿。咱俩也好久没一起吃饭了。"青格乐语调轻快悠扬，似乎对这顿饭期待已久。

"好，那你选地方，我请客。"林树意识到确实很久没和青格乐一起吃饭了，这段时间也让他担心了。今天还耽误了他这么久，请他吃个饭，表达一下感谢，也算是一起辞旧迎新了。

"哥哥要请客呢？那我可就不能选小馆子啦。今天我要好好解解馋了。"青格乐高兴得摇头晃脑，还哼起了歌。在青格乐这里，好像没有什么事是过不去的，随时随地都能保持快乐的情绪。而这种情绪经由他的内心散发出来，加上他特别憨厚、有喜感的面容，非常有感染力。林树也被带动起来，和青格乐一起哼着这首歌。"酒喝干，再斟满，今夜不醉不还……"

"你也会唱这歌呢？我咋不知道？"青格乐像发现新大陆一样，扭过头瞪着林树，满脸惊讶。平时林树都比较严肃，不苟言笑，甚至有些沉重，很少把情绪示人，今天忽然表现得这么放松，青格乐觉得很少见。

"我以前在内蒙古支教的时候，同行的志愿者伙伴经常唱这首歌，我也就跟着学了几句。好像是你们蒙古族很有名的歌吧？"林树说。

"是呢是呢，是我们那家喻户晓的歌，我从小听到大。只是我五音独特，唱出来一般人欣赏不了。你觉得我唱得怎么样？"青格乐好像特别想知道答案，眯着眼等着林树回答，脸上已经准备好被表扬的神情。

林树一下子笑了。这个家伙，明明自己五音不全，还说是"独特"？一般人确实欣赏不了。听别人唱歌，要钱；听青格乐唱歌，简直要破产。

"你唱得很好，非常原生态，很有画面感。我听到了草原上的风，泥土里的香，湖水上的光……"林树故意停顿了一下，看了一眼青格乐，带着坏笑。青格乐以为他真的在夸自己，像孩子一样的笑起来，眼睛更小了。"我唱得有那么好吗？你夸得我都不好意思了。"青格乐的脸确实红了。

"还有……"林树拉长了声音，"森林里的狼……"

"哈哈……"青格乐笑声震耳，"你是说我的嗓音雄浑高亢吗？终于有人欣赏我唱歌了，我可以考虑出道了。"

林树就喜欢青格乐这一点。内心永远纯真、乐观，无论经历多少生活的责难，都能保持积极心态，即使别人不肯定自己，也要自我肯定。哪怕已是不惑之年，也可以活得像个孩子，这是林树非常羡慕，又做不到的。

二十九

青格乐本来没打算点酒。他自己开着车，不能酒驾，也知道林树不喜欢喝酒，轻易不碰。没想到林树却主动提出想喝酒了。"没问题，安排！"青格乐大胖手一挥，交代服务员上酒。

"你可以少喝点，看你的'工伤'越来越严重了。"林树用下巴指了指青格乐圆圆的肚子。"像个球，以后叫你球球算了。"

"球球吗？听起来很萌啊，不过可不像我这样的帅哥应该叫的名字啊。"青格乐双手拍打着自己的肚子，一脸憨笑地说。

林树倒了一杯酒递给青格乐，说："嗯，那就敬青格乐大帅哥一杯。"两人碰了一下杯，林树把自己这杯一饮而尽。青格乐也干了，但他觉得林树今天有点不对头。"慢点喝，你这种喝法今晚得喝多少啊，这酒挺贵呢。"青格乐边说边观察着林树的神色，想找到一些线索，以预判一下接下来会发生什么。他知道这个男人最近活得很压抑，可能不只是最近。作为兄弟，我能为他做点什么呢？

几杯酒下肚，林树的情绪有些氤氲。

"乐乐啊，真的很感谢你。这么多年，有你这个兄弟，我太幸运了。"林树表面平静，内心翻涌。"在我心里，你是这个！"说着向青格乐竖起了大拇哥。

"哥，你说啥呢？！我们是兄弟啊，你这么说……"林树的话让青格乐有些触动。他知道林树其实很重感情，只是不轻易流露，把很多话都藏在心里，也很少见到这样的他。而且，这些年来，林树待他就像亲兄弟一样，总是在他最需要的时候挺身而出，给他最鼎力的支撑，只是很少在口头上与他称兄道弟，甚至显得很冷漠，有种距离感。有时青格乐不免怀疑，这家伙有没有把自己当兄弟呀？所以今天听了林树这番话，青格乐差点绷不住了。

"混了这么多年，老哥我也没混出个啥样子，现在还竟然失业了。我失的不是业，失的是败。"林树又干了一杯，双手捂着脸，胳膊肘支在桌子上，情绪有些起伏。

"多大的事儿嘛，哪有那么严重？"青格乐伸出熊掌一般的大手拍了拍林树后背，拍得林树直咳嗽。"难得有个大长假，你就好好休息一下，着什么急？不是还有我吗？！"

三十

林树不像青格乐，遇到任何事都能找到一个可以让自己高兴的角度去解读，而不至于给自己太多压力，所以活得很透亮，很青格乐。相比之下，林树心思重，比较悲观，任何事都习惯从最坏的角度去分析，总要想很多预案才觉得稳妥，所以平时都是眉头紧锁，有点苦大仇深。

另外，林树总觉得自己出身很普通，没有任何可以依靠的，所以一路走来都很要强。大学期间一直在打工，几乎没向家里要过钱。还参加了很多社团、比赛，拿到各种奖项和奖学金，就是想给自己更多机会，给未来挣得更多筹码。毕业后在这个没有任何亲人的城市，各方面的压力巨大，狭仄的生存空间没有留给他任何脆弱的余地，因为他一旦示弱，就会被挤压成泥。他拼尽了全力，也只是成了一个普通人，过着普通的生活而已。

而现在，他似乎连普通的资格都没有了。二十多年来好不容易建立起的小小自信，瞬间被摧毁。对未来的不确定预期像一座五行山，压得他无处翻身。而所有的焦虑、恐惧，他是无人诉说的。在心里憋了太久，人会碎的。

幸好还有青格乐，可以让他没有顾虑地释放，让情绪有个出口，不怕被他看见自己的窘迫和不堪。

三十一

林树醉得一塌糊涂。

青格乐反倒有点庆幸，这个家伙终于不那么"端"着了，终于知道给自己的情绪"泄洪"了，不然真担心林树会抑郁。

青格乐叫了代驾，把林树的一只胳膊架在自己的肩上，跟跟跄跄地把他拖到车上，送他回家。

已经是深夜了，天不知什么时候开始下起了雪。在路灯的黄晕中，雪花飘飘洒洒，也如醉了一般。风倒是吹得起劲，像是寒冬的忠诚侍卫，雪花还没落地就被吹得不知影踪。它们应该没有什么烦恼吧？生命只是一瞬，如果心里塞满了心事，是不是就变成冰了？

青格乐摇下车窗，有风裹挟着雪灌进来，吹打在林树的脸上。本已昏昏睡去的林树猛地坐起来把头凑近车窗。不过他还是慢了，而且没注意到青格乐坐在他旁边，呕吐物溅了青格乐一身……

林树的住处在一个老旧的小区里，一个一居室。青格乐来过几次，他和林树还互相留了门钥匙给对方，方便有什么事互相照应。进到屋内，青格乐把林树带到卫生间，让他把胃里的残余吐干净，漱了漱口，把脸洗了洗，然后搀扶着他来到卧室躺到床上。还帮他脱了衣服、鞋袜，盖好被子，关了卧室的灯，转身在客厅的沙发上坐下。青格乐也喝了不少酒，加上一路半背半架着林树，自己本身就胖，这会已经气喘吁吁了。

只坐了一会儿，青格乐就觉得屋子里冷得厉害。他起身去摸墙边的暖气——冰凉。怎么连暖气都没开？是暖气坏了，还是没有交取暖费给停了？担心林树后半夜会冷，青格乐把今天送给他的新羽绒服压在了林树的被子上。他觉得口渴，去厨房找水喝。水壶是空的，打开冰箱，里面也没什么东西。这家伙过的是啥日子呀？怎么一穷二白、弹尽粮绝的？还真是不让人省心呀！

青格乐下楼来到小区外的便利店，扫荡了各种吃的喝的几大包，带回了林树家。他放了一瓶水在林树的床头，让他渴了的时候伸手就能够得到；想了想又从卫生间拿了脸盆放在床边的地上，防止他醒来再吐；又放了一包纸巾在他的枕边，吐完总要擦擦嘴。没想到自己这么会照顾人！青格乐满意地笑了。

就在他一切搞定准备回家的时候，林树翻了个身，差点掉下床来，还嘟嘟囔囔地说要喝水。青格乐赶紧进到卧室打开床头那瓶水，扶林树微微起身，喝了几口，见林树满脸通红，试了一下他额头的温度，有些发烫。看来还走不了了，只能留下来照顾他了。本来还要回公司处理些事情呢。青格乐再次下楼，找到药店，买了退烧药回来。

可是，客厅那个沙发也太小了……

三十二

林树被一片山呼海啸般的噪声"惊醒"，他感觉整个床都在震动。本能反应让他腾一下从床上坐起来，直接跳到床边的窗户前。他眯着干涩的眼睛从窗子向外望去，天还是阴着的，一片青黑色，毫无生气，看不出什么异常。小区里也一片静谧，看样子不像地震。那声音是从哪里来的呢？此刻他的大脑还处于混沌状态，周身都很酸痛，口渴得厉害，嗓子眼儿像着了火一样，直冒烟。他转身朝客厅走去，想找点水喝，恍然发觉床上还有一个人，头埋在被子下面，那巨大的声音就是从这里发出来的，是人的呼噜声！

林树的第一反应是吓了一跳。难道是幻觉？他轻手轻脚地来到床的另一边，用手拉起被子的一角，露出来的是一张圆圆的大胖脸。他的衣服领子紧勒在喉结处，嘴半张着，打着呼噜，睡得正沉。原来是青格乐！他怎么在这儿？林树一点都想不起来发生了什么，疑惑间把被子放下让青格乐的脸露在外面，还掖了掖被角，转身要走。他的动作很轻微，但还是被青格乐觉察到了。青格乐睁开眼睛，呼噜声随之停止。

"你人醒啦？酒醒了没？昨晚醉成那个鬼样子。"青格乐打了个哈欠，揶揄着说。他边说边在床上伸了个懒腰，手和脚同时从被子的两端伸出来。就好像这是在他自己的床上，在他自己的家。

"你怎么在我的床上？怎么在我家？"林树答非所问地反问道。

"醉得这么严重吗？咋像失忆了一样呢？"青格乐揉揉眼睛坐起来，把昨天下午送他去面试，回来后喝酒吃饭然后送他回家，以及为什么留下来的过程完整描述了一遍。林树面露困惑，难以置信的样子。

"我，昨晚，那么……糗……吗？"林树挠着头。

"哈哈哈，林老师，你可糗大的。我还给你拍了照片，要不要看看？"青格乐有种幸灾乐祸。

"那你怎么也睡我床上了？"林树还是没搞明白。

"我本来是睡沙发的，但你看它实在太小了，连我的一半都放不下。而且也没有被子盖，你家又没暖气。我如果不去你的床上睡，估计你现在看到的我早都冻僵了。"青格乐装作生气地说，"亏我还给你买了那么多好吃的。是谁咬了吕洞宾来着？"

林树全都明白了，他不是责怪青格乐睡在他床上，而是无法想象他俩睡在一张床上的样子。以青格乐的体积，一个人都能睡满一张双人床。他没被青格乐挤到地上，还真是万幸。而客厅的那个小沙发，青格乐能坐进去就不错了，躺进去是万万不能的。想想他昨晚为自己忙前忙后却连个睡觉的地方都没有，还被自己"质问"，林树心里顿生歉疚。他笑着走过去用手胡噜了一下青格乐的头发，说："谢谢，昨天辛苦你了！"

"嘻嘻，不辛苦，就是命苦。"青格乐眯着眼睛，调皮地说。

真是让你受委屈了，林树在心里说，感觉自己被狠狠地暖了一下。

三十三

青格乐自己开车直接去公司上班。

雪还在下，但已经小了很多，零零星星的。路上没什么积雪，只是天色还是阴沉沉的，像是马上要坠到地面，让人心里生出很多压抑感。青格乐一手握着方向盘，一手拿着一块面包咬了一口，这还是他昨晚从便利店买给林树的。临走时林树给他带了个保温杯，里面是热好的牛奶，和面包一起，给青格乐当早餐。青格乐下楼前反复叮嘱林树别有压力，先好好过个年，过几天会再来找他。

青格乐边开车边盘算今天要办的事，还真是不少。上午要开个年终总结会，盘点一下公司这一年的经营情况；中午请全体员工吃个饭，犒劳一下大家。毕竟忙活一年了，都很辛苦。吃个饭是他表达谢意最基本的方式。下午还要去拜访几个大客户，争取能把下一年的合作合同续了。晚上还要想明年业务的规划，是否要上新的业务线，是否要启动新品牌，团队是否要扩大，是否要开线下店，是否要去其他城市开设分公司，上游供应链如何优化，要不要融资，要不要收购那个新晋网红品牌？要不要加大直播力度？员工期权激励计划也要推进一下。每一件都是大事……最好能有时间去做个按摩，最近太累了，加上昨天根本没睡好，身体乏顿得很。没想到老林的呼噜那么响，简直扰民，吵得自己直做梦。一会儿到了公司，要马上来杯咖啡才行。对了，老林的事我也要抓紧去想办法……

三十四

林树送的抹茶蛋糕吃完了，文岚还是觉得意犹未尽。红酒也自斟自饮喝了好几杯，她还是没有丝毫醉意。出行计划被打乱了，看来哪里都不方便去了，那就老老实实在家过年吧。

要不要顺便开始写一写计划已久的小说？她无意成为作家，只是想通过文字的方式去表达自己内心的感受和对世界的看法。从小到大，她的内心都是孤独的。小时候父母工作非常忙，经常顾不上送她上学、接她放学。她曾一度觉得父母不爱她，感觉自己是多余的；或者自己哪里做得不好，不值得获得父母的关注与爱。所以她很自卑、敏感、孤僻，没有安全感。在外人看来，她面无表情，没有情绪起伏，很高冷，拒人千里之外。这样的她也基本没人愿意与她做朋友，大家都觉得她太不一样了，和"不一样"的人交朋友压力太大了。

　　所以她从小就在思考自己与世界的关系是什么？自己存在的意义是什么？孤独是反常的吗？她甚至不觉得自己是孤独的，因为她就是孤独本身。她也不怪父母对她的冷落或忽视，她只是觉得父母和她不在一个世界里，而两个世界之间存在着距离。至于这距离是咫尺，还是光年，她还无法丈量。

　　但她其实挺享受这种状态的。她所在的世界无比安静，没有多余的杂质和纷扰，也因此无比单纯。看似狭仄，却能容纳一切。她可以把一切喜怒哀乐都放在里面，把一切天马行空放在里面，把一切愤世嫉俗放在里面，把一切叛逆出格放在里面，也把一切无处安放放在里面。她与自己相处得很好，她自得其乐。

　　而阅读和写作，是她的世界里的不可或缺。从她认字开始，家里那一整面墙的书就成了她的乐园。她可以在那"玩"

一整天。即使看不懂，她也愿意一本一本地翻。小学毕业时，她的阅读量已经是同龄人的几倍。当同学们还在吵着让家长买零食买玩具的时候，她已经把自己的零用钱全部用来买书了。书就是她的玩具和零食，她能从中获得所有她想要的乐趣和满足感。

书看得多了，就很自然地想写点什么。她写风，写云，写水，写光，写存在的和不存在的任何，或者去改写中外名著的某些章节或结尾。有时候她甚至怀疑自己是不是中毒了？因为只要她提起笔或者坐在电脑前，文字就无须构思，而自动流淌出来，就像电脑中了某种木马病毒一样。她从没指望要通过写东西去赚钱、成名，她写的东西都是给自己看的。初中时她心血来潮，给当时很喜欢的一本面向中学生的杂志投稿，没想到一投即中，还拿到了二十八元钱的稿费。这在当时相当于一笔巨款，巨到让她有些不知所措。当然，她后来把这笔钱全都用来买书了。

之后她收到了来自天南海北的读者来信，也引来了周围的各种议论。她才不在意别人怎么说呢，甚至还与其中几个读者做起了笔友，而对方有的是大学生，有的是学生家长，还有的是军官。她本来把那篇稿子当作是向另一个世界的试探，没想到让她从此与诸多世界产生了交集。就像一个神奇的化学反应，让她对自身以外的世界多了更多好奇。而这份好奇引领她出国、读博、辗转，看到更多不一样的世界。而她看到的、听到的、呼吸到的、触摸到的、品尝到的，与外部世界形成交集而产生的所有信息，最终都成了她的一部分，让她不断变化、成长，成为自己想要的样子。

她想把自己的经历、感受、思考都写下来，包括她与林树之间的故事……

微信提示音响了，来自文岚的老领导、系主任秦教授。

"明天来我家吃晚饭，给你介绍个朋友认识。"

秦主任又要给我安排相亲……文岚头都大了……

三十五

送走青格乐，林树的头还是晕晕的、昏昏的。虽然青格乐给他讲了昨晚的事，但他依然想不起多少细节，真是断篇儿了。倒是厨房里堆着的几大包吃的喝的验证了青格乐说的是真的。林树估计了一下，这些给养物资够他吃半个月了，而且面包虽然有好几种，但都是抹茶味的。这个小胖啊，还记得我喜欢抹茶……

虽然青格乐高高壮壮的，但林树心里一直叫他"小胖"。他总觉得青格乐的内心太单纯，像一块未经雕琢的玉，或者一片未受污染的泉水，再多沧桑都拿他没办法。虽然两人同岁，但青格乐的心理年龄要小很多。有时他身上那种因为不复杂才具有的勇敢、真诚、执拗、相信，甚至有点傻傻的劲儿，让人觉得很珍贵、很心疼。他越这样，就让人越想去保护他，保护他能一直单纯下去，一直"傻"下去，好像他是这世上仅存的代表人类本真属性的硕果。他的存在，证明了人还可以以这样的姿态活着。

林树以前一直默默守护的小胖，也开始反向来照顾他了……林树心里有点复杂，一边感到很温暖，一边感到很失落……

简单洗了个澡，林树就下楼了，背包里还塞了青格乐买的两个面包和自己的保温杯。他从今天起就要上岗再就业了，虽然这是一份没有报酬的工作，但绝对是一份非常有意义和价值的工作，所以他心里异常兴奋。而这个工作机会，就源于昨天那次面试，和面试时遇到的那个人……

三十六

所以，人为什么要工作呢？除了赚钱糊口，工作之于人的意义是什么呢？工作有像人需要它那样需要人吗？如果虚拟人或者机器人越来越普及，人的机会在哪里呢？如果一个人长期没有工作，那么他存在的支点是什么呢？

林树在公交车上放空。好像在思考着什么，又好像什么都没思考。

近一段时间以来，他觉得自己越来越"驯服"，对，就是这个词，可以非常准确地概括自己的状态，不管是主动投降还是被动归顺。以前在某种程度上，他自认为还是有些自我的，有一些自己的小坚持、小个性、小清高，在自己的小世界里按照自己的方式，活成自己想要的样子，或者接近于自己想要的样子。

比如在工作中，哪怕是简单重复的环节，他也要把重复的部分每次尽量做得有些花样，或者创意。他不能忍受那种机械地复制，虽然省时省力，但对自己没有任何提升，无异于浪费生命。

工作之外的生活，他大部分做的也都是一个人就可以完成的事。比如读书、看电影。但他看的书和电影，大部分都不是畅销书或者商业大片，而是根据自己的兴趣、品味选择比较冷门、小众的。其他大到出国旅游、去支教、跑马拉松，小到养花、码字、品茶，都是不需要与人合作的。他用这些"俗务"将自己保护或者隔离于大千世界，他需要与周围保持一定的距离，一方面可以避免不必要的摩擦，一方面可以各自独立互不干涉。他也不想被任何人影响，有自己的内循环体系。所谓"躲进小楼成一统，管他春夏与秋冬"。他就这样与外界互不干扰，看似独自一人，其实是非常丰富的自己。

当然，这也意味着要一个人面对所有，有个头疼脑热也不会有人过问，有心事也不会有人倾听消解，有些重大决策也不会有人进言参谋。他太习惯一个人了，太习惯一个人吃饭、一个人睡觉、一个人出行、一个人孤独了——他也太享受这种状态了，因为孤独而变得纯粹的状态。所以当他发现青格乐在自己家甚至在自己床上的时候，那种惊讶是不言而喻的。他的物理世界只有他自己，他的非物理世界也实在空间有限，无论哪个世界多出一个人，都会非常拥挤，都会让他不舒服——青格乐除外。

所以他其实没有很多朋友，因为他对朋友的筛选标准太高了。能通过他的"审查"而入选的人，可以立即去买彩票了。宁缺毋滥，这是他的基本原则。

这也是他和文岚的关系无法再向前迈进一步的原因。两个人都太独立了，是各自世界的独行侠，一个人就可以活得很好、很自在、很舒服，完全没必要多出一个人。可以是很好很好的朋友，但这就足够了。可以互相靠近，但最好还是要有一定的空间和距离——能让彼此保持互相欣赏和平视的距离就好。

但是，现在，他的小个性、小清高，已经被现实吊打得鼻青脸肿了。只要把人放在失业的状态里，就如同摧毁了一座房子的根基，所谓"塌房"只是瞬间的事。失业意味着没有收入，没有收入意味着没有生活来源，没有生活来源意味着没有底气，没有底气意味着没有自信。

当这一切都没有了的时候，你就会面临极大的不确定性，不确定性带来的是没有安全感，没有安全感带来的则是恐慌。恐慌到极致的时候，你内心的秩序就会混乱。而乱到一定程度，你大概就会抑郁了。人一旦抑郁，就会无比驯服——你会丧失所有的心气、所有斗志，你会为了生存而放弃之前所有的原则、标准和坚持，甚至要把自己变形，这样才能进入社会给你设定好的框架里去，不管你自己是否喜欢；驯服到会主动把自己的脸递给社会，让它啪啪地打，打到开心为止。如果不开心，再把另一边脸递过去。

说白了，就是一点脾气都没有了。

而这一切，都是为了活下去。就是这么实际，就是这么卑微，就是这么见风使舵。以前听说"黑天鹅"这种名词的时候，他觉得和自己八竿子打不着。现在，他是实实在在地被影响了。有多少企业倒下？有多少行业消失？而他不过是轻如鸿毛的一粒微尘，有什么资格去挑挑拣拣？有什么底气和现实叫板？有什么必要去坚持所谓的自我？有什么明天去安放自己的执着？

"醒醒吧！到站了！"

乘务员拉开了林树座位旁边的车窗，碰了碰他的胳膊，提醒他终点站到了。寒风从窗外冲进来，撞在林树的脸上。林树一激灵，脸上像被针扎了一下。怎么睡着了？嘴角竟然还流出了口水？看来睡得还挺香。都怪昨晚青格乐的呼噜太响了，搞得人根本睡不着。林树揉了揉眼睛，捡起掉到地上的背包，赶紧下车去换乘地铁。他低头一看，手上竟然沾了一坨自己的眼屎……

三十七

　　青格乐坐在公司会议室里长长的会议桌的一端，对面的幕布上投映着各种表格和数字。各部门负责人围坐四周，依次述职。

　　年终总结会还算顺利，各部门负责人都做了复盘。从数据上看，营收比去年有显著增长，也实现了既定目标。业务部门负责人总结说消费者的健康意识在提升，所以在食品消费方面，更注重营养和品质。而青格乐品牌的产品，来自大草原和原产地，天然无污染，品质信得过，更加受到消费者的青睐，所以销量有明显增长，带动了销售额的增长。其中一个数据是复购率有明显增长，甚至有一位消费者复购了五十多次。

　　最后一个信息引起了青格乐的注意，他要求销售负责人会后把这位消费者的购买数据给他。

　　但另一方面，利润并没有同步增长，甚至还有所下滑。财务负责人解释说，各项成本都在增加，比如物流成本、原材料成本、营销成本（尤其是流量成本）等，而我们各类产品的价格并没有随之上涨。如果不是及时更换了办公场地，节省了一大笔租金，利润可能还要更低。

　　另外，新产品开发方面，进展不如预期。新推出的几款产品表现平平，并没有出现爆品。还有几款原计划推出的新品，也处于难产状态。相关负责人总结的原因是产品定位不准确，卖点模糊，没有特色，很难迎合年轻消费者的口味。难产的几款产品，因为前期市场调研花费了大量时间，产品配方也在不断调整，市场测试结果不尽人意，所以不断推倒重来。

营销负责人表示，青格乐品牌虽然很有特色，也有了一定的知名度，但面临老化的危险。因为目前的品牌受众年龄都偏大，平均年龄在四十岁以上，急需进行品牌升级改造，以吸引更多年轻消费者。

......

喜忧参半。但令青格乐比较欣慰的是，核心团队一直比较稳定。这些人跟随自己多年，虽然不是最优秀的，但是非常有战斗力，也非常团结。曾经好几位高管主动降薪，与公司共渡难关，让青格乐非常感动。

会议的最后，青格乐公布了公司 2022 年的整体目标，除了营收、利润等硬指标要有合理的提升之外，他给人力资源负责人布置了一个新任务：提升全体员工的归属感和幸福度。比如，现在处于寒假期间，很多同事的孩子无人照顾。公司在这方面能否做点什么，来消除大家的后顾之忧？另外，他还推荐人力资源负责人多了解一下北欧几个国家的社会福利情况，看看有什么可以借鉴的。毕竟那里是全球幸福指数最高的，虽然我们只是一家小公司，但还是可以学习人家做得好的地方。

会后，销售负责人把那位复购五十多次的消费者的资料给了青格乐，青格乐看到了一个非常熟悉的电话号码，怎么会是他？

三十八

文岚还在想以什么理由拒绝秦主任的邀请。她已经不是第一次以这种方式为文岚介绍男朋友了。文岚其实非常明确地表达过自己不考虑这件事的态度，但秦主任依然非常执着，并苦口婆心地劝文岚不要不食人间烟火，女孩子还是要有个伴儿比较好，不然老了的时候会非常寂寞、难过。并以她和丈夫的美满婚姻为例，让文岚看到两个人一起过日子的幸福。

对于这位慈祥、温暖、把自己当作女儿一样照顾的老领导，文岚每次都不忍心拒绝。想着年底了，就当是去给老领导拜个年吧。简单收拾了一下，也没化妆，带上了一瓶进口红酒，文岚就出门了。她知道秦主任的先生顾教授喜欢红酒，路上再给秦主任买一束花，就算是礼物了。

要说秦主任和顾教授的爱情故事，整个大学没有不知道的。夫妻二人从高中就相识，又在大学做了校友。毕业后顾教授出国留学，秦主任留在国内。两个人经过了五年的异国恋，终于在第六年秦主任去国外读博士的时候，与顾教授团聚。二人虽同城不同校，但已经比原来好太多了。

这期间，二人虽然也是分分合合，经历了很多艰难，但终归没有放弃。秦主任喜欢顾教授的渊博、风趣、多才多艺、家国情怀；顾教授迷恋秦主任的温婉、独立、大气和高洁。他们不是金童玉女，但绝对是灵魂伴侣。遗憾的是，他们的孩子因为患有一种先天性疾病而夭折了。秦主任伤心过度，身体状况长期不能恢复。顾教授爱惜妻子，担心再孕会给她造成更大的压力，就决定不要孩子了。所以他们至今没有子女。

而自文岚来到这所学校任职，秦主任就非常喜欢她，一直把她当女儿，也给了当时处于人生艰难时刻的文岚极大的关照。文岚也从心里把秦主任和顾教授当作自己的亲人，把秦主任的家当成自己的家。尤其是文岚的父母双双过世以后，秦教授就更加疼惜文岚，一直张罗着帮文岚解决终身大事，恨不得动用了所有的人脉为文岚介绍青年才俊，一心要促成文岚的花好月圆。

而自从与雅各布分手以后，文岚的心门就已经关闭了。雅各布让她勇敢地打开了自己，从自己的世界里走出来。对于她而言，是一次冒险。虽然她也因此体验到了人生更多维度的精彩和幸福，但终究烟消云散，还留给自己一身伤痕。她不怪雅各布，也不怪雅各布的父母，她只是更加接受了一个人的状态。她不会再为谁走出自己的世界了，也不会迎接谁进入自己的世界。就这样让自己与身外的世界互相平行运转，挺好的。

不过大家以朋友相处，文岚是不排斥和拒绝的，但也仅仅是朋友。

秦主任早就在楼下等着文岚了，虽然文岚已经来过很多次了，但秦主任依然像第一次迎接文岚那样，每次都提前在楼下等她。而每次见面，她都会给文岚一个温柔的拥抱。

今天这座南方小城的天气难得的好，阳光清淡，湿而不冷。

这样的天气，很适合认识新朋友。

三十九

去往地铁的路上没有多少行人，这个时段已经过了上班早高峰。刚才的公交车上其实也没多少人，很多人应该提前回家过年了吧？

林树还没想好要不要回去。一方面车票太难买了，一方面他觉得自己目前的状态如果回去，很容易被爸妈看出破绽。如果是那样，他们的这个年都会过不好了。但他其实很想家，很想回去，很想回到那个世界上最安全的地方，卸下所有盔甲，调养一下伤口，休整一下元气。只是回家这件事，从未像现在这样，需要一些勇气……

乘坐了四十多分钟的地铁之后，林树来到了那所打工子弟小学。斑驳的围墙、坑洼遍布的操场、歪歪斜斜的篮球架、落光了叶子的杨树，一切都是蔫蔫的，了无生气。林树径直来到校长办公室门前，敲门。一位看上去三十岁左右的年轻人开门，把林树迎了进来。

这位年轻人就是这所学校的校长牛永安。昨天林树在面试的过程中，了解到了牛校长和这所学校的故事，所以决定来这里工作——以义工的形式，至少先做满这个寒假。而之所以选择以义工的方式，完全是因为他被牛校长的故事感动，而发自内心地想帮帮他。至于报酬，没那么重要。

虽然他也很需要……

四十

中午公司聚餐，青格乐要求行政部门选个好一点的餐厅，让大家敞开了吃，预算上不封顶。暂时还做不到让所有员工在这个城市买车买房，但年终岁尾请大家吃顿好的，青格乐一直在这样做。青格乐本来不想参加，他心里一直装着林树的事，暗暗着急。但行政总监强烈要求他一定要去，没有他不成席，而且还给他安排了"环节"。

青格乐看着行政总监故作神秘的表情，想着这帮人又要给自己挖什么坑，他们和自己一向没大没小，特别不把自己当外人，开自己的玩笑是家常便饭。搭老板的顺风车、霸占老板的办公室开会，更是司空见惯。青格乐有时觉得自己是不是太好了，一点也没有老板该有的样子。可他还是会一如既往地用各种零食投喂他的"伙计们"（他对员工的昵称，虽然员工们觉得这个昵称一点也不酷）。

果然，酒过三巡，"环节"开始了。青格乐以为是大家轮流敬他酒，因为他看到有人端着酒杯朝他走过来了。这是设计部的一个小伙子，没记错的话来公司应该快三年了。小伙子来到青格乐跟前，还没说话，冲着青格乐拱手过额头，把满满的一杯酒干了。青格乐拦都没拦住："别着急，酒还多着呢，慢慢喝嘛。我就不干了，我血压高呢。"青格乐笑着说："谢谢你啊小董，工作做得不错。"青格乐向小董竖起大拇指。"来公司快三年了吧？啥时候和女朋友领证啊？"青格乐顺势拍了拍小董的肩膀，满眼慈祥，像是看着自己的孩子。

小董放下酒杯，还是没说话，却伸出双臂，向青格乐要了个拥抱。青格乐稍微愣了一下，微笑着迎上去，结结实实地抱住了小董。青格乐怀里的小董，就像靠在一座大山上的小树，能避开所有风雨，自由的生长。

小董是位聋哑人，是青格乐在老家的合作社里一个老大爷的儿子。其实不是亲儿子，是这位老大爷捡的弃婴。小董从小就喜欢画画，而且很有天赋。但家里条件有限，没有能力供他去读美术院校。青格乐偶然知道了这个情况，就以借款的形式资助小董去读了当地的一所职业学校，学的是小董喜欢的设计专业。条件是小董必须学有所成，并在能赚钱的时候，把学费还给青格乐，如果连同利息一起，青格乐也不拒绝。

小董很上进，学业优秀，但毕业后工作找得并不顺利。青格乐一直关注着小董的情况，但他没有直接安排他进自己的公司，而是给他布置了一个设计任务，如果他的作品能够通过"考试"，青格乐就会考虑给他一个工作机会。青格乐不想给小董开后门，不是不能，而是不想让小董有被施舍的感觉。因为小董和他所属的群体，通常会比较敏感，自尊心也特别强。所以在处理学费资助的事上，青格乐也不是以捐款的形式进行的，就是怕小董难以接受。别看青格乐外表像个莽汉，实际有很细腻的洞察。

最终，小董通过了"考验"，顺利入职青格乐的公司。小董很珍惜这次机会，也非常用心努力。去年"双11"他的几个设计方案都带来了很不错的点击转化，现在已经是设计部的主力设计师了。他也因为自己的才华和努力，收获了一位女孩的爱情，他向青格乐的"借款"在春节前也会如期还完。所以他今天用无声的举动，表达着对青格乐的感谢。

青格乐也感到很欣慰，倒不是因为小董没有辜负自己当年给他的机会，而是小董没有辜负他自己的努力。虽然青格乐当时借钱给小董做学费，是对小董有所帮助，但归根结底，还是小董自己的努力成就了小董自己，而不是他青格乐。他不想居功，他甚至不需要小董的感谢。相反，他还要向小董表达感谢，感谢小董接受了自己当年对他的"帮助"，给了他助人的机会，给了他感受助人的快乐的机会。

可能正是秉持这样的心态，青格乐才从不曾给人居高临下的感觉，也没有老板的威权，让所有员工都觉得自己和老板是平等的，是可以共建这家公司的。所以这家公司的文化很"奇怪"，既理性又温暖，既保持距离又无比团结。

接下来大家轮番上阵，花式吐槽青格乐和公司。比如老板的投喂让他们体重飙升，需要赔偿，以一公斤一万元为标准；比如老板加班太多，让他们压力太大下班了也不敢走；比如老板不注重身材管理，严重影响公司品牌形象；比如老板一直单身，严重影响国家三胎政策落实，对民族未来太不负责任……

青格乐笑得眼泪都快出来了，"伙计们，一万元一公斤，简直是敲诈！哈哈哈……"

高潮渐起。有人推出一个蛋糕，上面写着"祝我们越来越好"。不知谁用手机播放着背景音乐，里面在唱"这世界有那么多人，多幸运，我有个我们"……

"你们这帮家伙，真是够了，净戳人家心窝子。"青格乐眼睛都湿润了。

桌上的手机在震动，青格乐看了一眼屏幕上的消息，一下子愣住了……

四十一

整个上午，林树都在陪孩子们看"电影"，一部关于宇宙的纪录片。他先是给孩子们讲了神舟 13 号的故事，以此引起大家对宇宙、太空的兴趣，接着用电脑投影播放纪录片，让孩子们进一步了解宇宙的奥秘。看完之后，他还引导孩子们模拟太阳系行星运行，让孩子们活学活用，教室里一片欢乐的气氛。

中午吃饭的时候，林树听孩子们议论的都是宇宙大爆炸、星云、太阳系什么的，看来上午的课效果不错。

通过上次面试，以及和牛校长的交流，林树对这所勉强维持的"特殊"学校有了更多的了解。牛校长来自西北一个偏僻的山村，小学时要走很远的路才能到达学校，中午也无法回家吃饭，通常不吃或者带一块干粮充饥。而因为极度干旱，当地甚至没有自来水，全部生活饮用水都来自下雨时收集的雨水，难以想象的是，他们没有任何净化设备，而只是简单地沉淀、煮沸，就算是消毒了。

因为生存条件太艰苦，很多公办老师不愿意去那里教学，所以当地的学校非常缺少老师。牛校长记得他上学的时候，全校有三分之二是代课老师，甚至最后公办老师全部离开了，只剩下几位代课老师在坚持，才让他得以完成学业。

代课老师是一个特殊的群体，因为公办老师不够，教学工作又要保证正常进行，当地教育管理部门只能找念过初中或者高中的人来任教。他们没有正式编制，工资也不是由财政拨发，而是由学校所在的村或者乡镇自己想办法解决。由于当地经济落后，代课老师们拿到的工资超出想象的低，通常每月只有两百元，或者更低。而寒暑假又是没有工资的。所以他们每年只能拿九到十个月工资。而除此之外，基本没有其他收入。所以代课老师们的生活非常艰难。

牛校长一直觉得代课老师们非常伟大，如果没有他们，自己可能就没有上学的机会，也就没有走出大山、改变命运的可能。他觉得自己现在的生活虽然也只是温饱水平，但这已经是当年的代课老师们牺牲了自己过上更好生活的机会换来的。所以他一直对代课老师们心怀感激和敬意，也一直想做些什么，去帮助那些可能面临失去受教育机会的孩子。于是，他大学毕业后在这个城市一边打工，一边来这所学校做义工，做些力所能及的工作，也算是对当年教过自己的代课老师的感谢。

三年前，这所学校的校长因为年纪大了，健康状况很不好，实在无力继续坚持下去，就把学校托付给了现在的牛校长。牛校长知道这是一个"苦"差事，可能连自己都养活不了，但他还是应下来了。他不能眼睁睁地看着学校关门、孩子们无学可上。这三年来，牛校长想了各种办法维持学校的运转，四处化缘，但也仅仅能维持而已，老师的短缺还是最难解决的问题。

由于原来几个曾支持过学校的企业也停止了资助，让学校的情况雪上加霜。原来还能给老师们发的一点补助也几乎没有了，所以这个学期结束后，有几位老师无奈地辞职了。牛校长非常理解，也不好挽留，只能硬着头皮去招聘新老师。当他在网上看到林树的求职信息时，毫无底气地联系了林老师。

林树曾经在西北支教，对于牛校长所说的情况非常了解，对代课老师群体也怀有深深的敬畏，他也很佩服牛校长的赤子之心。所以在见面聊过之后，林树的记忆一下子回到了当年在西北支教的情形。漫山的黄土、干热的气候、面黄肌瘦的孩子、破败的校园，还有无奈又坚定的代课老师。所以他几乎没有多加思索就答应校长尽己所能去帮助这所学校、帮助这里的孩子。那就从照顾这些寒假没人照看的孩子做起吧。

林树不知道自己能坚持多久，也知道自己全职做这件事非常不现实，也不是解决问题的根本之道，但他就是觉得，既然知道了这件事，就不能袖手旁观；即使不能帮助学校彻底摆脱困境，但能帮一点是一点，如果什么都不做，他会非常鄙视自己。

于是，他来了，开始了另一种形式的"支教"。

四十二

"胡新辉走了……"

青格乐看到这条微信，一时没回过神来。今年十一放假，青格乐还和同学们去医院看望过新辉，当时他状态很不错，有说有笑的，怎么刚过三个月，他就走了呢……

微信是小学时的班长于国伟发来的。胡新辉是他们的小学同学，也是青格乐的发小。每年春节回家过年时，青格乐都会去看他们。虽然大家相隔甚远，生活状态也大有不同，但这份情谊一直没断。

小学时，一直在草原生活的父母把青格乐送到了在城里生活的姑姑家，便于青格乐上学。新辉家就在姑姑家隔壁，每天上学他俩一起去，放学一起回，几乎形影不离。那时青格乐的普通话说得不是很熟练，新辉不但没有像其他同学一样嘲笑他，还经常帮他纠正发音；偶尔买了零食，也会带给青格乐吃；青格乐的功课跟不上，新辉还帮他做作业。新辉是青格乐入学后交到的第一个好朋友，对青格乐来说是个很重要的人。

但新辉家状况很不好，母亲常年卧病在床，父亲因为要照顾母亲，所以无法外出打工，日子一直很拮据。初中还没毕业，新辉就辍学去打工了，他要把读书的机会留给弟弟。

这些年新辉去过很多地方，做过各种工作。因为文化程度不高，也没啥一技之长，所以干的都是重体力活儿，有几年时间在邻省的一个煤矿工作。"虽然有一定的危险，也辛苦，但赚得比其他工作多一些，家里需要钱呢。"新辉当时对担心他安全的青格乐说。

通过那段时间的工作，新辉供弟弟读完了大学，但自己却患上了严重的尘肺病。这几年父亲身体也出现了状况，他为了给父母治病，还在继续做其他的工作，自己的治疗也是断断续续。这些年他四处漂泊，也没顾得上成家，所以也没有个人照顾。弟弟虽然工作了，但薪水也没那么多，在城市生活压力也很大，新辉还时常给弟弟寄些钱，要他能过得轻省些。

青格乐一直让新辉去他所在的城市，一方面医疗条件好些，一方面工作机会也多，有他在，也能多照顾新辉。但新辉说不能离父母太远，也不想给青格乐添麻烦。能被他这个朋友记挂着，他已经很知足了。

新辉啊，你怎么会这么想啊？你不记得小时候你曾经给过我多少帮助和温暖，我可都记得啊！你现在这样，我怎么能不管呢？

但青格乐能做的，也就是资金上的支持。班长于国伟张罗过几次为新辉捐款，每次青格乐捐的钱都是最多的。其实青格乐私下给过新辉钱，但都被新辉拒绝了。"你创业也难着呢，要给那么多人发工资呢，一缺钱缺的就不是小钱。我没事，我命硬。"新辉每次都用各种理由拒绝。青格乐只好随大家一起以捐款的形式帮助新辉，而这些捐款，也不是直接给了新辉，而是放在新辉弟弟那里，不然新辉还是会拒绝。

终究还是走了啊，他甚至没能见上新辉最后一面。青格乐眼眶里酸酸的，心也像被什么撞击了一下，难受得有些头晕。深深的无力感，让他一下子很颓丧。看上去自己的日子过得还不错，算是有那么一点点能力，但是，又怎样呢？还是改变不了生老病死，还是留不住自己在意的人，那我这么拼命的意义又在哪里呢？

"个人原因，我不能回去送新辉最后一程，后事请班长多多操心，费用我来承担，泣谢！"给班长回了一条微信，青格乐掩面躲进了卫生间……

四十三

"哥，我难受……"

林树收到青格乐这条信息的时候，刚刚结束下午的课程准备下班。他眉头紧皱，心里一惊。直接打电话过去，他觉得微信一问一答太慢了，他急得等不了一秒钟。

"怎么了，发生什么事了？"林树声音急促。

"你来找我一下？我们见面说，我在公司。"青格乐声音有气无力。

"好。"林树挂断电话就冲出了办公室。

十多年前，青格乐也曾经给林树发过一个这样的短信，当时青格乐正经历着很大的一个坎，这次他一定也遇到了难处。林树一边请出租车师傅开快点，一边回忆起十多年前的事……

四十四

秦主任拉着文岚的手坐到沙发上，把一杯柚子茶递给文岚，说："这是你爱喝的柚子茶，是你顾叔叔特地给你准备的。"秦主任爱怜地看着文岚的脸，笑容中似乎散发着柚子茶一般的香气。文岚心头一暖，喝了一口茶，酸甜适中，回味中有种若隐若现的苦，微妙地平衡了酸和甜对味蕾的争夺。

"谢谢顾叔叔，每次您都特地为我准备柚子茶。"文岚对坐在一侧沙发中的顾教授说。顾教授微笑着说："你喜欢喝就好，我还做了柚子果酱，回去时你带一瓶。"

有人敲门。秦主任和顾教授对视了一下，露出会心的微笑，是他们要为文岚介绍的那位"朋友"到了。顾教授起身去开门。

"老师好，给您和师母拜年啦！"顾教授刚推开门，来人就对顾教授深鞠一躬，声若洪钟，普通话说得如同中央电视台主持人一样标准，让文岚不由得侧目。

秦主任热情的招呼："郑勇，快过来坐。"

叫郑勇的那个人放下手里提着的两箱子物件，又给秦主任鞠躬："师母好！郑勇来看您了！"说着来到沙发旁，请秦主任、顾教授落座后，他才坐下，在顾教授旁边。

从门口到沙发这短短的距离，文岚就把郑勇打量了个大概。郑勇一米八五的身高，国字脸，浓眉大眼，鼻阔口方，平头，浓密的头发倔强的挺立，显得整个人很有精气神。他身穿淡蓝色衬衫、淡青色羊毛衫，外面是一件藏蓝色长款呢子大衣，整个人利落有型，清清爽爽，干干净净。稳重里透着一丝文雅，而且从刚才的举动里也看得出他的涵养。

郑勇说自己刚刚从外地回来，没准备什么礼物，就带了一点工作地的土特产，四川凉山的苹果和核桃，都是他负责扶贫村子的乡亲们自己家种的，没有农药和化肥，请老师和师母尝尝。

文岚注意到"扶贫"这个词，又特地看了一眼放在客厅门口的纸箱子，上面写了"四川凉山"字样，不由得心里生出一种别样的感觉。

秦主任和顾教授分别介绍了文岚和郑勇给对方认识。郑勇起身向文岚致意："你好，很高兴认识你。"没有丝毫紧张。文岚也站起来，主动伸出手说："幸会幸会。"郑勇见文岚伸出了手，就轻轻地握了一下，并请文岚落座。

顾教授向文岚简单介绍了一下郑勇的情况。郑勇是顾教授的研究生，毕业后去了省城的一家知名大公司，并在很短时间内连升几级，成为公司的业务骨干和重点培养对象。后来在省委领导去企业调研时，被当时的一位副省长看好，并调任到省政府秘书处工作。三年前，被外派到四川凉山美洛村，做驻村的精准扶贫工作。在他的带领下，该村的贫困情况已经得到了极大的改善，还被树立为典型。这也是他三年来第一次休年假。

顾教授的语气里透着骄傲和心疼。顾教授说，郑勇工作起来没日没夜，这三年至少瘦了三十斤。他说着拍了拍郑勇的肩膀，像一位老父亲。

郑勇有些不好意思说："还是我不够努力，如果我多瘦点就能让乡亲们早日脱贫致富，再瘦一些我都愿意。"

文岚想象着没有减重三十斤的郑勇，应该会比现在更帅、更壮实一些，虽然现在已经很帅了。她有点被自己的想法惊到了，我是被他帅到了吗？！我有这么肤浅吗？！

顾教授介绍郑勇的同时，文岚一直保持着微笑，并不时地点头表示赞赏，还给郑勇倒了一杯茶递过去说："辛苦了！我要叫你郑村长吗？"

郑勇接过茶，但显然对文岚的问题没有准备，有点意外。"叫我郑勇就好，我不是村长，我是乡亲们的服务员。"郑勇笑着说，笑容有些腼腆，又温暖。

秦主任对文岚说："郑勇昨天刚回来，还没来得及回老家，就过来看我和你顾叔叔了。这孩子特别有心、重情重义的，平时也经常给我们打电话，逢年过节、我们的生日，都送各种礼物，真是拿我们当家人一样。"说着向郑勇投去欣慰的目光。

郑勇说："师母，您和老师就是我的家人。您千万别和我客气。当年如果不是老师和您的关照，我也不会那么顺利地完成学业。"

来秦主任家之前，文岚只是当作一次日常的探望，对秦主任要介绍的人并没有任何期待，对相亲这件事甚至很抵触。但现在她觉得这个叫郑勇的人有故事，很多点都是她想了解的……

四十五

十多年前的夏天，青格乐正在深圳闯荡，那是他最向往的城市，所以一毕业就去了。但一直碰壁，换了好几个工作也没混出个样子，也一直无法适应南方湿热的天气。

当时他在一家公司做销售，月底了还有大半的任务没有完成。如果完不成的话，就只能拿一千多元的底薪，而没有一分钱奖金。但他当时要交下一个季度的房租，要五千元，而他当时只有不到两千元的存款。他手里的客户资源已经都挖掘了好几遍，新开发的客户短时间内也不会见效，青格乐急得像热锅上的蚂蚁。

这时一位联络过几次但一直联系不上的客户主动找到青格乐，说要订一批货，金额足够青格乐完成任务。青格乐像抓住了救命稻草，在职权范围内给了对方最大的优惠，最终成交，顺利得不可思议。本以为渡过危机，没想到对方收到货之后就消失了，而之前他只支付了百分之二十的预付款。不仅拿不到奖金，青格乐还要把其余的货款赔给公司。虽然公司按照成本价照顾青格乐，但金额也远远超过了青格乐的承受能力。

急火攻心，加上长期的湿热环境，让青格乐长了一种湿疹。一开始只是在额头，很快蔓延到手上、脸部和后背，直至臀部和一条大腿的后侧也被侵占。密密麻麻一层，顽强地冒着脓水，像长在皮肤上的苔藓，让他坐也难，卧也难，连洗澡、睡觉都是大问题。

屋漏偏逢连夜雨，他的女朋友这时也弃他而去，让他顿时陷入孤立无援、凄风冷雨之境。身体和情感上的接连打击，让这个两百多斤的壮汉就这样"倒下"了。

从医院开了些药，那些内服的还好，外敷的他一个人就很难搞定了，甚至连澡也没法洗，浑身散发着怪味。想想自己这几年的波折和无望的前途，以及当下的窘境，青格乐真的撑不住了。他给林树发了短信（那时电话费还比较贵，发短信比较省钱）说："哥，我难受……"

当时林树正在准备学生们的期末考试，先是拜托了深圳的一个师兄过去看望青格乐，这边考试一结束，马上就去了深圳，为此还放弃了本来定好的几份暑期家教工作。当时他正在攒买房子的首付款，如果做完这几份家教，应该就差不多了。

当林树在潮湿闷热的城中村出租屋里见到青格乐的时候，青格乐已经瘦了好几圈，灰头土脸，胡子拉碴，头发像个鸟窝，非常憔悴。湿疹不时流出的脓水让半侧的身体已经无法穿衣服了，近乎半裸的青格乐就像个流落荒岛的野人。房间里堆着好多空的方便面桶和其他垃圾，难以下脚。青格乐见到林树，就像见到了亲人，之前积蓄的各种情绪一下子决堤了，抱着林树哭得像个孩子，说什么也不撒手，像溺水多时的人抓到了救命稻草，稍微松开就永无生还。林树上一次看到的青格乐还是意气风发、元气满满的热血青年，可眼前的青格乐，像是被抽空了魂魄，在悬崖边缘垂死挣扎。林树心里疼得爆炸，觉得是自己没有照顾好他，自责不已，又只能强作镇定，环绕着青格乐的双手生怕触碰到他身体的伤处，只好胡噜着青格乐的头说："我来了，没事了没事了！"

此时此刻，林树就是青格乐唯一的靠山。我必须把青格乐顶起来，他对自己说。

林树放下行李，还没来得及喘口气缓解一下坐了二十多个小时硬座火车的疲惫，就开始大扫除。又去附近的市场买菜，给青格乐做了一顿可口的晚饭。吃完饭，又赶紧给青格乐擦洗全身的脓水，顺便把没有湿疹的部分也擦洗一遍。过程中他还不断给青格乐打气，安抚他因病、因情产生的各种情绪，安慰他否极泰来，一切都会过去的。

接下来整个暑假，林树每天给青格乐涂抹外敷的药，给他变着花样做饭，学着给他煲各种祛湿排毒的汤。青格乐洗脸、洗澡都不方便，林树就像照顾一个孩子一样，细致、耐心地给他擦洗，并给他清洗每天换下来的沾满湿疹脓水的内外衣物。青格乐只有一张床，林树为了让青格乐睡得舒服些，自己去楼下便利店找来几个纸箱拆了铺在地上当作床睡；青格乐的伤处吹不了空调的风，但又热得不行，林树就用蒲扇给青格乐扇风降温；空闲的时候陪着青格乐下棋，让青格乐没有时间胡思乱想；还把自己的钱让青格乐拿去赔给公司。"没事的，大不了咱们回东州，住我那里，重新找一份工作。"林树宽慰青格乐，尽管他那时工作也刚刚起步，但他知道他那时是青格乐仅有的退路。他要让青格乐知道，只要有林树在，就不用担心。

林树没有主动问青格乐与他女朋友之间的事，一方面是不想去触碰青格乐的"伤口"；一方面是想着青格乐可能还没有消化这件事，等他自己想说的时候，林树做一个倾听者就好。

在林树的精心照料下，青格乐恢复得比想象中快很多，精神也逐渐振作了起来。相比青格乐逐渐壮硕起来的身体，这一个多月以来，林树着实瘦了很多。吃不好、睡不好、着急上火加焦虑，非常"减肥"。

马上就要开学了，返程的前一晚，林树用各种吃的喝的把青格乐的冰箱塞满，又事无巨细地叮嘱了好几遍，重要事项还写下来贴在青格乐随处可见的地方提醒他注意。青格乐情绪复杂，说不出一句话。他知道再多的感谢都抵不过林树对自己的付出和关照，来日方长，毕竟兄弟是一辈子的事。

林树走后，青格乐在自己的枕头底下发现了林树留给他的一万元钱，让近三个月没有收入的他至少还能支撑一阵子……

夜色渐浓，出租车穿行在这个城市繁华的商业区。林树看着车窗外的人群、车流、闪烁的霓虹，依然生机勃勃。这里就是他和青格乐燃烧青春的地方，是他们一日三餐的地方，是他们披星戴月的地方。这里有他们的喜怒哀乐，可有他们的荣光？这里有他们的苦痛迷茫，却可否将未来安放？

而青格乐，这次又遇到了怎样的难题？林树的心里有点儿没底。

四十六

千里之外的另一座城市，林树家乡的省城，陈智正在吃烧烤，一个人。桌子上没点什么菜和串儿，但桌子下遍地的空啤酒瓶已经四仰八叉。烟气缭绕中，他酒瓶底一样厚的眼镜片折射着他座位顶上的灯光，让他的眼神更加迷离了。他肩膀上披着的棉袄已经旧了，前胸处还有几处油渍，像一层铁锈，袖口甚至已经磨破露出了白色的棉絮。头发不知多久没理了，蓬乱、霜白，让他看上去至少比实际年龄大十岁，整个人在这个小馆子里显得非常扎眼。

不知道这是这个月的第几次醉了，这几乎是他这段时间的常态了。林树如果见了，一定认不出他这位曾经叱咤风云的初中同桌了。

那时陈智是全校的明星人物，不仅校内考试次次第一，不分科目，而且在校外的竞赛中屡屡获奖，绝对的所向披靡。大家都觉得他应该连跳几级，直接参加高考。林树虽然也是尖子生，但从未在名次上超越过陈智。但他很服气，陈智确实牛，你看不见他点灯熬油的学习，但就是能像探囊取物一样次次拔得头筹。大家都认为他是天才。

陈智不出所料地考进了重点高中。也就是在那时，陈智突然像变了个人，迷上了各种武侠小说，成绩也是急转直下，而谁也不知道其中的原因。剧情没有再次反转，他高考只考到了一个三本院校，学的是建筑专业，据说还是调剂的。

高中毕业后，陈智几乎就消失了。大二以前还和林树偶尔通信，大学毕业后就不知去向了。后来林树辗转听一些同学说，陈智进了一家建筑公司，但他根本不喜欢也适应不了那种风吹日晒的生活。多年来养成的心高气傲的秉性在公司里也让他非常不受待见，一直无法融入，他也不想融入，各种别扭。后来换了几个工作，但还是老样子，不知他和社会之间，到底是谁无法接纳谁。

不知道中间经历过多少挣扎和挫折，几年后陈智放弃了，直接回到了老家，而且不是回到县城，而是回到了他家所在的村子。再也不想出去工作了，并很快和当地的一个女生结婚、生子，过起了父辈们想逃却一直逃不出去、他逃出去了又主动陷落其中的农村生活。

周围人说什么他已经不在意了。但他就像无法融入城市生活一样，也已经无法融入农村的生活了。不会侍弄庄稼、不会赚钱，说话办事都不是当地人的路数，日子过得不成样子。他又辗转出去打工，毕竟要供孩子上学，但也只能打一些零工，赚不到什么钱。

大家不知道他当初为什么会有那么大的转变，不知道他心里是怎么想的，不知道他的余生将怎样度过。他也不曾解释，就像游离于这个世界的孤魂。可能他心里有一片桃花源，那里有酒有肉，无风无雨。而他的老婆实在忍无可忍，已经多次提出离婚。孩子倒是很有他初中时的风采，成绩很好，而且很开朗，只是一提到他这个父亲就沉默不语。

今年八月，为了给升入高中的大儿子交学费，陈智曾找林树借过一次钱，当时说元旦之前一定还。元旦过了，陈智没有任何动静。虽然林树的压力也很大，毕竟几个月了没有收入，但他没有催陈智。他比我更难吧？林树想。

"再宽限我点时间，最近我打工的几个地方都倒闭了，没啥收入。"

在青格乐公司楼下，林树收到陈智的信息，苦笑着摇摇头。他不知道自己笑什么，只是觉得他能体谅陈智的苦——这种苦，他自己也正在体会。

四十七

青格乐正窝在办公室的沙发上，腿搭在茶几上，头仰在沙发靠背上，十指交握，覆在额头上。茶几上放着几个像是刚刚送来还没有打开的外卖餐盒。

虽然已是下班时间，办公室还有不少员工在工作。林树敲了敲门，青格乐咳嗽了几声，喊"进来"。林树推门进来，一脸的焦急和不安。"你怎么啦？怎么难受了？"还没来得及坐下，林树一边打量青格乐，一边发问。青格乐并没有他想象的悲伤，或者难过，甚至看不出有什么不舒服。而这更让林树疑惑。

"我没事，来，你还没吃饭吧？我叫了外卖，咱们先吃饭。"青格乐说着把旁边的椅子拉过来，打开餐盒，递给林树一双筷子。

"你不是说难受吗？怎么这么快就没事了？到底咋回事？"林树不放心，还是想问个究竟。他其实很饿了，中午就没吃饭，一整天陪孩子上课、游戏，消耗很大，也很累。

青格乐给林树倒了杯茶，说："你先喝点热茶，暖暖。我真没事。"说着端起餐盒，大口大口地吃饭。

林树喝了口茶，犹疑地拿起餐盒，说："你真没事？吓我一跳，我这一路心都悬着，你倒好，逗我玩是吧？"

青格乐笑了，说："本来是挺难受的，可是我想我不能任由这种情绪泛滥，我要学会与它相处，而不是被它控制，更不能沉溺其中。不然我不仅什么都做不了，还得让你为我担心。"

林树夹着菜要送到嘴里的筷子停了下来，咀嚼着食物的嘴微张，愣住了。这太不像青格乐了！这还是那个心里住着个孩子的青格乐吗？

"你小子突然这么说话，让我很不适应啊。"林树咽下一口饭菜，口齿不清地说。

青格乐还是很平静："我知道你会有些惊讶，惊讶于我这瞬间的变化，但其实我没变。只是我可能更了解这个世界了，也更相信自己可以与之融洽相处了。以前遇到大事总是很想向你求助，因为我知道你会无条件的帮我，不会不管我，对你有心理上的依赖。但我不能总是这样，我不能一边拒绝成长，一边把麻烦甩给你，尤其在你也需要帮助的时候。"青格乐看着林树，目光坚定如炬。

"怎么说到我了？我不是挺好的嘛？！"林树心有微澜，为了掩饰情绪变化，他赶紧又扒拉了两口饭，"这个红烧肉真香，好久没吃过了，太解馋了。"

"那你多吃点，把它吃光。以后你的红烧肉我包了。"青格乐说着，又给林树夹了几块肉。"你也别硬撑着，处在你这种情况，换了谁都很难。如果你还是整天乐呵呵的若无其事的样子，我反倒更担心你了。"

场上情势瞬间转换，本来是林树来安慰青格乐的，现在反倒成了青格乐像大哥一样，开解起了林树。

"我真没事，这算啥。难得有这么奢侈的休息时间，我正打算趁机去学车呢。"

"你没事就好，学车我也支持，等学完了可以拿我的车练手。"

青格乐起身去办公桌上拿来一个文件夹拍在茶几上。"你真没事的话，咱们聊聊这个。"他表情有点严肃，又有点调皮，像是给林树在"挖坑"……

四十八

从青格乐办公室离开时已经快十点了。青格乐执意要开车送他，林树看了看时间，说："还能赶上最后一班车，你赶紧回家吧，年底事多，你好好休息，看你眼睛都熬红了。"林树边说边穿上棉服，还是上次青格乐送他那件，出了青格乐办公室，去等电梯。青格乐没再坚持，他确实已经困得不行了，恨不得站着就能睡着。他实在不想开车了，打算在办公室将就一宿。

在地铁入口处，林树又看见了那个老人。她穿着保洁人员的工作服，肥肥大大的；戴着一顶暗褐色的绒线帽，帽尖耷拉在头的一侧，看着非常老旧，想必保暖性能已经很捉襟见肘了；脚上的鞋好像是自己手工做的，还是现在很少见的条绒面；略显佝偻的腰身像一棵干枯的老树站在一片荒漠里，前不着村后不着店。老人戴着口罩，从仅仅露出的眼睛看得出她非常疲惫，但她还在拿着抹布擦着自动扶梯的把手，一边擦，一边小心翼翼地把脚从台阶上一级一级地挪下来，甚至有点发颤。

林树不知道她有多大年纪，但至少有六十多岁了吧？他每次在这个站点乘车都能看到她，每次看到的她都没有闲着。林树每次既期待能见到她，那意味着老人家的身体还好，还能工作；又不想见到她，那意味着老人家可能已经回家过年，再也不用出来辛苦了……都这么晚了，她吃饭了吗？她累吗？她几点才能下班？下班后她怎么回家呢？外面风大路滑，有人能搀扶她一把吗？

都是努力生活的人吧？！都是不曾放弃的人吧？！都是想有尊严地活着的人吧？！都是不想给别人添麻烦的人吧？！不知道我到了她那样的年纪，会过着怎样的生活？会不会也能如她一样自食其力？

你赋予了生活太多的意义，这是你活得沉重的原因，也是你内心自在喜悦的原因。林树听到自己心里的一声叹息……

那要不要考虑一下青格乐刚刚的邀请和提议？林树有点动心了。

四十九

青格乐一直记得有一位顾客复购了五十多次的事。年终总结会后，他请销售负责人把这位顾客的购买记录汇总给他，包括购买时间、金额、选择的商品、收件地址等。当销售负责人把一个文件夹递给他，告诉他这就是他要的信息时，青格乐有点惊讶，竟然这么厚？

记录显示，这位顾客自从青格乐的网店开业以来，共购买过超过两百次，平均每年近三十次，大概每两周一次，总金额将近五万元。收件地址有好几个，除了本地的那个地址相对固定之外，其余的分别在不同的省份，而且都是当地某小学的地址。所购买的商品以奶制品和牛肉干一类的为主，也是青格乐的店里单价比较高的几种，所以每次的订单金额都比较高。

汇总的信息里还包括这位顾客与客服的对话，主要是提的一些意见和建议。比如包装不够友好，拆起来很费劲；产品口味太甜，糖分太高，不利于健康；可以每单附带一些关于草原风光的卡片什么的，让消费者对产品的产地有更直观的了解；还有关于如何运营重度客户，以及新产品开发的建议。

青格乐很轻松就"破案"了，因为里面留下了太多线索。几个本地的地址，都是林树在不同时间住的地方的地址，不过留这几个地址的次数不多；大多数留的都是外省的几个地址，经查，都是林树曾经支教的几个乡村小学的地址，估计是买了青格乐公司的产品给了那里的孩子。从购买频次上看，应该是在长期供应。

"你这个家伙，竟然瞒了我这么久！不声不响地在我这买了这么多东西，就你那点工资，这是要倾家荡产支持我创业吧？你真是我亲哥！再说，你送给支教学校的那些，和我说一声，至少可以给你打个折嘛。真是个大傻子！"

青格乐一边心疼，一边琢磨着林树提的那些意见和建议，越发觉得林树是个商业奇才！青格乐边看边嘀咕，越看越兴奋。恨不得马上把这个家伙"揪"出来，"严刑拷打"一番，并判他个"无期徒刑"，做自己的合伙人，和他一起创建一个商业帝国。

销售负责人给青格乐的文件夹，就是青格乐摔在茶几上要和林树聊聊的那个文件夹。

"你隐藏得够深啊！"青格乐指着文件夹对林树说，"还说了我很多'坏话'。"以一种审讯的语气。这时的青格乐又像是一个恶作剧的孩子，幼稚得可以，和刚刚那个义正词严地说自己变得成熟了的青格乐判若两人。

林树不明就里，拿起文件夹，翻看了一下里面的内容。"这是啥？我咋看不懂？"林树还想反抗一下。

　　"你已经暴露了，除了收件地址有你家的，这个'山上一棵树（与林树的微信同名）'的 ID 也太明显了。"青格乐亮出证据。"还和我们客服说'你们老板也太笨了，新产品做得像屎一样，简直没脑子'，可真够损的。"

　　林树这边已经笑出声了，说："还说自己不笨？如果是我，我绝对不做那样的新产品。光从名字上说，'奶月饼'，一听'月饼'，就限定了它的消费场景，就是中秋节，而不会把它当成一种健康零食。一年就一个中秋节，平时谁会买月饼？而休闲零食呢，随时随地都可以吃。办公时间、旅游的时候、周末在家的时候、和朋友看电影的时候，等等场景，都可以吃。相比之下，哪个消费频次更高呢？"

　　青格乐不说话了，呆呆地听着。

　　"再说了，你看你那个包装，还在用蓝天白云大草原这些元素，实在是有点过时了，一看就是陷入了惯性思维，或者设计师偷懒。当然，与'奶月饼'这个品类搭配也没啥毛病，但是确实不够潮、不够酷，吸引不了年轻人。不过说实话，倒是和你本人的风格很像。"林树揶揄了青格乐一句。

　　"除了最后一句，你说的都对。"青格乐笑眯眯地说。显然，林树对产品的"批判"他都听进去了，而且很信服。"那如果你来做，你会咋做呢？"青格乐诚心请教的姿态，身体前倾，满脸讨好的笑容。

林树摆了摆手："我哪会做你们的产品，我完全是个门外汉，我刚才都是瞎说的。挑毛病谁不会呀？"

"别呀，我可是认真的。去年我们的新产品做得确实不好，我们总结的时候也意识到了，但没有什么创新的点子。你赶紧给我支支招，不然明年，是今年，我们很难打开新局面啊。我真是着急呢。"青格乐急得说话都不利索了。

"那我可不对结果负责，对不对你就一听，别认真。"林树给青格乐打预防针。

"快说快说。"青格乐悄悄打开了手机录音功能。

五十

"从源头上说，问题在于定位不清晰。你们做新产品之前，不知道是要卖给什么人群的，不知道他们的画像是什么样的。比如他们的年龄、职业、收入、地域分布、消费偏好等。你们仅仅把现有的原材料变了一个形态，换了一个包装，就当作一个产品推出来了，而完全不知道是不是消费者喜欢的。这是产品层面。

"如果拔高一下，就是你们公司的定位不清晰。你有没有想过，你想把你们公司做成一家什么样的公司？是一家卖货、赚点小钱的公司，还是为消费者创造美好、健康生活的公司？是一家区域性的公司，还是一家全国性甚至全球性的公司？是一家销售公司，还是一家品牌公司？你的立意，会决定你们公司的装修风格、开发的每一个产品、客服对消费者说的每一句话，甚至，你这个老板的身材。"

林树也不知道自己说得对不对，他看了看青格乐的反应，喝了口水，想着要不要继续说下去。青格乐眼神有点迷离，但全神贯注、频频点头，示意林树继续说。

"回到眼下，如果是我，我会注册一个新品牌，面向年轻人的。风格会比较新潮、酷炫、有趣，同时又能满足他们对营养、减脂减重、养生等方面的需求，又能发挥你们在供应链等方面的优势。"

"还有这么完美的产品？快说快说。"青格乐有点迫不及待了，敲着茶几催林树赶紧说。

"比如啊，你们内蒙古比较有优势的农产品是啥？燕麦、小米、玉米等，对吧？这些都是大家认知里非常有营养的东西，非常符合大家对健康食品的要求。就拿玉米来说，通常的做法就是整支的煮，当作主食，或者煲汤。但现在的年轻人自己做饭的越来越少，但又想获得玉米的营养，还要非常便利的获得。怎么办？能不能把玉米做成饮料？你看很多餐厅会有玉米汁饮料，还不便宜，但很受欢迎。但消费场景还是受限，我不能为了喝玉米汁就去下馆子。

"那么问题来了，能不能把玉米汁做成瓶装或者罐装饮料？可以在超市、电商渠道随时买来喝？另外，现在'90后'甚至'95后'都开始养生了，能不能开发出赋予玉米汁更多的养生、保健概念或功能的产品？比如和枸杞搭配，可以叫作赤（枸杞的颜色）金（玉米的颜色）养元汁；和黑芝麻或桑葚搭配，就叫黑金养元汁？和抹茶搭配，就叫作金玉养元汁。抹茶这个是我个人的私心，因为我很喜欢抹茶。而且从健康角度而言，抹茶也是非常好的，只是比较小众，市场没那么大，而且对你们的供应链是个考验。

"还有啊，针对年轻女性群体，还可以用草莓或红枣来搭配，可以考虑叫红颜养元汁，名字好听，又有营养，低脂低热量，很符合当下年轻人的健康理念。如果在外包装设计上再花点心思，应该会很不错的。

"燕麦和小米也可以按照这个思路来开发，尤其现在有一种饮品特别火，就是燕麦奶。就是不知道你们公司的研发或者技术力量怎么样，能不能支持得了这样的产品开发。

"我就是随便说的，我没做过市场调查，也没做过企业，完全是纸上谈兵。你听听就好，千万别当真。"

林树滔滔不绝，说到兴起处手舞足蹈，激情澎湃，像在指点江山，完全不是那个内向的林树。青格乐听得两眼放光，好像一个马上要冲锋去杀敌的将军，跃跃欲试，摩拳擦掌。他兴奋得站起身来，走到林树跟前，双手揉搓着林树的脸，说："我的哥呀，你当老师真是屈才了，你说我以前咋没发现你对商业还这么懂呢？赶紧来我这吧，咱们一起干，把你刚才说的产品做出来。"

林树把身体向旁边倾斜，想躲开青格乐的魔掌，但根本躲不过去，脸被青格乐的大胖手搓得通红。"你这是熊掌啊，我的脸都被你搓秃噜皮了。"林树费了好大劲才挣脱。

青格乐笑呵呵地把手挪开，又抓住林树的肩膀，使劲地摇晃："哥哥，过来帮我吧，我就是个大老粗，做产品是我的短板，咱俩兵合一处，优势互补，一起做点大事！快来吧快来吧！"青格乐像个孩子一样开始撒娇耍赖。

"快松手，你把我快晃散架了。"林树被晃得头晕。"我就是随便说说的，让你别当真你还真当真了呢。"林树揉着自己的胳膊说。

"你随便一说都这么厉害，不随便那得有多厉害啊？！我是认真的，认真邀请你。你兄弟我需要你，你不能不帮我。条件你随便提，我都答应。"青格乐双手握着林树的手，热切地盯着林树，极为认真地说。

这回轮到林树愣在那，不知道说啥了。青格乐心里说，你从我店里花那么多钱买东西那笔账，咱们回头再算。

五十一

春风如此美好

我却爱而不得

粮食如此美好

我却爱而不得

呼吸如此美好

我却爱而不得

温柔如此美好

我却爱而不得

拥抱如此美好

我却爱而不得

希望如此美好

我却爱而不得

糊涂如此美好

我却爱而不得

无畏如此美好

我却爱而不得

自在如此美好

我却爱而不得

欢喜如此美好

我却爱而不得

孤独如此美好

我却爱而不得

生活如此美好

我却爱而不得

你是如此美好

我却爱而不得

从青格乐那儿回来的那天晚上，林树有些失眠。青格乐的话一直在他心里浮游。尽管他已经尽力把自己调整到乐观模式，每天也尽量过得不懈怠不颓唐，包括在青格乐面前也一直尽量表现得很积极、正能量，但内心其实非常沮丧、没自信，对未来还是有着深深的不确定感，仿佛在穿越一条黑暗的隧道，尽管他相信一定会走到尽头，但又不知道尽头何时会出现。在现实面前，他就像一个错付的多情人，始终爱而不得。

他不知道自己还有多少热情和耐心可以消耗，还有多少时光可以去"挥霍"。两鬓不断增多的白发提醒他，自己真的不年轻了。而现实越来越逼仄，自己像被逼入了一个死角，没有闪展腾挪的余地，即便使出浑身力气，还是无法摆脱窘境，越来越被动，越来越无力。就像一粒蒲公英的种子，根本无法选择落脚之地，只能在风里飘来飘去……

留给自己的时间，不多了……林树在床上辗转反侧，反侧辗转，依然毫无睡意……

五十二

黑夜如此漫长，长得像死亡一样，寒凉，且让人慌张。

睡不着的时候，林树经常会想象死亡。只是他想象中的死亡，是"活着"的：自己躺在棺材里，四周一片黑暗，没有一丝光亮。不能动，不能呼吸，看不见，也听不到。没有冷暖、饥渴、疼痛的感知，就像被黑暗囵囵着吞没，无法喊叫、呼救。世界从此与自己再无关联，而且最终自己会变成灰、变成土、变成泥。最终的最终，自己会消失，消失得没有一点痕迹，甚至不如一粒微尘，就像从不曾来过这个世界一样。而这种消失，可能发生在几十年后，也可能发生在下一秒，根本由不得自己。每每想到这个场景，林树都会浑身激灵，再无睡意。

最近这段时间，他经常被这样的激灵造访，神经衰弱得像一根失去弹性的皮筋，整个人软塌塌的，似乎整个骨架都变成了棉花，甚至撑不起一次呼吸、一个表情……

五十三

晚餐很愉快，文岚甚至回到家之后还在回味，不是回味饭菜，是在回味一个人。

郑勇在饭桌上分享了很多他这几年扶贫的经历、感受和思考。文岚曾先入为主地认为扶贫不过是一个人升迁前的伏笔，只不过是去镀金、走个过场，谁会真正把它当回事呢？因为扶贫这件事本身就很难很苦，要求一个人从舒适区跳进一个苦海，然后带领原本就在苦海里挣扎的人一起脱离苦海，就像一个人要通过薅自己的头发把自己带离地球一样，不可思议得像个神话。但显然郑勇不这么想。

郑勇说，自己从小生活的环境就不是那么富裕，相比周围的乡亲们，多少是有些贫困的。但当他去到他定点帮扶的美洛村，看到乡亲们的生活状况时，才意识当地的贫困远远超乎自己的想象。"在美洛，贫穷是没油没盐没菜的一日三餐；贫穷是左一个洞右一个洞的衣不蔽体；贫穷是四处漏风摇摇晃晃的茅草房；贫穷是长不出庄稼颗粒无收的山林地；贫穷更是对贫穷状态的熟视无睹，是对贫穷状态的接受和麻木，是对从贫穷里挣脱的放弃，是对贫穷的投降，是甘于贫穷。那里太需要改变了！

"而当你成为那个要带领他们走出旧世界、创造新世界的人的时候，除了使命感，你还会迸发出无穷的能量，从而把不可能变成可能，并尽量缩短这种转变需要的时间。从此他的目标变得无比明确：让乡亲们吃饱饭，让孩子们有学上，让村子有路通向外界，让他们的命运从此改变，让大家相信这一切都会发生！

"而一个最大的先决条件，是把自己变成那里的人！只有这样，你才能对他们的贫穷有切身的感受，才能体会他们的痛苦和渴望，才能和他们同呼吸共命运，才会让这一切与你有关。而绝不是作为一个旁观者，一个施予者，一个拯救者。

"同时我知道，最终受益的人一定是我自己。这个'益'在于让改变发生之后获得的成就感，以及由此带来的快乐。

你知道，快乐是会让人沉迷和上瘾的，是一个人去做一件事最底层的驱动力。而扶贫带给我的成就感和快乐是其他事情无法给到我的。从某种意义上说，我也是被时代'选中'的那个人，我不能辜负它。

"当你把这个逻辑理顺了，你就不会觉得这是一个任务，而是你自己要做、想做，并一定要做成的一件事，哪怕过程中有任何困难，也都不过是我达成目标的垫脚石，而不是绊脚石。"

没有上纲上线，没有空洞的口号，非常理性，又充满感性。听到这里，文岚对扶贫这件事已经有了新的认知，更对郑勇产生了别样的好感。这种好感里不仅有钦佩，更有心疼，她已经能够想象出郑勇在这个过程中要付出怎样的心力，经历怎样的考验，而这都是她不曾体验过的。她很好奇如果把自己放在郑勇的角色里，会是什么样的感受，会怎样认知这个问题，会把这件事做得怎么样。

她更好奇的是，为什么郑勇的思想会这么通透，行动会这么果决，就好像任何复杂的事情都不会对他造成困扰。她发现自己对他产生了兴趣，还是很浓厚的那种，她想更深入地了解他，像研究一个课题那样，去研究他……

所以她开始认真地考虑要不要接受郑勇的邀请，在春节后和他一起去郑勇帮扶的美洛村考察、感受一下。

五十四

青格乐其实私下里找了不少关系，想帮林树搞定工作的事。其中一个比较靠谱的是和他关系不错的大客户——一家私立中学的校长薛文厚，也是他的老乡。他是那家中学食堂的优质供应商，为食堂提供内蒙古的小米、莜面和奶制品等。那位校长也是一位性情中人，对教育有着极大的热诚。虽然是私立学校，投资也不小，但他并没有把学校当作生意在做，而是把培养"人"作为立校的宗旨，重点培养孩子们的品格和能力，而不是成绩。还特别招收了不少贫困家庭的学生，给予学费上的照顾。这都让青格乐对薛校长十分佩服。而青格乐作为供应商，一直诚实守信、质优价更优，还在学校里设立了一个小型的奖学金，支持那些品学兼优但家庭经济困难的学生。这也让薛校长对青格乐这位老乡有着很高的评价，说他不像个商人。

正是这种互相认同，让青格乐和薛校长成了很好的朋友，而不仅仅是合作关系。薛校长比青格乐年长近十岁，青格乐一直称呼他薛大哥。

当他和薛校长提起想帮自己的一位兄弟找工作的时候，薛校长表示他们学校正好有一位教数学的女老师要休产假，他正在找合适的人接替这位老师的工作。如果方便，可以请青格乐的兄弟来试讲一下，如果合适，下学期开学就可以来这边入职了。

　　只是这件事青格乐还没有和林树商量。这所学校知名度一般，薪水也不如林树之前所在的机构，上班地点距离林树的住处也很远。但这是青格乐所能帮林树找到的最对口的工作机会了。如果林树能接受，以他的工作经验，试讲肯定能通过。这样春节后就可以上班了，就可以结束他目前这种低落的状态了。而且，能为林树做点事、解决他一些实际困难，也会让青格乐心里好受些。他觉得这些年林树给了他太多照顾，从经济上到精神上。虽然林树从不求回报，但青格乐总觉得亏欠林树很多，总想有机会能够"回报"一下。

　　有一次新年，青格乐发了祝福短信给林树，并趁机感谢林树给自己的关照。他记得林树当时回复他说："谢啥，谁让我是你哥呢？其实我什么也没做，你所说的那些'事儿'在我这里都不是事儿，只是我的一种表达。而且我也要感谢你，能够接受我的表达和心意，而不是拒绝我，让我的表达有个归处，对我也是一种成全呢。"

　　青格乐知道林树不想让他有心理压力，更不用想着怎么去"回报"他，甚至把青格乐的接受看作是对自己的成全，不得不说，这是一般人所没有的格局。但作为兄弟，即使不是回报，也不能对林树目前的处境置之不理，而必须要做点什么。直接从经济上资助他？林树肯定不会接受；经常请他吃个饭，也不解决根本问题。只有帮他找到一个合适的机会，才是最恰当的帮助吧？或者这也是我的一种表达吧？青格乐想。

但是，自从上次林树和他说了那番关于新产品开发的话之后，青格乐就铁了心地想拉林树入伙，让他成为自己的合伙人。其实在此之前，青格乐就曾多次向林树表达过类似的想法，他非常希望能和林树一起做些事。在他心里，没有什么比和自己的好兄弟一起做一件喜欢的、有价值的事更值得高兴的了。但他也知道，林树对教育一直有一种执念，他能看到林树内心对教育深沉的爱。所以虽然邀请过林树几次，但都没有很坚决，或者强硬。现在，他实在不想再错过了。他看到了林树的另一面，对商业非常敏锐的那一面，能与自己形成很好互补的那一面。如果真的能一起做，一定会创造更大的价值。

只是我该如何说服他呢？青格乐这几天一直在想这个问题。而薛校长那边还在问他的兄弟什么时候能过去试讲，毕竟年后就要开学了，如果不合适，薛校长还要找找其他人选。

五十五

失眠一整夜，林树强打精神来到了医院，今天他将要做一个牙龈瘤手术。从预约成功到第一次就诊，中间整整隔了两个月。而从第一次就诊到现在，也已经有四周了。在经历了血检、X 光、消炎等各个环节后，今天终于可以手术了。

牙龈瘤不是什么大毛病，不痛不痒，症状是病菌感染导致的牙龈表面溃烂、红肿。林树的患处正好是门牙上方的牙龈，所以观感比较恐怖，且有面积扩大的风险。它无法通过药物治愈，只能手术。林树也是犹豫了很久才决定去治疗的。从小到大，他对小病小痛的反应都比较迟钝，或者耐受度比较高，除非严重到一定程度才会求医问药。加上只要涉及口腔、牙齿的治疗都比较贵，而自己目前又处于没有收入的状态，所以能拖就拖了。但他也很清楚，如果不趁着没有转成"重症"去治疗，后续不知道会发展到什么程度，到时可能会影响其他方面，或者治疗费用更贵。

林树的手术很顺利。虽然只是一个门诊小手术，但他还是不由自主的紧张，毕竟他连医院都没去过几次，更别说在自己身上动刀了。走出医院的那一刻，他忽然想起网上的一个孤独分级表，其中"一个人手术"是最高级的十级。在从医院去地铁的路上，看着路边叶子落光的枯树，灰突突的天空，清冷的大街，体会着因为早上空腹带来的饥饿感，他真是对这个"十级"有了切肤的体会，心里大大的凄惶了一番，也不免有些可怜自己。在地铁口徘徊了一下，他决定去体验一下第五级的孤独——一个人吃火锅，虽然这次手术的费用贵得让他胃疼……

五十六

郑勇本来也是不想拂逆了顾教授的好意，才答应去"相亲"的，虽然他本来也要去看望顾教授和秦主任，但有了"相亲"这个环节，总是会让人很不自在。他其实早就到了该结婚的年纪，但目前的状态实在不适合谈论这件事。所以他去顾教授家，多少是有点为了完成任务的意思。

但从顾教授家离开后，他已经不这么想了。那个叫文岚的女孩，虽然没有和他说很多话，但他能感受到她别样的气质，那种对他很有吸引力的气质。所以在告别时，他很自然的邀请文岚年后去美洛村做客，同时，他内心已经对文岚的美洛之行充满期待了，只是文岚还没答应他，说考虑一下再答复他……

五十七

午后的阳光很好。文岚窝在家里一边写着她的小说，一边想着要不要接受郑勇的邀请。

文岚为自己做了一杯抹茶拿铁。把宇治抹茶粉放进茶盏，倒入少量开水，用茶筅在茶盏里按照一定的方向搅匀，再加入热牛奶，用奶泡器打出细腻的奶泡，最后再加入一点蜂蜜，一杯特制的抹茶拿铁就做成了。在留学时，她曾经跟着导师去日本参加一个学术会议。顺便，其实是特地，去了当地的茶道馆，体验了一次茶道，并带了很多抹茶粉回去。后续她自己买了茶筅等工具，有闲的时候就自己试着做抹茶。现在抹茶拿铁的制作对于她来说已经很熟练了，味道比咖啡馆里卖的还好。

文岚啜饮了一口，抹茶含蓄的苦、矜持的香、牛奶和蜂蜜的甜，在她的味蕾上次第绽放、舞蹈，就像一曲江南的乐府，古典又雅致，让那一刻的时光都喜悦了起来。

电脑里传出邮件提示音，有新邮件？文岚放下咖啡杯，看了一下邮箱。看到发件人的那一刻，她一下子愣住了。这个名字，已经十多年没有出现了，再次看到它，文岚的心不由得像被针扎了一下，刺痛起来……

五十八

相比林树的专注，青格乐更注重人生经历和体验，他愿意给自己创造机会去尝试各种新事物。所以他毕业后那几年曾经在不同城市生活，在不同行业和岗位工作，就是想接触不同的地理风物、认识不同的人和民族、了解不同的行业和领域，他觉得这样的人生才是精彩的、充实的、没有边界的。

也借由这些尝试，才能更好地认知世界，才能更好地融入世界。更重要的是认知自己，也能更好地与自己相处。这些年的经历告诉他，人最难的就是认知自己，以及处理自己与自己的关系。一个人如果过不了自己这一关，就会陷入无尽的纠结和内耗，就无法达成自己想要的目标。

当然，过程中一定有很多碰壁、挫折、疼痛，但正是因为有了它们的对比，才能更充分体会到那些美好、温暖和感动，才能知道什么对自己是最重要的，才能知道一个人在面对逆境时，会激发出怎样的生命张力。就像如果不曾经历被人骗那件事，林树就不会跑过去照顾他，他就不会更加深刻地感受到这段关系对他是如此重要、林树这个兄弟对他如此重要。

所以他会把帮助林树走出目前的境地当作自己的责任，是必须达成的事。不仅仅是因为林树曾经多次在他最需要的时候挺身而出，而是因为林树对他来说是无可替代的兄弟。他不希望也不允许林树身处困境。他必须出手，把他从一片沼泽中拉出来，不管付出怎样的代价。在他心里，除了父母，"兄弟"是最有分量的关系，他不会轻易与谁缔结这种关系，而在他心里，林树就是他异父异母的亲兄弟。

而林树一直觉得人一辈子能把一件事做好就已经很厉害了，他只是一心想做个老师，做个好老师，这就是他最大的人生梦想，从没想过要做别的。不是他对这个世界没有好奇心，但好奇和选职业还是有区别的。他对青格乐所在的商业领域也有好奇心，当然一部分原因是想了解这个领域的神奇之处在哪里，所以吸引了青格乐——他会去看商业类的书、关注一些商业现象、去分析一些热点商业事件。他想如果自己懂一些，说不定就能帮青格乐出出主意，帮他少走一些弯路、避免一些风险。在他看来，青格乐太单纯，没什么城府，相比商业的复杂性，并不那么适合做生意。时间久了，林树对商业的认知不知不觉就有了一定的积累，但他又不想让青格乐知道他对他做生意的担心，同时又想把自己对青格乐公司产品的想法表达出来。所以才有了此前他在青格乐的网店里通过客服以吐槽的方式输出一些自己的建议。没想到被青格乐发现了，也才有了后来对青格乐说的那番关于新产品开发的"规划"，也由此让青格乐对邀请他做合伙人动了更深的心思。

但他从没有想过自己要进入这个领域去工作，更没想过要去创业，至少在这次青格乐很郑重、很严肃、很认真的邀请他之前是这样的……

五十九

文岚收到的邮件来自雅各布。光是看到他的名字，就足以勾起很多往事，像一个个巨浪，劈头盖脸的向文岚扑过来，将她淹没，不能呼吸。

而这封邮件竟然是用中文写的。

原来，自从二人分手以后，雅各布一直没有放下文岚，但由于文岚换了邮箱和电话，雅各布一直无法联系到她，但他一直坚信自己可以找到文岚，并为此做了很多工作和准备，包括潜心学习中文。他想以此表达自己的决心和态度，他想更多的了解文岚的国家和那个国家的文化，他希望能用文岚的母语和她交流，哪怕文岚并不知道他为此付出了多少努力和辛苦。

而为了联系到文岚，雅各布问了所有他和文岚共同认识的人、尝试了各种中国的社交软件、关注了中国多个媒体账号、以文岚的中英文名字做了无数次搜索，几乎穷尽了各种可能，但一直没有一点线索。直到他非常偶然地从一家美国学术期刊上看到了文岚与她的导师合作的论文，在论文的末尾有作者的联系方式。"真是踏破铁鞋无觅处"，雅各布在邮件里这样说——看来他的中文学得还是很有成效的。

雅各布说，他会以技术官员的身份，随以色列代表团来北京参加冬奥会，他想有机会能和文岚见个面，"我有好几肚子的话要和你说"，雅各布的字里行间透着掩饰不住的迫不及待和激动，恨不得从这些文字里冲出来、从电脑屏幕里钻出来，站到文岚的面前。

"我们还有很多可能性，我指的是好的可能性，我希望能在中国与你当面探讨。"

雅各布说得含蓄而直白。他并不知道文岚现在的状况，包括婚姻，又不能冒冒失失地问，但他又是如此期待能与文岚再续前缘，所以他只能在他对中文的驾驭能力范围内，选择最小心翼翼、最隐晦又最直接的措辞。这满满的纠结，真是难为他了。

文岚真是非常措手不及。这些年来，她已经把这个名字和那段回忆与自己彻底切割了，就像做了一个恶性肿瘤切除手术，她好不容易从这场"大病"里偷来一条小命，苟延残喘。但后遗症一直都在，就是她再也不想和任何人谈感情。一朝被蛇咬，十年怕井绳，她宁愿孤独终老。

虽然，在看到雅各布附在邮件里的他的近照时——他英气不再、沧桑满目的样子确实让文岚心酸了一下。她也明白雅各布说的可能性指的是什么，但真的可能吗？还有必要吗？真的要去见他吗？见到了又有什么可说的呢？

六十

从顾教授家离开后，郑勇马不停蹄地去找自己的老领导汇报这一年的工作。这三年来，郑勇的扶贫工作一年一个新台阶，走得很稳很扎实。虽然成绩很亮眼，但都属于过去了。他更想让领导支持他对美洛村下一步的发展规划。

凉山地处四川、云南交界处，属于少数民族聚居区。以美洛村为例，就有十多个少数民族。而且地形复杂，以山地居多，土壤贫瘠，不适合大面积耕种，各家各户每年的收成几乎不够自家的口粮。同时交通闭塞，外连不畅。老百姓的受教育程度低，没有什么技能，思想也比较保守，他们安于天命，没有见过外面的世界，不知道自己的生活和整个村子还有另外的可能。

郑勇先是对美洛村做了深入细致的调研，包括自然条件、农畜牧产、风俗文化、人口结构、历史沿革等，并对村民进行了大量的访谈。在此基础上，制订了"夯实基础、特色突破、自驱发展"的方针。首先带领大家对现有土壤进行改良，同时开垦新的耕地，提高土地的产出，满足乡亲们的吃饭问题。接下来重点种植当地的特色农作物，如魔芋、苦荞、辣椒等，提高乡亲们的收入水平，并将这些作物进行深加工。比如开发了魔芋苦荞面条、饼干，主打低热量高营养降血压等功能特色；把辣椒和当地一种独有的山羊肉相结合，加工成羊肉辣椒下饭酱。这些都颇受当下注重健康又追求口味的打工人、干饭人的欢迎。

同时，农闲时还组织大家学习新技能，并与省内的用人单位结成劳务输出合作伙伴，把农闲时间变成增加收入的黄金时间。一些不方便外出的妇女，则组织她们利用从小就会的刺绣、编织手艺，发展具有少数民族特色的手工业；还请来技术专家，指导大家种植草莓、苹果等水果；在不适合种植农作物的山地，栽种各种观赏树木，让村子周边的山上四季都有花海，并借此发展乡村旅游业等。

缺资金，郑勇就跑农村信用社协调贷款；缺销售渠道，郑勇就联系电商平台，教大家开网店；运输不畅，郑勇就组织大家修路架桥。这几年，郑勇几乎没有任何休息，恨不得上天入海，不说呕心沥血，也可谓殚精竭虑。看着美洛村一天天变样，看着乡亲们脸上的笑容越来越多，郑勇感受到一种踏踏实实的幸福，这种幸福源自他为乡亲们创造了幸福。虽然很辛苦，从身体上到心理上压力都大到极限，但回头看看，一切都值得。

接下来，他想对美洛村进行"扶智"，通过发展教育等方式，改变乡亲们的思想。让他们产生自驱力，去主动寻求改变，去相信生活还可以变得更好，相信自己可以变得更好。从而形成一个自循环体系，而不必依赖外部的推动。他知道，这是一项长期、艰巨的工程，他不知道在他的任期内能做多少，能完成多少，但他相信只要开始，就能到达。

当然，在此之前，或者与此同时，他还有很多计划要落实，比如为美洛村建一座学校，这样适龄的孩子就不用翻山越岭去上学了，想学习的大人也可以来学习；建一个卫生所，解决乡亲们看病难的问题；为每家每户安装太阳能热水器，建干净的卫生间，养成良好的卫生习惯，减少疾病的发生；为村里建一个图书室，组织大家排演少数民族歌舞，丰富乡亲们的文化生活；他还想请专业团队为美洛村的农产品、水果等进行绿色食品、有机食品认证，同时进行品牌策划和包装，提升价值……

随着工作的深入，郑勇发现自己越来越喜欢这里了。葱茏的草木、秀丽的山水、多彩的民族风情、生生不息的文化和淳朴善良的人们，是如此的单纯、和谐，与他此前所生活、工作的环境有着天壤之别，让他流连忘返。更重要的是，这里倾注了他太多太多的感情：他访遍了全村近百户人家，记住了每位村民的名字—尽管很多少数民族的名字很长很难记，了解了每户人家的情况和需求；他用脚步丈量了村里的每一个山头、每一寸耕地、每一片树林；他的汗水滴落在村里的每条路上，蒸发变成空气和整个村子融为一体；他也时常穿上当地人们的服装，用他们的方言向他们问好、与他们聊天。从内到外，他都已经成为这个村子的一部分，这个村子也已经成为他的一部分，水乳交融，不可分割。

他不知道他的余生还会与美洛村、与美洛村的乡亲们发生怎样的故事，但他知道，他还想为这里做更多的事，尽管他已经非常非常累了，累到连巨大的成就感也无法消弭这份疲惫……

六十一

火锅上来了，林树才发现手术后的伤口根本不允许他吃这么热、这么烫的食物。不吃又浪费，太可惜了。唉，这段时间节衣缩食，本想用一顿美食安抚一下刚刚手术带来的十级孤独，现在一口也不能吃，还浪费了那么多钱，林树心里有种"偷鸡不成蚀把米"的沮丧。

虽说这么多年都是一个人生活，他已经习惯了各种各样的孤独，但他也不是不渴望被人关心，尤其在这样一个"寒冬"：失业、没有收入、手术、脆弱到极致的情绪、无人可倾诉的压抑，让他像是陷入了一个冰窖，冷到呼吸成冰、灵魂打战、希望冬眠。最要命的是，他不知道怎么突破目前的境况，不知道这种状况还将持续多久，也不知道他的心理和存款能支撑他多久……

青格乐的电话打过来的时候，林树正要把点的食材打包回家。"正好，你过来一起吃火锅吧，开车过来也就十多分钟。"青格乐还没来得及说什么事，林树就赶紧发出邀请，他实在不想浪费这些食材。"也好，正好我有事要和你说，咱们边吃边聊。你等我，我马上过来。"青格乐放下电话就出发了。

等青格乐的间隙，林树给他妈妈打了个电话，告诉她春节回不去了。妈妈虽然很想他能回去，但也没有办法，毕竟工作重要。

"要不要给你寄些家里的好吃的？省得你自己买了，我和你爸爸又吃不完。"妈妈问。

"不用了，我这里啥都有，想吃啥我自己买就行了，快递太麻烦了，快递费又贵。"林树笑着说。

"最近还总是加班吗？每天能按时吃饭吗？睡眠时间能

保证吗？"这几个问题是妈妈每次必问的，在她眼里，吃饱饭睡好觉是最大的事，是她对儿子表达关心的最基本形式。

"不怎么加班了，学生都放假了，我们也就是一些收尾的工作。吃饭睡觉都正常，我最近都胖了呢。"林树"应付"这类问题已经很熟练了。他每次都提醒自己不要露出蛛丝马迹，免得爸妈生疑、担心。这段时间，他成了一个彻头彻尾的大骗子，几乎把这辈子所有的谎都说了，骗的还是自己最亲的人。

"等春节后，我调休几天就回去看你和我爸。你们好好过年，多吃点好吃的。我买了你最爱吃的柿饼，收到后赶紧吃啊，吃完我再买。还给我爸买了秋梨膏，一到冬天他的呼吸道就不太好，让他按时喝，能缓解一下症状。我还买了些带鱼，每年过年我爸不是都喜欢吃香煎带鱼嘛。"林树叮嘱妈妈。

"你又乱花钱，家里什么都有的。不用管我们，你自己也吃点好的。你不是年轻人了，要注意饮食，注意休息，对自己好点。"妈妈每次都不让他买东西，就怕给林树添负担。"本来楼上的你刘叔还说等你回来给你介绍个对象呢，唉，又见不上了。"妈妈叹了口气。

"不是说不用你们操心这事嘛，怎么又提相亲？告诉我刘叔就说我有对象了，不用他费心了。"林树不知哪来的火气，说话的声调都高了。

"每次提这事你都生气，你都多大了，还不考虑婚事？

算了算了，不说了，你快去吃饭吧，下午还要上班呢。"妈妈无奈地终止了话题。

放下电话，林树就开始自责。妈妈关心儿子的婚事有什么错？为什么要对她发火？为什么要把自己的情绪转嫁给她？为什么对最亲的人这么粗暴？甚至比不上对一个陌生人礼貌……

林树意识到这段时间自己的心态被挤压得严重变形，情绪极其不稳定。就像一个堤坝，一个小小的蚁穴就能让它决口。而他如同一个被捆住了手脚、嘴上贴了胶带，被扔进暗黑深渊的人，无论怎么挣扎，都看不到天光，内心越来越崩溃，越来越绝望，这种感觉和他时常想象的死亡如此的像……

六十二

"怎么一个人来吃火锅？"青格乐提着一个鼓鼓囊囊的大布袋子出现在林树面前，伴着一阵呼啸而来的寒气。"你怎么一口都没动啊？不饿吗？"青格乐一边把外衣放好、入座，一边对林树说，同时注意到林树的脸色苍白，上唇和牙龈之间有些微微隆起，像是里面垫了什么东西。整个嘴部勉强地闭合，像是隐藏了什么秘密。

"你这是咋啦？脸色不太好。嘴里含了什么东西吗？怎么有点像猿人？"青格乐伸过去一只大手，托着林树的下巴左右扭动，像是一个医生在问诊，目光里满是关切。

林树"啊"了一声向侧面昂了下头，摆脱了青格乐的熊掌。刚刚的左右扭动使得上唇摩擦了他牙龈上的伤口。虽然伤口表面敷了一层他叫不上名字、用来止血、促进愈合的东西，但还是引发了一阵痛感。

"受伤了？很疼吗？"青格乐缩回手，不知所措，上半身隔着餐桌向林树探了探，急切地想知道答案。

"没事，我刚做完一个小手术，切了一块牙龈。身上少了块肉，那必须大补一下呀，就来吃火锅了。但实在有些不方便，便宜你了，这一桌的肉和菜都是你的了。"林树故作轻松地说，他不想让青格乐担心。

"怎么了，还需要手术？再说你做手术怎么不叫我啊？"青格乐有些埋怨地说。

"一个门诊小手术而已，叫你干吗？组团手术吗？看你壮得像头狗熊一样，哈哈哈。"林树开着玩笑。

青格乐太了解林树了，一直都是万事不求人、不给别人添麻烦的性格，知道他不想让自己担心。但他已经从声音里听出了林树的虚弱。可能手术不大，但生理上的创伤会给人的心理带来一定的冲击，这方面青格乐深有体会，之前他浑身长满湿疹的时候，心理和情绪就非常低沉和脆弱。

"叫我可以照顾一下你嘛，'狗熊'也会照顾人的。"青格乐说，"知道你不愿意麻烦人，但万一有什么事，我在的话至少有个照应啊。"

"能有啥事？我吉人自有天相！赶紧吃你的火锅。"说着，林树把火锅的电源调到最高档，锅里的汤底很快咕嘟起来，又把肉菜的盘子都向青格乐挪了挪。

"医生怎么说？你多久能恢复？"

"医生说会很快，也就十天半个月吧，春节前我肯定能恢复，放心吧。"

青格乐不再纠缠，把带来的大布袋放到旁边的椅子上，从里面一件一件地往外掏东西。

"你帮我下菜，饿死我了。"青格乐说，"这些东西你一会儿走的时候都带上。"说着掏出来一些瓶瓶罐罐，还有两个大盒子。

"这都是啥？为啥要我带走？"林树一边往锅里下菜，一边疑惑地看着青格乐拿出来的东西。

"我给自己买的营养品，没注意每瓶的含量这么大，分你一些，帮我分担，不然过了保质期我都吃不完，就浪费了。"青格乐把瓶瓶罐罐往里推了推，几乎占满了桌子剩余的面积。

"你又来！上次的棉服说是买小了，给我了；这次营养品又买多了，又给我了。能不能靠谱点儿啊？"林树忍不住批评他。

"你管我？给你，你就吃！都快年过半百了，看看你那小身板，像纸片一样，赶紧补补吧，小老头儿！"青格乐回击，语带调侃。"这个是鱼油，对心血管好；这个是钙片，强健骨骼的；这个是复合维生素，膳食补充剂；这个是你最需要的，氨糖软骨素，你不是经常膝盖不舒服吗？估计是跑步过量了。试试这个，应该挺有效的。"青格乐向林树一一介绍着。"用量你自己看说明，估计够你吃一年的了。本来还想找找有没有促进生发的，来拯救一下你的发际线。不过很不幸，目前没有这样的产品。"说着故意拢了拢自己浓密的头发，像是在向林树炫耀。

林树怎么会不知道，青格乐"费尽心机"地想帮他，又要照顾他的情绪，才"编造"了各种不靠谱的理由。明明是接济他，却要说成是请他帮自己分担多余的。我真的需要青格乐这么小心翼翼的照顾吗？太为难他了吧？

"还有这个。"说着青格乐拿出一个盒子，"手机——是你一直用的那个品牌，最新款、顶配。这是我们公司年会抽奖的奖品，多准备了一个，没用上。电子产品更新太快，不用的话马上就折旧。我自己的刚换了没多久，所以留着它也没啥用，发挥不了它的价值。你现在的手机不是已经用了五年多了吗？电池用不了两小时就没电，也该换了。不过不是你喜欢的颜色，你将就着用，别嫌弃。"青格乐递过来一个白色的盒子。

其实这根本不是什么年会剩下的奖品，而是青格乐特地为林树买的，只是他特地没有选林树喜欢的颜色，不然林树一定会识破他的"伎俩"。

"有完没完了？是不是把你们公司家底儿都搬来了？我那个还能用，你自己留着吧。"林树真有些招架不住了。平白无故送什么手机呀？这么贵的东西。"肉都熟了，你赶紧吃，不然就煮老了。"说着把自己调好但一口也没动的蘸料碟放到青格乐面前。

"你把手机拿上，还有最后一个。"青格乐又掏出一个盒子，比刚才那个更大。"上次你喝多了，我送你回家扶你躺下给你脱鞋的时候，注意到你那双鞋右脚鞋底已经断裂了，我就顺便看了下鞋码。最近各个电商平台在打折，力度很大，照着你那个牌子我买了两双，咱俩一人一双。我现在穿的就是，还真舒服。只是我不运动，穿这个有些浪费。你可以穿着去跑步啥的。赶紧试试，不合适拿去换。"青格乐打开盒子，拿出鞋子，递给林树要他现在就试。"对了，里面还有一双运动袜，商家送的。"

林树一眼就看出那是某顶级跑鞋品牌今年的最新款，刚上市不久。这个时候买价格肯定很高，不可能打折，他自己绝对不会花这么多钱买。被青格乐看到鞋底断了那双，是他三年前趁着 618 促销买的，折扣幅度很大，价格还可以接受，是为了奖励自己刚刚完成人生的第一个马拉松。三年下来，跑量已经远远超出那双鞋子承受的极限，所以破损得厉害，早该换了。但他穿习惯了，而且有些舍不得，所以一直没换。

"出货"完毕，青格乐开吃了。狼吞虎咽，风卷残云。对面的林树捧着鞋盒，心里很复杂，却说不出一句话。看着林树愣在那里的样子，青格乐心里很是窃喜。他今天表现得比较"强势"，采用的都是不容商量的语气，是不想给林树拒绝的机会。他能感觉到，最近这段时间，林树的情绪一直比较低落，人处在那样的情况下，一定非常需要别人的关心和鼓励。但以林树那般敏感的"体质"，这种关心和鼓励又不能表现得太直接和明显，所以他都说成是请林树帮忙。帮兄弟的忙，他总不能拒绝吧？现在看来，效果很不错。青格乐有种"阴谋"得逞的得意。

"你赶紧试试鞋，我正事还没说呢，先让我吃几口，一会儿和你说。"青格乐嘴里满满的肉，有些口齿不清地说。

六十三

文岚一直没有回复雅各布的邮件，她不确定自己会以怎样的心态去面对他。十多年的时间，她尝试了各种方法，试图走出当初雅各布与她分手所带来的伤害。她不是不能接受分手，这在恋爱中很正常，但让她非常受打击的在于，她不知道一段感情，要怎样才能坚不可摧，才能抵挡任何看得见的，如财富、地位等差异；以及看不见的，如文化、信仰等差异，以及这些差异所带来的破坏，甚至摧毁。而当年她和雅各布已经爱得那么坚定、那么无畏、那么倾尽所有，最终只是因为她的信仰与他的不同，就轻而易举地让他们的爱情顷刻间粉身碎骨，没有任何转圜的余地。

即使真爱，也从来不是那么纯粹的；即使真爱，也未必能战胜一切困难；即使真爱，也未必真的能在一起。这是文岚当年心痛到万念俱灰时得出的结论。甚至她怀疑，还有必要再去那样爱吗？还值得那样去爱吗？我还能继续相信爱情吗？

那时她还觉得雅各布是不可原谅的，因为他无数次发誓非文岚不娶，任何因素都不能将他们分开。而现实如此的骨感和打脸，好像只是轻轻一吹，他们的爱情大厦就倒塌了。而面对信仰这么强大的对手、强大到你根本无从击败它——雅各布又能怎样呢？他凭什么去突破一个种族加给他的要求？他拿什么去对抗一种信仰？文岚又凭什么值得雅各布去背叛他所从属的族群和文化？

不值得。一个人，无论多优秀，在一种宗教和信仰面前，都渺小得可以忽略不计，甚至没有资格去与之对比，就被判了"死刑"。雅各布也没做错什么，他只是误解了宗教的包容度，高估了宗教的接受度，他只是心存侥幸，他只是还没有强大到可以与宗教去对抗。而他作为一个犹太人，是没有选择的，只能选择分手。

既然大家都这么无奈，又何必去责怪？都放下吧，这是文岚能够给自己的唯一生路。所以，就这样吧，好不容易为自己建立了一个新的世界，实在没有必要去打破它。文岚决定连邮件都不必回复了——不回复本身就是一种回复了。

没想到，迟迟没有收到回复的雅各布直接来到了她所在的城市。

六十四

郑勇来到省委办公楼。大门两侧已经挂起了大大的红灯笼，很有过年的喜庆气氛。经过门卫岗哨时，他和正在站岗值班的小伙子打了个招呼，把一个装满核桃的纸袋放在他身后的岗亭里，请他尝尝来自凉山的特产。小伙子向郑勇敬了个礼，算是感谢。

郑勇直接上到了五楼。他发现大楼内部重新装修了，低调又庄重。顺着楼梯台阶还摆放了几盆不同颜色的花，花瓣上还有些许水珠，想必刚刚浇过水。郑勇想起此时美洛村的山里，正在盛放的迎春花和梅花，金灿灿、粉莹莹，置身其中，意美心醉，流连忘返，非常治愈。楼里的花也美，但美得有些机械、有些呆板、没有生气，即使被照顾得很好，依然开得怯怯的；山里的花，美在蓬勃、美在灵动、美在放肆，即使无人照管，也能开得没心没肺、无法无天、飞扬跋扈。那种充满没有被驯服的原始生命力的美，才是天地间最摄人心魄的造化。

来到组织部副部长陆晓东的办公室门口，郑勇敲门。听到"请进"后，郑勇推门而入。陆晓东已经在等他了。郑勇没怎么寒暄，呈上特地给陆晓东带来的凉山特产，请他笑纳。陆晓东起身从办公桌后走出来，热情地握着郑勇的手，说："郑勇，辛苦了。欢迎回来过年。"并请郑勇在沙发上落座。

郑勇在来之前，已经把汇报文件发给了陆副部长，所以他直奔主题，除了工作成绩，重点讲了接下来的发展规划，以及需要领导给予的支持。

陆晓东一边认真地听，一边频频点头。末了，他对郑勇的工作给予了极大的肯定，并表示会全力支持美洛村接下来的工作。同时，他向郑勇透露了一个信息。鉴于郑勇出色的工作成绩，以及他在扶贫工作中展现出来的能力、智慧和格局，组织上有意赋予他更大的责任，去凉山州另外一个扶贫工作更加艰巨的乡镇担任副镇长，全面负责那里的脱贫工作。而这对于他个人今后的发展，有着很好的铺垫作用。

郑勇有些意外，困惑地看着陆晓东，有点没反应过来。"就是说，我要离开美洛，不能继续带着乡亲们一起致富了吗？"郑勇问，语气里透着不确定和弱弱的抵触。

"是的，但是你可以把在美洛的经验带到你要去的乡镇，带领更多的乡亲们一起脱贫致富。你的舞台更大了，发挥的空间更大了，创造的价值也会更大。"陆晓东觉察到了郑勇的情绪和想法，所以想通过给他描绘一个更广大的蓝图来说服他。

郑勇显然对此没有那么热烈的反应。这三年来，他把自己完全交给了美洛，交给了美洛的山山水水，交给了美洛的土地和清风，交给了美洛的星辰和麦浪，交给了美洛的晨晖和鱼塘，交给了美洛的乡亲们，交给了美洛下一个三年和美好的可能。美洛已经成了他的一部分，已经嫁接到了他的肉体和灵魂，已经成为他的另一重人格。他还没准备好离开，还没准备好告别，还没准备好割舍。

"当然，我们也会尊重你的个人意见。不过那个乡镇的脱贫工作正热切地期待着你。如果可能，希望你春节后就去那边开展工作。有什么想法和困难，你尽可以开诚布公地和我说，千万别有什么顾虑。"陆晓东补充了一些当地的信息给郑勇做参考，并起身给郑勇倒了一杯热茶。

郑勇也知道，这其实代表着组织对自己的肯定，也是组织在给自己机会。而且无论在哪里工作，其实都会面临这种转身、离开。一个成熟的人，心里不是不能有感情，甚至可以有很丰沛的感情，但是要懂得驾驭感情，懂得把感情和工作分开，不能感情用事。只是这个通知来得太突然，打乱了他的一些规划。尤其是他刚刚邀请过文岚去美洛，虽然文岚还没有确认一定会去，但他还是为这可能的错过而提前感到了遗憾。

"谢谢组织信任，谢谢陆副部长。我服从组织安排，只是能不能给我个机会，春节后先去美洛那边交接一下？也好和乡亲们告个别。"这个请求，于公，很合理；于私，也很合情。如果文岚决定去美洛，正好可以在郑勇回去的时候一起。如果文岚其他时间去的话，郑勇可能已经不在美洛，也无法照顾到她了。

"没问题，你自己安排好时间，准时去镇里报到就行。"陆晓东微笑着答复他。

郑勇起身告别了陆晓东，他想回美洛村过年，这样他的心里会好受些。年后就直接去镇里报到，两不耽误。要不要邀请文岚一起去过年呢？

出了省委大楼，时间已近正午。阳光洒落人间，照在身上暖洋洋的。街上依然车水马龙，行人匆匆而过，却能感受到每个人身上的雀跃与欢腾。是啊，春节就要到了，难道不就应该高高兴兴的吗？

六十五

雅各布终于踏上了去见文岚的旅程——虽然他并不确定一定能见到。但他为此准备了十五年，没有什么能够阻挡他。即使见不到，他也算是给自己一个交代，死而无憾了。

是的，死而无憾。这十五年来，他几乎每天都在与死亡共舞，加上无时无刻对文岚的思念，他过得异常辛苦。不过，如果没有这份思念做支撑，他可能早就倒下了。他也知道，当年自己的离去会给文岚造成多大的伤害，可能无论如何都无法弥补。但那不是出自他的本心，那是他所能做出的、对文岚伤害最小的决定——至少他是这样认为的。当大家都在指责他不负责任的时候，又有谁知道他当时在经历着什么、他心里有多难受呢？

当年，雅各布和文岚正在热恋期，甚至已经开始谈婚论嫁。但雅各布发现自己的右脚经常麻木，且时常在没有任何磕碰的情况下摔倒。雅各布想起自己的家族有好几位长辈有过癌症病史，预感到会有什么不好的事发生。于是他瞒着文岚去做了检查，医生给出的结论是骨癌，并给他讲述了可能带来的后果，同时要求他马上住院治疗。

听到这个诊断，雅各布第一时间想到的不是要不要住院，而是怎么和文岚说。在治疗效果很难保证的情况下，如果与文岚结婚，那么她将面临极大的"风险"，这对文岚是不公平的。雅各布也不想文岚在新婚后不久就经历与爱人生离死别这么巨大的苦痛。所以长痛不如短痛，必须马上与文岚分手。但显然如果没有一个令人信服的理由，文岚是不会离开他的。

那几天，雅各布与文岚在一起的时候，一直心不在焉，甚至神不守舍。他无法想象当他提出分手时，文岚会是怎样的反应。他也比较了哪种理由给文岚的伤害会小一些。思前想后，他觉得相比于自己出轨、移情别恋等各种荒唐理由，以信仰为借口，应该更无法反驳，更容易"一招制胜"。

于是，他编撰了"因为信仰原因，父母不同意自己与文岚的交往"这个理由，并直接消失了，他不能给文岚留下任何余地，甚至他还请要好的同学在他离开后三个月的时候，在他们同学之间"散布"了他已经回到以色列并与一位青梅竹马的女孩完婚的消息，他想彻底断了文岚的念想。

果然，他"得逞"了，这一断，就是十五年。

回到以色列之后，雅各布的父母请了最好的专家为雅各布治疗。为了遏制癌细胞扩散，医生为他发生病变的那条腿做了截肢，并使用了一种新的抗肿瘤药物。经过了长期的化疗，雅各布的病情得到了控制，但并没有全部治愈。

只是屋漏偏逢连夜雨，雅各布父母的贸易公司因为受到全球金融危机的影响，经营变得举步维艰，最终关门大吉了。雅各布的妈妈在多重压力和打击下，也病倒了……雅各布一家一下子变得风雨飘摇。雅各布的爸爸一夜之间白了头发，雅各布的弟弟当时还在服兵役，对家里的情况也爱莫能助。

雅各布心里也着急，但是多少还有些庆幸，他庆幸的是，当初"主动"与文岚分手的决定是对的，不然文岚就要和他一起遭遇这不必要的灾难。同时他也在想，如何让这个家重新振作起来，自己不能坐以待毙，哪怕自己还是个癌症病人。

六十六

青格乐一边用纸巾擦着额头和脸上的汗，一边喝了一大口冰镇饮料，来缓解这一顿麻辣火锅给口腔带来的刺激和痛感。

"太过瘾了，吃美了。"青格乐用手揉着自己鼓鼓的肚皮，无比满足地说。

"不需要其他的了吗？"林树看着一桌的空盘子，又看了看青格乐的肚子，心想：这家伙也太能吃了，他这一顿够我吃三顿了。

"饱了饱了，肚皮都要爆炸了。"青格乐微笑着说，眼睛又眯成一条缝，把身体靠在椅背上，用牙签剔着牙缝。

"那我结账了，你要发票吗？"林树掏出手机结账。"要的话，你把发票信息说一下。"

"要要要，年底了，特别需要。"青格乐把林树的手机拿了过来，"我自己填吧，省事。你有其他的发票也给我攒着，反正你也用不上，回头我找你拿。"

"你回老家过年吗？前段时间听你说要把爸妈接过来过年的。"林树问。

"不回去了，我爸妈已经过来两周了，还带了好多我们那里的羊肉来。你最近好像也不怎么做饭，就没给你带。你到时去我那里过年，让爸妈给你做手把肉，贼香！"青格乐用手指抹了一下嘴角，好像已经有口水流出来了。

"我还记得他们上次来你这时做的烧卖，还有奶制品，吃得我撑到不行。临走时还给我拿了那么多，吃了好多天才吃完。对了，咱爸的烟戒了吗？不然这个时候呼吸道又该难受了。"林树还记得去年冬天见到青格乐的父亲时，他因为支气管炎咳嗽得厉害。

"你想吃的话让他们再给你做，你爱吃他们做的东西，他们可高兴了呢。前几天还问我你最近咋样，上次你送给他们的茶他们都舍不得喝呢。"青格乐让服务员帮忙续了些热水。"烟是戒不了了，但是减量了，不然一到冬天呼吸就费劲，他自己也难受得很。"

青格乐的父母做了一辈子牧民，温厚而豁达，青格乐的很多性格都遗传自他的父母。他们听青格乐说起过林树曾经对青格乐的扶助，一直感念在心。每次来青格乐这里时，他们都要青格乐把林树请到家里来，并给予热情的招待，恨不得把他们能拿出来的最好的东西都给林树。他们不擅长表达，但林树能够感受到他们想要表达的意思。青格乐其实有一个哥哥，但刚出生不久就夭折了。青格乐在向他父母介绍林树的时候就说："他就是我哥，你们就把他当成是你们的大儿子。"林树还记得当时青格乐父母眼里闪动的泪光。

"对了，你不是有正事要说吗？啥事？"林树想起来了。

"对，是这个。"青格乐从椅背上挺直了身板，认真起来。"怎么说呢，有个工作机会，很适合你，要不要试试？"

"是吗，啥工作机会？谁给你介绍的？"林树眼睛一亮，身体前倾，盯着青格乐的眼睛。

"我有个朋友，是一家私立初中的校长，正在招一个数学老师，让我帮忙推荐合适的人。我就把你的情况和他说了。人家一听，马上提出可以过去试讲一下。合适的话，春节后你就上岗。看你感不感兴趣？"青格乐兴致不是很高的样子。

"是吗，那太好了。"林树像是猎人看到了猎物一样兴奋起来。"对方想让我什么时候过去？我提前准备一下教案。"他太着急想把工作的事搞定了，所以都没有去了解一下这家学校的情况。

"你先别急，这只是选项之一。"青格乐慢条斯理地说，"还有一个机会，要不要听听？"

"你别卖关子啊，赶紧说呗。"林树有点意外，之前那么久都没有合适的机会，现在怎么一来就好几个。

"那好，在我说第二个机会之前，你先把这个收下。"青格乐说着从衣服口袋里掏出一个信封，递给了林树。

"这是啥？怎么这么神秘？"林树迟疑着接过信封，从里面翻出了一张崭新的银行卡。"你这是啥意思？"林树确实有些摸不着头脑了。

"没啥意思，这就是你的卡。"青格乐还是不紧不慢地说，"里面有 20 万，是给你的分红。"

"分红？什么分红？谁给我的分红？我怎么会有分红呢？"林树糊涂了。

"是我公司的分红，是我公司给你这个股东的，是你应得的。"青格乐非常笃定地说。

"你公司的分红，为什么给我呢？我什么时候成你们公司的股东了？"林树越听越迷糊，"你能不能一次性把话说清楚？"

六十七

"好，我说清楚。"青格乐身体往前挪了挪，表情也严肃了起来，在开口之前，不由得停顿了一下。"从我开公司到现在，你在我们店里消费了近5万元，那可能是你那几年生活费的总额了。我知道你是为了支持我创业……我特地查了一下，我的店创立后前三个月的营收，很大一部分是来自你的消费。如果没有你当年的'买买买'，我的店估计都撑不过三个月。"青格乐好像想起了当初创业的艰难，声音有些激动和变形。

"所以，你就是我的天使投资人啊。"青格乐情不自禁地用拳头砸了一下桌子，"只是没有和我签署投资合同而已。很抱歉，我也是最近才知道。所以，我决定把这5万元换成我公司的股份，不管你同不同意，你现在就是我公司的股东。刚刚说的20万，就是这几年你的股份应得的分红。很抱歉，我能力有限，公司经营得没那么好，不然你还可以分得更多。"青格乐用自己的大手胡噜了一下自己的脸，林树注意到他的眼睛里有泪光。

"别闹，啥股东啊，就是买了点你们店里的东西而已，怎么就成股东了呢？这么说，在你店里买过东西的人都是你的股东啊？"林树没想到青格乐知道了自己在他的店里买东西的事，还因此要给自己分红，这是他万万不能接受的。他当时之所以持续在青格乐的店里买东西，的确是为了支持他创业。如果是自己想吃，买个几次尝尝也就行了，不可能买那么多次，花那么多钱。

林树知道自己对商业很不擅长，在战略、运营、供应链、营销等方面帮不了青格乐什么，但他又想帮青格乐扛一下创业的压力，他不想青格乐一个人去面对这么难的事。所以，他就想了这个笨办法，想给青格乐一些信心。后来发现自己实在吃不完买来的东西，就把买的东西送给很多朋友，推荐他们去光顾青格乐的店。后来又送给他支教过的几个学校，以及他现在帮忙的打工子弟学校。

"别的人你别管，反正你就是我公司的股东。虽然还没有做股权工商变更，就当我代持了。"说着，青格乐给林树倒了杯水，"来，给我的投资人、股东倒杯水，我以水代酒，敬你一杯，感谢你这真金白银的支持！没有你当年悄悄地支持，就没有我的今天。"说完青格乐右手举起水杯，左手放在右手前面，像是在抱拳，然后把一杯水都干了。

"这事先放一边，你说的第二个机会是啥呢？"林树见青格乐认真了，不想正面"对抗"，于是岔开话题，并把那张银行卡悄悄地向青格乐这边推过来。

"这就是第二个机会——来我公司，做我的合伙人。"青格乐自己的左右手互握，在胸前晃了晃。"我的哥呀，你还可以做更多，还可以取得更多的成就，绝不仅仅是做一个好老师。你的能力超出你想象，你知道不？"青格乐瞪大他的小眼睛，熠熠放光。

"别逗了，光是做一个普通人我就已经用尽全力了，我可没那个能力去获得什么成就，我也不去给你添乱。你赶紧帮我回复你的校长朋友，和他定个时间，我过去试讲。"林树第一反应是推辞，他不觉得自己像青格乐说的那样。

"那你说，你做老师是为了啥？"青格乐换了战术。

"为了啥？我自己喜欢当老师啊，当老师可以教出好学生啊。"林树没想到他会这样问。

"那你就算教到退休，能教出多少学生？再说，在这样的城市，缺一个你这样的老师吗？你想没想过，我们国家还有很多偏远地区的孩子，他们还没有机会享受到公平的教育资源和机会，你不是去好几个地方支教过吗？你应该也看到过这种情况。如果我们能为他们做些事，意义是不是更大？"青格乐看着林树表情的变化，感觉林树听进去了。

"先不说这个城市缺不缺我这个老师，你说怎么帮助那些偏远地区的孩子呢？"

"你不觉得商业的力量在这件事上可以发挥很大的作用吗？那些地方的教育问题是怎么产生的？很重要的一个原因就是经济不够发达，所以没有更多的资源投入教育领域，所以没有钱建校舍、老师待遇得不到提高、吸引不到更多的人才。如果你通过商业积累了很多能量，再用这种能量去支持那里的教育，你想想你能帮助多少学生？能改变多少孩子的命运？甚至是他们家庭的命运也一并改变了。"青格乐说得有些激动，声量都提高了。

"我的公司虽然不大，但至少已经有了不错的基础。不是说'打仗亲兄弟，上阵父子兵'吗，咱们兄弟一起，在我这个小平台上，把我们各自的优势发挥出来，一方面可以帮助更多的内蒙古的乡亲们，一方面可以帮助更多的孩子们，岂不是两全其美？上次你给我说的产品方案，正是我缺少的。这也是制约我们公司发展的一个重要原因。"青格乐停顿了一下。

"你就当过来帮帮我，还不行吗？"青格乐噘着嘴，斜着眼睛瞄着林树，像个想求大人给自己买个棒棒糖的孩子。

这也是林树最"受不了"青格乐的地方。他眼前这个四十岁的、壮得像座山一样的男人，在经历了生活的沧桑和吊打之后，内心深处还保留着孩子般纯真的一面。这种纯真就像一道光，将平凡、琐碎的生活照亮；这种纯真就像一块甜点，让鸡飞狗跳的苦涩日子开出花朵，生出蜜糖的味道。因为这种纯真，让一个人的生命多了很多韧性，可以去缓冲生活的暴风骤雨带来的撞击和压迫，从而给自己撑开一条缝隙，得以自由呼吸。这是林树非常佩服，也非常羡慕青格乐的地方。看着萌态可掬的青格乐，林树不由得笑了，真想捏一下他那张胖胖的大脸。

"谢谢乐老板，看得起我这个中年大叔、无业游民，给我这么好的机会。但这事有点儿大，你容我考虑一下，行不？你先帮我约校长的时间。"林树哄着青格乐说。

"约校长可以，但你不能去那个学校任教，必须来我这里。"青格乐瞪着眼睛，用食指指着林树的鼻子，"恶狠狠"地说。

"那咱们撤吧，我明天还要去打工子弟学校，等你消息。"林树起身穿衣服。

"我送你，也算是给我个机会照顾一下病人。"青格乐走过去用右手搂住林树的肩膀，同时悄悄地用左手把那张银行卡塞进了林树棉服的衣兜里⋯⋯

六十八

青格乐送林树回家的路上，就与薛校长约好了试讲的时间。为了留给林树一点准备时间，试讲定在了三天后。到了林树的住处，青格乐从车里又搬下来几个纸箱，里面全是米、油、鸡蛋、蔬菜、水果等，几乎够开一个小超市了。

林树看着这一堆东西，无奈地说："你这是要在我家开分店吗？太夸张了。"

青格乐说："我估计上次给你买的东西差不多吃完了，就在去吃火锅的路上买了点儿。我赶时间，就不帮你搬上去了。趁着没有工作摧残这段时间，你赶紧把身体养好，长点肉。等到去我那工作时，才有精力加班。"说完就开车走了，只留下一个狡黠的微笑。

林树只好吭哧吭哧把东西搬上楼，竟然累出汗了。他自问，身体这么虚了吗？这段时间他确实没怎么好好吃饭，基本都是在对付。原来的一日三餐改成了两餐，而且基本没买过肉，做菜都是以萝卜、白菜等超市里最便宜的蔬菜为主，甚至连绿叶蔬菜都不敢买。他不知道为什么物价上涨得这么厉害，最喜欢吃的西红柿居然都快九元一斤了，简直是吃钱啊！而林树现在开源无路，只能想办法截流了，而最能够短期内见效的就是节衣缩食了。

中午的火锅一口没吃，刚刚又消耗了不少力气，这会儿还真饿了。他从刚刚青格乐买的一堆物资里找出一箱牛奶，喝了一盒。目前这种情况，只能吃一些流食，不然会影响伤口愈合。

想想青格乐这种简单粗暴的方式，倒是少了很多不必要的推让和客气。其实也不必有什么心理负担吧？如果我们角色互换，我也会这么做，我也会尽我所能地帮他，也会希望他不要有任何顾虑，就接受我的帮助。不然怎么是兄弟呢？如果都怕给对方添麻烦，这关系还怎么处呢？所谓的"麻烦"，就是彼此增进了解、增进感情的契机。温暖不就是在这些过程中传递的吗？如果没有这种互相的往来，我们之间与其他普通朋友相比，又有什么区别呢？

"好像刚才我连'谢谢'都没说呢？！"林树自己也笑了。

整个下午林树一直在书桌前准备试讲方案，但明显有些心不在焉，脑子里好多事交缠在一起，理不出头绪。电脑屏幕上只写了几个字，同时在播放着一个什么剧或者某新闻频道。他根本不在意播放的内容，只是需要房间里有些声音，让他觉得不是自己一个人，好像这样就感觉没那么孤单了。以前他下班回到家，打开电脑的第一件事就是随便播放点什么，哪怕他在卫生间洗澡，根本听不到电脑的声音，他也会一直播放着。

"你把我灌醉，你让我心碎，扛下了所有罪，拼命挽回……"林树都没意识到，整个下午到晚上，他一直单曲循环地哼着这首歌。不知为什么。

六十九

正当雅各布一家陷入泥沼之时，正在举办 2008 年奥运会的中国给了雅各布灵感。他立刻意识到，奥运会后，各项体育运动将在这个人口大国得到更全面、充分的发展。而且随着中国 GDP 规模不断增长，中国老百姓在解决了温饱之后，其消费方向必将更多地投入到文化、体育等方面。这意味着中国的运动市场将迎来爆发性增长，而与之有关的运动用品、赛事运营、训练与康复等，都将迎来史无前例的黄金发展期。

而他留学时学的是人工智能与大数据，临近毕业时还在导师的带领下，为一家国际著名运动品牌研发了一套高科技的模拟训练系统，可以在人工智能的帮助下，采集各项目运动员的生理、速度、耐力、爆发力、动作标准化等方面的数据，并加以分析，从而找出训练中的短板，并给予科学的、个性化训练方案，从而有效提高训练效率和成绩。当年他确诊回国时，该项目已经完成了70%左右。他作为主力，基本掌握着该系统的核心技术模块。只要稍加改造，就可以形成一套新的系统，也能避免侵权。

于是在治疗间隙，雅各布拖着自己虚弱的身体，克服诸多困难，终于搞定了这套新系统。他借助父亲在以色列及之前贸易伙伴所在国家的资源，迅速找到了几个种子客户，包括运动装备公司、赛事运营公司，甚至体育经纪公司。同时，雅各布还联系了读博的那所学校的运动管理系——全美排名非常靠前，全球知名——毛遂自荐，希望探讨任何形式的合作。

虽然没有指望会有什么合作机会，但就是这么巧，该学校的运动管理系举办了一个面向全球各国运动管理部门高级管理者的研修班，其中有位学员就是来自中国体育管理部门的官员，他们请给他们上课的教授帮忙推荐一套能够提升训练效果的器械装备或者系统，以帮助中国比较薄弱的项目快速提升发展水平，在国际大赛上取得好的成绩。比如足球、篮球、网球，以及一些小众的运动项目，如冰雪运动。

于是，那位教授就推荐了雅各布的系统。当时这套系统已经积累了一些标杆客户和数据，在没有更多选择的情况下，该官员试着联系了雅各布，从此建立起了合作关系。雅各布的判断没错，中国在奥运效应之下，各项体育运动蓬勃发展，无论是专业的，还是大众的。雅各布的系统在中国的应用取得了很好的效果，尤其是对于那些技术含量较高、风险又比较大的项目。据说，近年来中国不断有选手在世界级滑雪比赛中取得突破性成绩，其训练就与这套系统有关。

而凭借这项系统，雅各布创办了新的公司。一家人的生活也已经走出当年的阴霾，重回正轨。现在雅各布的弟弟伊萨克全面负责公司的运营，雅各布还是负责技术。墙外开花墙内香，雅各布的这套系统也得以在以色列国内赢得了很多专业运动队的青睐，这也是他有机会作为技术支持人员参加北京冬奥会的原因。他也想借此机会，落实在中国开设分公司事宜。

庆幸的是，雅各布的肿瘤得到了较好的控制，虽然没有痊愈，但也没有继续恶化。这为他赢得了超出预期的时间，去帮助父母和家庭，也帮助自己重建人生新秩序。这个秩序里，他希望有文岚。

如果不是文岚，他可能早就放弃自己的生命了，没有几个人在遭受了那样痛苦甚至尊严都被摧毁的治疗过程后还能对生命有所眷恋。

现在，他已经来到了文岚所在的城市，他的心脏已经开始剧烈地跳动起来……

七十

郑勇还不知如何与父母说不能陪他们过年的事。

郑勇生长在农村，自幼家境贫寒。父亲天生没有左手，左胳膊只有手肘以上部分，使得他很多活计不能像正常人一样操作。母亲因为从小患有小儿麻痹症而导致足部畸形，只能靠拄着双拐走路。郑勇还有一个大他三岁的姐姐，叫郑娟。在郑勇的家乡，人均耕地很少，一年下来，收成勉强够一家人的口粮，日常开支只能靠外出打工。

换作别的家庭，大人、孩子一定是愁云不展、气氛压抑。但郑勇的父母天性乐观，虽然物质生活不够富裕，但他们心态很好。既不会因为肢体的残疾而心生自卑、自怨自艾；也不会因为生活的压力而自暴自弃、怨天尤人。相反，他们总能从生活的缝隙里看到阳光，在生活的苦难里创造甜蜜，并把它们传递给郑勇和郑娟。比如，郑爸爸在自己院子里栽了好几棵果树，春天满院花香，秋天硕果满枝。郑妈妈会在孩子们生日的时候，自己蒸米糕，在上面还做出彩色图案，不比店里卖的蛋糕差。郑爸爸和郑妈妈尽自己最大努力给孩子们一个朴素但幸福的童年。姐姐和郑勇也没有因此产生任何心理阴影，反倒知足而快乐。

郑爸爸心灵手巧，向同村的一位匠人学了木工手艺，还无师自通地写得一手好毛笔字，每逢村里有喜事或者过年，他都会被请去帮忙写各种吉祥字符、春联等。前些年郑爸爸还能给人做些家具、桌椅板凳什么的，赚点加工费。他还用边角料给郑勇做了很多小玩具，木头枪、木头飞机、木头小狗等；还会用竹篾、草、树枝等材料编竹笼、鸡窝等。郑爸爸的这门手艺没少给乡亲们帮忙，乡亲们也对他们这个家庭多有关照。

郑妈妈因为走路不方便，就学了裁剪和刺绣。看到什么流行的款式，基本都能做出来。还能别出心裁地在袖口、衣领等处绣上花草、水果、飞鸟等图案，让一件衣服有了很多灵气和个性。前些年十里八村的女孩出嫁时都会找郑妈妈做嫁衣。不忙的时候，郑妈妈还养了一些鸡鸭，通过卖鸡蛋、鸭蛋换取一些收入。郑爸爸在农闲时也会去城里打些短工，补贴家用。

日子清苦些，但一家人心在一起，一直其乐融融。郑娟初中毕业后就没有继续念书了，虽然她很有朗诵、主持的天分。她需要去赚钱，帮父母扛起这个家。于是在她十七岁那年就去邻省的电子工厂打工了。郑勇高二时，郑妈妈因为用眼过度，患了白内障，手术后恢复得不好，视力几乎丧失，身边需要有人照顾。郑爸爸的一只脚在打工时被车轮碾压成粉碎性骨折，康复后走路有些跛，遇到阴雨天就又疼又痒。南方天气本就潮湿多雨，所以他很遭罪。郑勇当时也想辍学去工作。这个家已经耗尽了所有元气，他等不及大学毕业再去回报父母，虽然他很有希望考上一所好大学。

在父母的坚持下，他才读到高三，参加了高考，并成为当地的状元。当时顾教授所在的那所高校为了争取郑勇报考，承诺为郑勇提供全额奖学金和勤工俭学的机会，还可以为郑爸爸在学校食堂提供一个工作岗位。想着到时可以把妈妈接过来照顾，一家人还能在一起，郑勇就选择了去顾教授所在的学校，他选择的也是顾教授所在的管理学院，顾教授教他们经济学课程。

顾教授注意到郑勇对经济学有很多角度很新颖的理解，就鼓励他报考自己的研究生。同时，了解到郑勇的家庭情况后，还多次让郑勇参与到自己的研究项目，以研究助理的名义给他发补助。这对当时的郑勇来说，是一份非常大的帮助，这样他就能心无旁骛的准备研究生考试了。最终郑勇以专业第二的成绩成为顾教授的研究生。

在读研过程中，顾教授继续在学术上、生活上给予了郑勇极大的帮助和关心。顾教授的爱人秦主任也对郑勇照顾有加，经常请郑勇来家里吃饭，临走还会给郑勇带好多好吃的。这也是文岚在顾教授家见到郑勇时，听到郑勇对顾教授说"没有顾教授和秦主任，自己也不会这么顺利地完成学业"这句话的原因。

郑勇参加工作后，一直表现很好。当被外派去做扶贫工作的时候，他心里没有任何抵触。他是从穷苦的环境里长大的，对贫困有很深刻的体感，也知道一个人想从这种境况下走出来有多么不容易。如果能有人伸出手拉一把，就像顾教授对他的帮助那样，就有更大的可能去改变命运。现在郑勇有机会去帮助别人改变命运，于他而言，既是组织分派给他的工作，更是他由心而生的使命。他觉得自己有责任去做这件事，就像把顾教授对他的帮助接力传下去。所以这三年来，他全身心投入其中，克服各种想象不到的困难，使命必达。好在目前看结果还不错，只是，接下来他要从带领一个村，到带领一个镇。是挑战，也是更大的使命。

现在他要做的，就是和父母解释一下，做好安抚工作，看看还有什么能为美洛村做的。如果能和文岚一起在美洛过年，那就完美了。不过他现在要告诉文岚，自己的行程有变化，看看她是否愿意和自己去美洛体验一个充满少数民族风情的春节。自从上次见过文岚，他就特别想和她有更深入的交流，相信文岚也有相同的感受，从她看他的眼神里能够觉察到……

七十一

已经凌晨两点多了，林树还是睡不着。仰面躺在床上，关着灯，睁着眼睛，像是在黑暗中寻找着什么。房间里依然没有开暖气，他把能压在被子上的厚衣物全部压上去了，厚衣服的重量压住了房间里的冷风和低温，却压不住他心里翻滚的情绪。而这些情绪急需一个出口，不然它们就像一通乱拳，在体内攻击着林树的各个脏器，让他有一种说不出的痛感。凝视着黑夜里看不见的存在，林树相信一定有什么东西也在黑暗里凝视着他，像是在被无声地审问，审问他为何"出走"半生，依然潦倒无成；审问他为何人到中年，却依然没有活成自己想要的样子；审问他余生不长，还有多少可供他挥霍的时光……而面对这些审问，他自动把自己变成一个哑巴。他知道装傻不是办法，但此刻沉默也许是最好的回答。

只是每句审问都像一块重石，相互叠加，压在他的胸口。他听到断断续续的脆响，是胸骨塌断的声音，连绵不绝，在他耳边炸裂，像随之而来的剧痛，排山倒海、势不可挡。骨头的断口锋利无比，刺破各处皮肉，张牙舞爪。整个皮囊瞬间漏洞百出，冒出一道道血流，像个喷泉。血溅落到床上、地上，形成一道道细流，像火山爆发的岩浆，滚烫、燃烧。空气里满是皮肉的焦煳味。

而自己，分明已变成这扶摇的烟火中的灰烬，没有任何痛感，没有任何重量，没有任何忧烦，也没有任何归处……

七十二

雅各布在第二封邮件里告知了文岚他到达文岚所在城市的时间，说他将在那里停留三天时间，全部都会用来等待与文岚见面，希望文岚能出现。但他也说不必勉强，毕竟对文岚来说，这可能很难。如果她不能前来，他也非常理解。他实在没有资格对文岚提出任何要求。

文岚看得出雅各布藏在文字里的卑微与热望。只是无论见或不见，她都需要给自己一个强有力的理由。她不确定自己的内心是否已经强大到可以平静面对雅各布，面对他们之间的过往和"恩怨"。虽然过去了那么多年，但有些伤口无论多久都无法愈合，且可能越来越痛。

"这个周末能来一下我这里吗？"林树收到一条微信，发件人是文岚。

出什么事了？这是林树的第一反应。

之前林树也去过文岚的城市看她，但他俩从未聊起过或有意回避"向前一步"的话题与可能。两人都心照不宣地把自己界定在对方的红（蓝）颜知己的位置。好友之上，恋人未满，这是一个能让双方都没有压力去交往的关系。只是成年人的世界，每个人心里都会有最孤独又隐秘的角落，无法向任何人开放，即使是知己、即使是最亲的人。所以他对文岚和雅各布的事一无所知，也根本不知道有雅各布这个人。但他心里隐隐有种期待，那就是与文岚能够"突破"目前的关系。

"你还好吧？是需要我做什么吗？"林树回复文岚。

"我想让你陪我去见一个人。"

七十三

林树几乎不假思索就答应了文岚，虽然他不知道文岚要去见什么人、这个人和文岚是什么关系、需要他在陪同过程中做些什么。他知道的是，文岚这么要强的一个人，如果不是遇到了她自己处理不了又特别重大的事情，是不会向他提出这样的请求的。而具体原因，如果她不想说，他也没必要问。只要去就好了，只要出现在她身旁就好了，只要陪她去做她想做的事就好了，只要在她需要的时候还能想起他，就好了！

就好像，陪文岚去做一件事，能多多少少弥补一下自己曾经"失去"她的遗憾。这个遗憾就像一个窟窿，在林树的心里埋藏了很多年，任多少快乐和喜悦都填不满。他自己的人生拼图，如果没有文岚，就始终缺了一块，永远无法成为一个完整的图案。他不知道还有没有机会把那个窟窿填满、把那个拼图填充齐整，但能够有机会多见她一次，也是好的。

只是在他订票填写出发日期的时候，才意识到这次行程与去薛校长那里试讲的时间冲突了。两件事都很重要，一件是为自己，一件是为文岚，怎么办？

林树先订好了票，随后联系青格乐，请他帮忙问问薛校长试讲的时间是否可以调整一下？青格乐问他，什么事这么重要，重要到要给试讲让路。林树没做太多解释，只是说确实非常重要，还请他和薛校长能够体谅。

"需要我帮忙吗？"青格乐从林树的语气中判断出这件事紧急且重要，不然林树不会临时失约。虽然这让自己很为难，毕竟薛校长那边年前的事情也很多，时间未必好协调。而且能给林树这个机会也是看青格乐的面子，这种面子是不好反复消费的。他为自己的事都不曾这样去求别人。即便如此，青格乐第一时间想到的还是怎么能帮到林树，而不是追问他其中的原因。

林树心生感动，青格乐不但没有怪自己，还在想着怎么帮他。他知道这会让青格乐很为难，而这也是他不愿意看到的，但实在没办法，事情都赶在一起了，相比于文岚，他只能选择为难自己的兄弟了。

"暂时不需要，需要的话我会和你开口的。你也别担心，没什么大事。只是又让你为难了。"林树讪讪地说。

"兄弟之间，有啥为难的，你放心去办事，我去求薛校长。等你办完事告诉我一下，省得我担心。过程中需要我出手的，你随时联系我。"

永远这么仗义，永远这么无条件支持我！林树觉得在青格乐面前，自己成了那个被照顾的人。这种转变不知什么时候发生的，但至少这段时间以来，青格乐为他扛了很多事，在物质上解困，在精神上按摩。就像雨中的一把伞、雪中的一盆炭、暗夜里的一束光。如果没有他，林树真不知道如何熬过这段至暗时刻。有此兄弟，夫复何求？

我何德何能啊，有青格乐这个兄弟！林树时常这样问自己。

七十四

出发去文岚那里之前，林树还要去打工子弟学校代班一次，这也是春节前的最后一次了，春节后还要不要来代班还不确定，要看自己的工作是否能搞定。即使因为搞定工作要开始上班了，林树觉得自己还是会与这所学校有联系，还会尽可能地帮助牛校长、帮助那里的孩子们。

今天和林树一起去代班的，还有一位小伙子，也是林树曾经的学生高明宇。之所以会邀请高明宇一起去，是因为今天林树想带孩子们去体验滑雪。春节后，第24届冬奥会将在北京举行，为了让孩子们了解冬奥会、感受冰雪运动的魅力与乐趣，上次代班结束的时候，林树答应下次带孩子们去滑雪。孩子们当时就兴奋不已，热切期盼着那一天早点到来。

而林树是不会滑雪的。为了不让孩子们失望，林树联系了他曾经的学生、滑雪高手高明宇，让他给孩子们做个临时教练。高明宇是典型的"别人家的孩子"，不仅学习成绩好，而且全面发展。钢琴、滑雪、编程，他样样精通。家庭条件好，物质生活富足，精神生活高雅。他很小就随他的企业家父亲参加国内国外的滑雪，水平已经达到专业级别，甚至还在一些比赛中得过很多奖项。有教练建议他走专业路线，但高明宇非常明确地表示，滑雪只是自己的一个爱好，它对于自己的意义就是体验那种自由、激情带来的快乐，让自己的生命变得更丰富，以及挑战自己所带来的成就感。

　　只是他的幸福生活在他初三上学期时随着他父亲高玉成事业的失败而戛然而止。当时正是"双创"热潮滚滚向前、沸腾翻涌的时候；是"站在风口上猪都能飞起来"的时候；是各路热钱慷慨出手创业项目不够用的时候；是昨天还籍籍无名一夜之间就能成为创业明星转而又能瞬间跌落神坛的故事层出不穷的时候。只要是和互联网沾点边，拿到融资就是分分钟的事，钱已经不是钱了，而是自来水。O2O、共享概念、智能硬件、互联网金融……，创业本身就成了一个风口，各路牛鬼蛇神更是纷纷汇聚、眼花缭乱。作为一个创业者，如果自己的项目不够时髦、不够互联网，都不好意思说自己在创业。

　　就是在这种情势下，原本做传统生意做得好好的高玉成，头脑一热，一定要转型。他不好意思向别人介绍自己原来的项目，连他自己都觉得太土、太低端。他要用互联网思维改造目前的生意，要把线下的生意搬到线上，意欲打通餐饮供应链＋金融服务。于是把前些年积累的利润一股脑投入新成立的互联网公司，招揽了大量技术人员，大张旗鼓地跳进了互联网这个性感的深海。甚至准备了好几个版本的商业计划书，见了一批又一批投资人，貌似 A-G 轮的投资都搞定了，就差一个天使轮了。

半年过去了，他预想中的产品迟迟未能上线；见了上百个投资人，也没搞定天使轮融资；创业的风口变了又变，市场上好多项目没做成"先驱"都成了"先烈"。高玉成也被这个项目花钱的速度搞得骑虎难下。结束，前期投入血本无归；继续，产品上线遥遥无期，后续还不知道要投入多少钱。这个项目就像一个无底洞，吞噬了他半辈子的积累。不得以，他四处举债，甚至透支信用卡、借了高利贷。

但依然无力回天，只剩得一身债务压得他奄奄一息。技术总监带领核心骨干集体跳槽成了压垮他的最后一根稻草，这无异于釜底抽薪。最后，因为他欠薪几个月又被员工告上法庭。只是短短半年时间，一个原本小有所成的企业家就前功尽毁、破产而终。抵押的房产、汽车，通通被拍卖；各路债主找不到高玉成，就去高明宇妈妈的单位闹事，甚至在他们租住的房子门口围堵、泼鸡血。一家人提心吊胆如惊弓之鸟。高明宇妈妈的精神压力大到崩溃，工作无法继续，只好辞职。高明宇和妹妹也从学校休学，以免被债主到学校恐吓、威胁。

最终，高玉成为了不让妻子受连累，主动提出了离婚，自己承担了全部债务。高明宇选择和爸爸一起生活，他不能看着每天靠酒精麻醉度日、靠大量安眠药入睡、不敢出门、身体暴瘦、心灰意冷到有轻生迹象的父亲就这么倒下去。他把自己的限量版球鞋、游戏装备等能变现的统统卖掉，去摆地摊，去他爸爸以前给供应食材的餐厅打工，用赚来的钱带爸爸去看心理医生，并维持基本的生活。他都不知道自己是怎么从一个五谷不分的少年，成为家里的顶梁柱的。最难的还不是身体上的疲惫，而是要担惊受怕，以及承受周围人的冷嘲热讽、指指点点、精神暴力。用他自己的话说，真是一夜长大。

林树了解到高明宇的情况后，给予了高明宇很多关心和帮助。不仅经常去他家走访，给高明宇补课，每次还会带很多米面油什么的，还通过关系给他爸爸介绍了几位知名的精神科医生。他不想看着高明宇这么好的孩子因为家庭的事而耽误了学业，他希望高明宇能按照原计划参加中考，如果耽误一年，时间成本就太高了。

后来高明宇说，如果不是林老师的帮助，那段时间他甚至会对社会、人生产生很大的误会——那些他爸爸风光的时候曾经帮助过的人，在他爸爸落难的时候，不仅没有出手相助，反而落井下石；原本欠他爸爸钱的人，现在也不还钱了；原来和他爸爸称兄道弟的人，现在都躲得远远的；原来经常求他爸爸办事的人，现在就像陌生人一样。他不理解社会、不理解人心为什么会如此险恶，他不知道如何去面对这个冷漠的世界。

正是因为林树出于本心的扶助，高明宇才得以支撑起自己和爸爸的生活，也如期参加了中考，并顺利考上了重点高中。他爸爸看到儿子为了他这么努力、这么勇敢、这么艰难——原来的阳光少年现在已经被磨砺得一身风霜、烟火满面，也慢慢地振作起来。他不能拖累儿子，不能把自己惹下的"祸"让儿子去承担。在身体和精神都有所恢复的时候，高玉成就开始找工作了。他打算重新开始，只要能赚钱，什么活儿都不挑。他会一点一点地还债，不想欠这个世界什么，也不想让儿子因为自己欠债而承受他不该承受的骂名。

现在高明宇已经大三了，正在寒假期间。这些年，每年寒暑假他都会来看望林树。得知林老师目前的情况，他还给林树出了很多主意、想了很多办法。他甚至鼓励林树创办一个托管机构。"双减"政策实施以来，学生的托管成了家长的刚需。像林树这样真心实意对学生好的老师，一定能把托管的学生照顾好，也一定会受到家长们的欢迎。但林树觉得自己不适合创业，就不了了之了。当林树请他一起去打工子弟学校代班时，高明宇二话不说就答应了，他很希望有机会能为林老师做些事，在他心里，林老师是天下最好的老师，是老师中的典范和标杆，也是他和他爸爸的恩人。

七十五

大头："我说，哥儿几个，咱们是不是该聚聚了？再不聚，就得春节后见了。"

黑鱼："聚起来，说好的一年一度年终'大趴'呢？"

大胡子："同意楼上意见！有困难要聚，没有困难创造困难也要聚！"

三石："积极响应组织号召。"

蛋饺："期待得搓手手。"

三石："+1。"

水牛："+10086。"

大头："呼叫组织委员大乐@青格乐。"

黑鱼："无大乐，不聚会！@青格乐。"

青格乐正开着车，手机里的微信消息像爆豆一样噼里啪啦喧闹不已。看到有@自己的信息，他通过耳机发了一条语音："哈哈哈，大乐收到！尽快落实！期待'大趴'！OVER！"

信息来自一个群名叫"老不死滴养老联盟"的微信群。里面有7个成员，都是和青格乐年龄差不多的"老男人"。这是一个神奇的群。本来大家互相完全不认识，都是通过某个论坛网站上一个"联合养老实验室"的话题小组结缘的。当时有一个帖子，征集一起抱团养老的人，非诚勿扰。并列出了一些条件：有至少一项专业技能，比如维修、木工、烹饪、建筑、财务、音乐等都行；善于合作，有同理心；无不良嗜好、无犯罪记录；经济和精神独立，非巨婴；身体健康，热爱运动，积极阳光；"70后"；有趣；不婚主义者优先；男女不限；名额在十人以内的单数（便于民主决策）等。最后说有意向的人可以加微信私聊。

本来青格乐是不上论坛这类APP的，是林树发给了他这个帖子的链接，说挺有意思的。他看过后觉得挺好奇，就加了发帖人的微信，按照发帖人要求的格式，做了个自我介绍发过去了。在"专业技能"这一项，青格乐写的是"没啥专业技能，但是是个好人"。

之后，青格乐很长时间都没有收到对方的回复，他也没太当回事。直到三个月后的一天，他收到对方的回复，说经过筛选，他成为入选的十五人之一，如果他愿意，可以把他拉入一个微信群深入交流。最终会留下七到九个人组成一个养老联盟，不过可以根据个人意愿随时退出。空出的名额会有新成员递补进来。

就这样，青格乐进了那个微信群，经过一年左右时间，通过线上交流、线下活动，有被群主劝退的，有主动退出的，剩下了目前的七个人。到目前为止，这个群已经运行近三年了，七个人一直没有人退出，也没有增加新的群成员。大家已经从陌生人，变成了很好的朋友。虽然不知道是否能真的一起养老，但至少在这个城市多了几个互相认同、有话聊的朋友，这也是群主、群成员当初所没想到的。毕竟当时那个帖子只是一个非常实验性的举动。所以大家都很珍惜，共同遵守着这个群的行动准则。比如，不能互相借钱，所有活动费用AA制，随时可以退出，定时聚会，鼓励分享健康的信息，鼓励在能力范围内的互助等。

目前这七个人，有的是互联网大厂的产品总监，有的是高级餐厅的大厨，有的是小众的独立音乐人，有的是上过电视节目的室内设计师，有的是每天风里来雨里去的交警，有的是执业多年的律师，还有就是经商的青格乐。虽然来自不同的行业和领域，各有不同的兴趣爱好，但大家三观比较一致，哪怕只是做朋友，就已经很有趣了。

他们还有一些共同点：都是"70后"的男人，都多多少少受过情伤，余生都不打算结婚。这可能才是组建这个群的隐性基础。而群名之所以叫"老不死滴"，是希望在大家互相照顾、抱团取暖的情况下，都能活到120岁，成为一群"老不死滴"。

反倒是最初发现这个帖子的林树，没有申请加入。青格乐想，可能因为林树不是不婚主义者，他可能还是对文岚念念不忘，毕竟她是他的"白月光"。而青格乐，自从身患湿疹、陷入囹圄之境，女友离他而去之后，他对爱情感到深深的失望和受伤。虽然之后也遇到过几个不错的女孩，也心动过，但他始终不曾再有过恋爱、结婚的念头。他对爱情的想象已经被当年的恋人摧毁了，虽然十多年过去了，他对爱情的向往依然没有恢复……

七十六

这个城市有多喧嚣，这里的人就有多孤独。这个城市里有多少个人，就有多少种孤独，区别在于，每个人孤独的姿势都不同而已。

在交通、通信都不发达的时候，朋友见一面都无比奢侈，人们哪怕翻山越岭、耗时数日，也要达成一见，因为此生中未必还会有下一次见，即使有，也说不定会在何时。人间的面，见一面，少一面。越难得，越宝贵。如今高铁、飞机、5G、即时通信如此发达，让见面如此容易和简单，但人们即使同桌用餐，也要在手机里对话，而不舍得抬头见相聚的人一眼。越易得，越无谓。

所以，在能见面的时候就去见吧；在每次见面的时候，都当作是最后一次或者此生仅有的一次见吧！或许在相见的现场不觉得有多珍贵，一旦永远都不能相见的时候，就知道以前能见而未见，是有多遗憾……

所以，雅各布去见文岚，青格乐去见养老群的人，郑勇去见美洛村的乡亲们，高明宇去见林树，林树去见打工子弟学校的孩子们，是多么美好啊！

见面的时候，别忘了给对方一个大大的拥抱！

七十七

青格乐热心肠，爱热闹，能张罗事，不怕辛苦。养老联盟刚建群那会儿，大家互相还不熟悉，多少有些矜持，迟迟不能热络起来。青格乐就每天在群里各种调侃、自黑、开玩笑、讲段子，让大家能放下面具和防备，走出自我，迅速融合。

除此之外，他还主动加了大家的微信，私下与每个人聊个透，了解他们的方方面面，既真诚又有分寸，既让人愿意与他交流，又不觉得被打扰和"窥探"隐私。渐渐地，青格乐就像这个组织的发动机和黏合剂，把七个人牢牢地串在一起。大家之所以能非常愉快地相处三年，由一个实验性的想法到现实中的小集体，青格乐发挥了很大的作用。联盟成员们一致推选他做组织委员，负责召集大家参与各种活动与事项。青格乐是个"大实在"，欣然接受组织的"任命"，并投入了大量的时间和精力，不辱使命。不说每月都有活动吧，至少每两个月会有一次聚会。也未必都是吃饭喝酒，各种形式都有。有时就是清聊，也能联络大家的感情。

其他人可能因为各种各样的原因缺席某次活动，但青格乐每次都保证参加。他也很珍惜联盟成员之间的这份缘分，毕竟在人口超过千万的这座城市，七个陌生人通过这种的方式组合在一起，本身就很神奇。况且大家之间互相学习、互相支持，各自也有很多成长。只是青格乐时常觉得，如果林树也能加入，该有多好啊！

这次时间比较仓促，青格乐因陋就简，把大家请到了公司的食堂简餐。说是简餐，为大家做饭的人可不简单——青格乐把来过年的父母请来掌勺，为大家做了一桌地道的内蒙古餐食：手把肉、血肠、羊杂、烧卖、奶酒等。肉香四溢，酒暖醉人。青格乐还第一次展示了自己的歌喉，一曲《鸿雁》唱得天高地阔、情深意切、余味悠远，让同是离开故乡在这座城市打拼的几个人眼眶发热，分外思念故乡。

"酒喝干，再斟满，今夜不醉不还。"大家把这句合唱了好几遍，好几遍，好几遍，好像都不想停下来。

年底了，积蓄了一年的奔波和辛苦，让大家多多少少都有些情绪。那些在生活、职场里累积的孤独似乎只有在这里、只有在面对这些人的时候，才能被驱逐、被碾碎、被摆脱，幸有片刻真我，也是难得。那些不能对外人说的委屈、压力、难处，在这个小小的食堂，都浸泡到酒里，发酵、释放，变成脸上的红晕、头上的热气、眼眶里的雨滴，激荡，又其乐融融。

这些有心的老男人不约而同地为青格乐的父母准备了新年礼物。有帽子围巾手套靴子四件套，可以抵御草原上的风寒；有蔬果粉等营养品，在草原上吃蔬菜水果没那么方便的时候，用热水冲一下就可以补充各种维生素和膳食纤维等营养；有一张无限流量卡，让他们在老家想青格乐的时候，可以随时与青格乐视频连线而不用心疼手机的流量；有给青格乐妈妈的护肤品，让她青春永驻；有给青格乐爸爸的护腰和护膝，让他的腰腿减少劳损；还有一对大容量的保温杯，让青格乐的爸爸妈妈在外出劳作的时候也能喝上热水。

青格乐挠着头说不出话，目光从每个联盟成员的脸上巡过。他们几个互相搂着肩膀，向一侧歪着头，也在看着青格乐。大家心照不宣，尽在不言中。青格乐慢慢走过去，一一抱住每个人，互相拍打着彼此的后背，一股暖流在各自心里流淌，汹涌又澎湃。

可惜做交警的水牛没能来。他这段时间一直在一线，负责查验在东州与临市之间来往人员。每天工作超过 12 个小时，且没有休息日。但他还是托蛋饺给青格乐的父母准备了礼物。

聚会临近结束，大家准备散了，都说水牛错过了这顿大餐。青格乐从灶台边拎过来一个保温餐袋，对大家说："别担心，少不了咱们人民警察的。我早就给他留了一份，你们吃到的他都有。我这就开车给他送过去，保证他能吃到热乎的手把肉。他不能喝酒，我把酒换成了羊汤，加了好多胡椒，让在冰天雪地里站了一天的他喝一口就能浑身冒汗。"

七十八

　　林树和高明宇带着十几个打工子弟学校的孩子来到了一家室内滑雪场。冬奥会日益临近，全国各地的冰雪运动开展得也是如火如荼。今天虽然是工作日，但场内的孩子还是非常多。鲜艳的滑雪服、酷酷的滑雪镜、有模有样的单双板，很多孩子一看就不是初学者。他们笑着、喊着、沉浸其中，非常享受。说不定十年后的世界冠军就在他们之中。

　　已经是专业级的高明宇带着孩子们选了滑雪服和雪板。孩子们第一次来雪场，既兴奋，又有一些害怕。高明宇为他们讲解了技术要领和注意事项，并示范了几次。有胆子小的孩子还是不敢尝试，一直在边上看。有个叫杜鹏程的孩子主动站出来，请高教练带他滑一次。他说等自己学会了，可以帮高教练教其他的孩子。

　　林树心里想，这些孩子在平时生活里，一定早早就学会了互相帮助，为他人着想，真是好样的。他对杜鹏程的举动给予了肯定和表扬，说他勇于尝试，并愿意帮老师分担。同时鼓励其他孩子，害怕是正常的，不用勉强自己，可以认真观看高教练是怎么带杜鹏程的，尽量记住动作要领。如果自己没那么怕了，再尝试，不着急。

　　杜鹏程在高明宇的带领下，滑了几次，就已经能自主滑行了，只是还不是很熟练，有点踉跄和磕绊，也摔倒过几次。但每次他都很开心地爬起来，再试。他说每次摔倒，都让他知道下次如何避免摔倒，所以摔倒的过程也是学习的过程。林树心里暗暗为这个正向思考的孩子点赞，是压力重重的现实生活教会他这些的吗？我现在的状态算不算摔倒？我又从中学会了什么？

渐渐地，那些本来不敢尝试的孩子开始跃跃欲试。那个叫杜鹏程的孩子虽然还不会教技术，但已经在鼓励摔倒的孩子爬起来再来。在他的示范和带动下，小半天的工夫，每个孩子都已经上过场了。孩子的重心低，只要不怕摔倒，学得就非常快，笑容也逐渐浮现在他们的脸上。高明宇也非常有成就感。他说孩子们非常勇敢，从他们身上看到了自己小时候学滑雪的影子。林树也尝试了几次，其中有两次摔得四仰八叉，非常狼狈，但心里有种说不出的快乐，好像把长期以来心里的抑郁之气都释放出来了，都摔到这雪场里了，摔得粉碎，摔得荡气回肠，摔得烟消云散。

有什么大不了的？摔倒了再爬起来。不经过摔打，怎么成长和进步？滑雪如此，生活也一样。

滑了几个来回的孩子开始喊饿了，看来滑雪的消耗还是很大的。林树对此早有准备，从背包里拿出青格乐给自己买的面包，还有纸杯，去服务处接了热水，让孩子们先垫垫肚子。本来想带牛奶的，但想着牛奶比较凉，孩子们喝了肚子会不舒服，就带了纸杯，这样能让孩子们喝口热的。高明宇见了，感慨地说："林老师，您永远都这么细心，提前准备好了这么多东西。"

林树笑着说："没啥，我就想着如果我是孩子们，滑过几次也会饿的，就准备了点吃的。等会儿他们不想再滑了，我请大家去吃好吃的，也犒劳一下你这位大教练。"

在滑雪场附近的一家牛肉面馆，孩子们坐在几张桌子拼成的大桌周围，叽叽喳喳地分享着第一次滑雪的感受。有的说屁股摔得好疼，其他孩子哄堂大笑。有的孩子说他差点就学会了刹车。有的说高教练非常耐心，而且给他做了很好的保护，特别感谢高教练，说着还倒了一杯茶水送给高明宇。有的孩子说他原来很害怕，后来看到大家都勇敢尝试，他就也想试试，现在已经喜欢上滑雪了，就像在雪上飞一样，心里特别快乐，是以前从来没有体会到的那种快乐。

"林老师，您什么时候再带我们来滑雪呀？"

林树一时不知道怎么回答孩子们，他本想说等他找到工作就再带大家来，但话哽在了嗓子眼儿。他招呼大家赶紧吃面，每碗都多加了牛肉和卤蛋。

在回去的路上，高明宇悄悄地问林树："林老师，这次来滑雪，费用至少要两千多吧？"

林树笑了笑说："难得孩子们给我机会，成全他们人生的第一次滑雪，况且他们从中也学到了很多，花点钱也是值得的。"

"可是您……"高明宇欲言又止。

"没事。我知道你担心什么，没事，我还不至于，别担心。"林树故作轻松地说。

"对了林老师，咱们离开滑雪场的时候，那的老板问我愿不愿意去那里做兼职教练。报酬还挺高的呢，我算了一下，我做到开学的话，应该能赚五千左右，如果我每天多做两个小时，还能更多。"高明宇有些兴奋地和林树汇报。

"那太好了，你的水平做教练正合适，还能发挥你的优势。太棒了！"

"等我拿到薪水，到时请您和孩子们再来滑一次。"

"你可别花这个钱，你花钱的地方还多着呢。不过我还是替孩子谢谢你，不收教练费，还反过来请他们滑雪。"林树说着拍了拍高明宇的肩膀，像一个老父亲看着自己的孩子，满眼慈祥。

七十九

青格乐开车直奔水牛执勤的路段，在还有大约一公里的地方停了车——再往前已经开不动了，路面已经堵成了一条看不见尾巴的长龙。

青格乐手里拎着保温袋，一路小跑，穿过车流之间的缝隙。呼吸变成白色的雾气，在他面前萦绕。离水牛越近，他的呼吸越重，最后不得不放慢脚步，甚至要停下来喘一口气才能继续前进。"真的该减肥了，放在年轻的时候，这一公里也就是三分钟的事儿。"青格乐心里嘀咕着。一抬眼，已经看到水牛了。

"水牛，水牛。"青格乐旁若无人地喊着。水牛没有反应，可能太专注了，或者路上太嘈杂。后面等待的车很不耐烦的鸣笛声此起彼伏，他们不知道的是，水牛和他的同事们已经连续工作了十多个小时，不敢喝水，没时间吃饭，身上已经凉透了，小腿胀得厉害，脚甚至已经有些麻了。虽然这是他们的工作，但为了保障大家的健康安全，他们的付出并不一定能被看见和认可，但他们依然在坚守，没有任何怨言，甚至没有任何情绪。

青格乐挤到水牛的身后，拍了拍水牛的肩膀。水牛只戴着大檐帽，耳朵冻得通红，一扭头，看见了顺着脸上流汗的青格乐气喘吁吁，上气不接下气。"你怎么来这儿了？你们不是在聚会吗？"水牛有些意外，问了一句，等不及青格乐的回答，就扭回头去继续查验车里人的相关证件。

青格乐走了两步，斜着站在水牛和那辆被查验的车之间，把保温袋在水牛侧面晃了晃："给你送温暖来啦！看你冻得脸都白了。一定没顾上吃饭。里面有羊汤和肉，还有烧卖，还热乎着呢！你赶紧吃点，暖和暖和，别冻坏了。"

水牛正好查验完毕，放行了这辆车。"大乐，你这是要感动中国吗？让我说什么好呢！"说着水牛重重地咳嗽了几声，像是身体不舒服，也像是在刻意掩盖有点波动的情绪。

接着，水牛很郑重地给青格乐敬了个标准的军礼，并上前抱了抱青格乐。"谢谢大乐！你这个大暖男！"水牛在青格乐耳边说。

青格乐也用力地抱了抱水牛，说："你们最辛苦！我代表老百姓们感谢你们！"

后面一辆车已经开过来了，水牛只好把保温袋接过来放在身后马路牙子里面，继续工作。青格乐说："你赶紧吃点，哪怕喝口汤也好，也就两三分钟的事。我担心你的同事也没的吃，特地带了五个人的分量。你们敞开吃，肯定够。"

水牛已经顾不上回应青格乐了，只是背对着他挥了挥手，表示听到了。青格乐无奈地摇摇头，喊了一声"水牛保重"，转身离去。

他夜里还要赶火车去外地参加一个活动。

八十

"出发了吗？哪个车次，几点到？"信息来自文岚。此时已是夜里十一点多了。

林树回复："已经上车了，明天早上六点到。我到你住处七点左右。到时我给你发信息，你早点睡吧。"

文岚："好的，辛苦你了，我给你准备早餐。车上冷，睡觉的时候别感冒了。"

林树："放心吧，明天见。"

林树和青格乐都不知道，此时他们正在同一列火车上，而且他俩的卧铺车厢就在彼此隔壁……

八十一

在通往村口的公路上，郑勇老远就看到了站在青阳河边那棵老树下的父亲。单薄而又有些佝偻的腰身像一尊雕像，嵌在时光里。多年的风霜已经让这尊雕像满身斑驳，脆弱得仿佛一阵风就能让它变成满地碎片。阳光怯怯地洒满他条条皱纹堆垒起的沟壑，像是要给他的脸涂上一层暖色，却不知从哪里开始。微风吹过，树枝的影子从父亲的额头滑过，支起他额头和鬓角的白发，像一声轻叹，无声地诉说着过往，却没有人倾听。

郑勇本来是带着一心兴奋回来的，毕竟好久没有回来了。父母多次表达过想让他多回来看看，虽然没有那么直白，但那种隐晦比直白更让郑勇歉疚。郑勇也想父母，他们年纪越来越大了，身体也越来越不好，需要人照顾。就像小时候父母担心他能否吃饱穿暖一样，他现在也想知道父母每时每刻的状态，有没有哪里不舒服？有没有吃他给他们买的营养保健品？有没有不舍得钱改善生活？而他因为工作，与父母相隔甚远，一年也见不到几面，家里有什么事他也帮不上忙。

每次和父母通电话，他们也都是报喜不报忧——就像他对父母说的一样。

郑勇知道父母不想成为自己的累赘，不想因为他们而影响自己的工作和前途。但这种成全真的很残忍，它让自己和父母无形之中有了一种隔阂，这种隔阂可能比他和父母之间的物理距离还远。他不知道为什么，大家都这么默契地用这种方式在对对方好。而这真的好吗？他希望的是，自己能成为父母的"父母"，为他们挡风，为他们撑伞，让他们安享晚年，而不是与自己都不能说真话，客气得不像一家人。

但从看见父亲的那一刻起，郑勇的心情不知为何一下子复杂起来，甚至有些悲苦。他不由得喉结一动，像是要吞咽下什么，而其实他口腔里什么都没有——如果有，也是从心底里溢出的情绪——但他还是感觉嘴里的苦涩味很重。他随手从包里拿出一粒口香糖嚼起来，需要分散一下注意力，调整一下表情。他要让父母看到一个阳光、灿烂的儿子，就像在他的眼里，父母在贫苦的日子里给他和姐姐营造的那种明媚的氛围。

父亲注意到了郑勇的车在朝自己开过来。他缓缓地移动了一下脚步，转过身体，目光中满是欣喜，脸上也明亮了起来。虽然是几个简单的动作，父亲却做得小心翼翼，好像生怕触动某个机关而带来一场难以抵挡的灾难。郑勇意识到父亲真的是老了，不仅仅是生理上受过伤的脚让他行动不便，更是心理上默认了这种年龄加上伤病带来的衰老定义。

郑勇在父亲的身边停下车，来到父亲身边，一手扶住父亲的左肩膀，一手托住父亲的右胳膊。"不是说不要你在外面等嘛，我又不是小孩子，还能找不到家呀？"郑勇假装抱怨地对父亲说，边说边搀扶着父亲坐到车的副驾座位上。

"不是特地来等你的，我是出来遛弯，在这边晒晒太阳。"父亲面带笑意地说，目光一刻都没离开儿子。

郑勇一边给父亲系安全带一边说："等了很久吧？穿得这么少，怎么不穿我给你买的羽绒服呢？"

"没多久，刚刚正和几个老伙计聊天呢，还顺便去你海叔家串了个门。你买的羽绒服我等着过年的时候穿，不着急。"父亲揉了揉眼睛，笑呵呵地说。

"非要等过年再穿干啥？不穿都旧了。"郑勇边说边回到驾驶座位，发动了车，向家里开去。

"我海叔身体还好吧？他儿子回来过年了吗？您的眼睛怎么红了？"郑勇侧过头问父亲。

"可能刚才被太阳晒得有点痒。你海叔不怎么好，他儿子小海也没回来，一直联系不上。"父亲的声音有些颤。

父亲又在掩饰，郑勇心想。他分明看到父亲的眼里有泪光，不知是看到很久没有回过家的儿子而激动的，还是因为担心自己的好兄弟，也就是郑勇所说的海叔的身体。

"您别担心，下午我也去看看海叔，我还给他带了礼物。"郑勇递给父亲一张纸巾，"您别用手擦眼睛，不卫生，给您用这个。"

父亲接过纸巾，没用来擦眼睛，却用来擦了一下鼻子。"你妈估计在家等急了。"父亲说。

海叔是郑勇的父亲情同手足的老伙计。小时候，同班的小朋友都嘲笑郑勇爸爸残缺的身体。每当这时，海叔都会站出来替郑勇爸爸出头，哪怕自己也会因此被其他小朋友欺负。上体育课时，郑勇爸爸因为没有左手，奔跑的时候身体容易不平衡，为了防止他摔倒，海叔就拉着他的右手一起跑，哪怕落得最后一名。郑勇爸爸去解手时经常解不开腰带，每次都是海叔和他一起去，在需要的时候，帮郑勇爸爸解决问题。

因为家庭条件所限，海叔小学毕业就没有再读书了，靠着家里的几亩薄田和打零工维持生计。小海是海叔唯一的孩子，所以从小比较娇惯，导致他好吃懒做、游手好闲，总想不劳而获，现在三十多岁了，还没有固定的工作。今年上半年说要去外地闯荡，海叔以为他懂事了，给他带了些钱，叮嘱了一番，期待着儿子能有出息。没想到小海不仅很快花光了海叔给他的钱，自从离家三个月后就与家里失去了联系。

海叔年纪大了，身体又不好，没办法出去找儿子，心急之下差点脑梗。海叔的老伴前几年去世了，家里现在只剩孤零零的海叔一个人。春节临近，可以想象他此时的心情。郑勇和父亲说吃完饭就去看海叔。

八十二

　　林树把孩子们送回学校，自己火急火燎地回到家里准备洗个澡，就要出发去火车站了，时间紧张，可能没有时间吃晚饭了。卫生间的浴霸坏了很久，林树心疼钱，一直没修。冷风从窗户缝里钻进来，吹得他牙齿都在抖，身上起了一层厚厚的鸡皮疙瘩，像一张老旧的榆树皮。

　　林树哆哆嗦嗦地冲了一下澡，甚至来不及刮一下胡子、把头发吹干，就出发了。虽然不知道需要在文岚那停留几天，但估计要不了多久。所以他也没有准备什么行李，一个双肩包就够了。里面一本书、一个保温杯、一个充电器和一个移动电源，再加几包纸巾，就是全部行李了。出门前他把上次没喝完放在冰箱里的半盒牛奶喝光了。牛奶很凉，他感觉肠胃都在打冷战。

　　上次青格乐送来的食物已经基本吃光了，仅剩的一些也被他今天带到了滑雪场给孩子们垫肚子了。中午带孩子们吃面的时候，他把自己的大半碗面都分给旁边一个瘦瘦小小的男孩子了，自己连三分之一饱都没达到。算了，反正是夜车，睡一觉就到了，还能省一顿饭钱。这段时间，他真的是从牙缝里省钱。除了青格乐给他的食物，他基本没有再额外花钱买吃的。如果不是一顿饭分成两顿吃，那些食物也不会吃到现在才吃完，甚至牛奶都快过期了。对了，我刚刚喝的那盒还没过期吧？林树来不及细想，记得有几盒临期，但他没有特别区分。

林树乘公交车、地铁，再换公交车，终于在开车前十五分钟赶到了火车站。进站的人太多了，正常排队的话肯定来不及了，他一路抱歉加谢谢，不断地插队，好不容易挤过被各种行李占满的狭窄通道，通过进站闸机，又过了安检，就一路狂奔冲向检票口。终于，他在开车前三分钟上了车，几乎是脚刚迈进车厢，车厢门就关上了，好险！

来不及找自己的卧铺，林树倚靠在两节车厢连接处，大口大口地喘气，额头上的汗顺着脸颊流下来，后背也是一片濡湿，估计汗透了。他想解开外衣的拉链消消汗，却被门口吹进来的风激了一下，连着打了三个喷嚏。林树赶紧掏出纸巾擦了擦鼻子里流出的鼻涕，不禁感到身上一缩，好像有无数缕细到看不见的寒气通过毛孔钻进了他的身体。瞬间身上的汗好像全部凝固了，随之而来的是全身一哆嗦，像筛糠，连头都跟着晃了一下。他长出了一口气，拿出手机看了一下自己的铺位信息，找到位于车厢中部的床位，坐下，继续喘着粗气。

车开动了，夜色也暗沉了下来。林树探出头，看向车窗外。外面的世界随着车速的加快而变得越来越模糊，越来越虚幻，像一个孩子信手的涂鸦，又像是现实与梦境的边界。而注视着这一切的林树，一瞬间甚至搞不清自己在哪一边。

现实世界让他如此焦心和痛苦，却无法逃离；梦境的世界无论多美好，又无法到达。林树想起一位朋友对他的评价：不是很入世，但至少很自洽。让他惊讶的不是这个评价——虽然他不得不承认这个评价有种不讲道理的准确——而是给出这个评价的那个人，对方和他算不上很熟，但却给了他一个迄今为止无出其右的评价，让他觉得自己是不是很没有城府？不然怎么这么轻易地就被一个并不熟的人给看透了呢？他是怎么做到的呢？

可能是林树一直都在教育行业工作造成的。教育行业自有一个小世界，虽然不是封闭的，但相比其他行业，林树和这个行业的从业者们都有些主动"自闭"。表现在他们不太愿意主动与外界发生链接，而是沉浸在自己的世界里，更准确地说是在自己的内心世界里。那里相对简单和纯粹，虽然也有规矩和条框，却少了社会上诸多的人情世故。林树觉得自己在这样的世界里才是舒服的、安全的。他自认为不擅长处理那些复杂的人际关系，也没有信心能在那样的环境里游刃有余。这一点他特别佩服青格乐。可能也和青格乐的性格、经历有关。青格乐就像天生的"游牧"人，自大学毕业就一直在社会的各个领域"游牧"。他外放的性格、强烈的好奇心、足够接纳的心态，让他在任何环境都能很快适应，并乐在其中。所以青格乐的世界很大很大。

林树也很想进入一个更大的世界，尤其是当青格乐邀请他做合伙人的时候，他其实是动了心的。但他实在没有信心去面对那个全新的疆域。一方面，失业这么久，对他最大的打击还不是因为没有收入导致的财务危机，而是对他自信心的打击。此前他在这个行业也算是一位名师了，拿到了所有他能拿到的奖项和职称，业务能力很过硬的。但一旦被时代的浪潮拍在岸上，他发现自己成了裸泳的那个——虽然是被动裸泳，但依然很难堪。他不知道是自己的竞争力真的不够了，还是因为自己在再就业这件事上不够积极主动，为什么这么久都找不到合适的机会呢？其实这段时间他一直在投简历，不分行业，不计薪酬，甚至把简历投到了其他城市的公司。虽然没有统计共投出去多少份，但回应寥寥，他也不知道问题出在了哪里。

另一方面，对于自己没有做过的事，他总是习惯于先否定自己，习惯于先去看最不好的那一面，然后给自己"不行"找理由。尤其是，他不知道自己是否真的能帮到青格乐。如果能帮到，那还万事大吉；如果帮不到，那就会影响到青格乐的事业发展，会成为青格乐的累赘。到时让青格乐怎么"处理"他？青格乐一定会很为难，这是他万万不想看到的。

另外，对于青格乐的邀约，虽然他丝毫不怀疑青格乐的诚意，但他觉得可能还有一部分原因是青格乐想尽快帮林树从目前的窘境中走出来，所以才通过这种方式来"收容"他，而不是因为他林树确实是一个商业奇才。

这是他一直在纠结而迟迟没有答应青格乐的原因。

手机里响起的微信提示音把林树的目光从车窗处拉了回

来。微信来自青格乐："薛校长说，如果你不能去试讲，他只能把机会留给其他候选人了。毕竟他要保证下学期开学时不能缺老师。我尽力争取了……"

林树心里一冷，把手机丢在一边，让自己躺平在床铺上。他不想回复青格乐，怎么回呢？

微信又来了。是青格乐发来的表示欣喜若狂的表情包，还连续发了三次。

林树被气笑了。"你咋这么高兴？我怀疑你都没帮我和薛校长求情。"林树回复了一条。

"我是为你高兴啊（一个奸笑的表情包）。"青格乐秒回。

"（三个锤子锤头的表情包）我谢谢你啊。"林树哭笑不得。

"赶紧向我投降吧，你已经没有选择了，负隅顽抗只有死路一条（转圈圈的表情包三个）。"青格乐继续进攻。

"我为你将弃暗投明、重获新生而高兴，也为我即将收获一枚虎将，不，虎人——虎虎生威的虎，合伙人的人——而高兴！"还没等林树回复，青格乐又追了一条。

"算了，我不逼你了，那句话怎么说的来着？Follow your heart！不过我还是想说，我真的希望你能过来帮我（一个比心的表情包）。"青格乐连珠炮一样又发来一条。

幼稚！林树看着青格乐发过来的各种表情包，有点哭笑不得。都四十多岁的人了，还用这么丰富的"表情"，尤其是想到他高塔一样的身材，还真是有一种反差萌。

"我明白，等我回去咱们见面聊。谢谢乐乐给我机会。"林树一下子严肃起来，他感受到了青格乐看似卖萌的言语里的认真。

林树从始至终都能感受到青格乐的诚意，这一点他从不怀疑。所有的过往已经证明了他俩之间的兄弟感情，说"情比金坚"都不为过。他也不想让青格乐失望，只是他需要找到一份信心，来说服自己可以帮到青格乐，并让自己从容地选择加入青格乐的公司，而不需要背负任何情感的"绑架"。另外就是，他需要想清楚，自己该如何面对两个人从兄弟成为合伙人后这种关系、身份变化所带来的心态的变化。

"好的哥哥，我这几天也在外地，咱们回去聊。"

"你注意安全。"林树禁不住嘱咐青格乐一句，在他心里，青格乐还是大学时那个不谙世事、需要他多方面提醒的孩子，而实际上，青格乐早已经成长为一个顶天立地、能独当一面，并且能反过来照顾他的人了。

八十三

文岚最终还是决定去见雅各布。这么多年，雅各布就像她心里的一根刺。放在那里，心会痛，痛到撕裂；拔出来，会流血、会留疤。而拔或者不拔，她都无法视而不见，只是在刻意回避罢了。

令她没想到的是，这么多年过去了，雅各布依然没有放下他，就像她没有放下他一样。而和她不同的是，雅各布为能再见到她而做了很多努力——她无法想象的努力，比如学中文，穷尽各种可能寻找她的联系方式，克服各种困难飞到中国来看她——虽然有借着冬奥会出差之机徇私的"嫌疑"。但如果雅各布的心里没有文岚，他大可以公事公办，当作不知道文岚在中国而不来见她就好，而不必冒着扑了空或者碰钉子的风险，何必自讨无趣呢？

　　最重要的是，当年雅各布的不辞而别就像留给文岚的一个悬案，而文岚一直没能破案。她太需要一个谜底了，她太需要一个答案了，她太需要从当事人雅各布的嘴里听到一个解释了——哪怕是他编造的、是欺骗她的都好，不然就像一根鱼刺卡在喉咙里，让她心神不宁，痛苦不堪。

　　她需要一个了断。

　　只是她不曾想到，雅各布会在多年之后，自己送上门来。虽然文岚心里早已没有怨气、怒气，但她依然拿不准该以怎样的心态来面对他。只是下意识地想到，这种场合，如果林树在的话，会不会好些？至少自己不会那么慌，尤其是万一那个"答案"非常离谱，离谱到自己难以接受。所以她随即联系了林树，没想到林树几乎什么都没问就答应了。

　　文岚感动之余，也产生了深深的自责。她知道林树目前的状态，她没有帮到他什么，还要因为自己的事"连累"他，自己是不是太自私了？而细想想，这么多年，好像一直是林树关心自己多过自己关心他，尤其是自己有任何事，只要开口，林树总是有求必应，从不推脱。而自己这么多年又为他做过什么呢？作为好朋友，自己是不是太失职了？

八十四

明天就是三天期限的最后一天了，不知道文岚会不会来见我？如果这次无法相见，不知道这辈子还有没有机会再见了？雅各布躺在床上辗转反侧，既想早点天亮——天亮了，就有可能见到文岚了；又不想天亮——天不亮就说明还有等待的时间，还有可能，不然天亮了而文岚没来，就没有任何挽回的余地了。

忐忑无比的雅各布几乎一夜无眠。而天，就这样亮了……

八十五

刚把车停在家门口，郑勇就闻到了院子里飘来的香味，是自己最爱吃的红烧肉的味道！郑勇不禁咽了下口水。"嗯，好香啊！"

父子俩下了车，郑勇一边打开后备箱，一边朝院子里喊：

"妈，我回来啦！"

这边，郑勇妈妈穿着围裙，一手拿着菜勺，一手拄着拐杖，从堂屋旁边的厨房走出来，轻风吹起她两鬓的白发，皱纹里开出了花朵，一脸的慈祥。"小勇回来啦！"声音里透着难掩的喜悦。说着她用拿着菜勺的手揉了揉眼睛，不停地眨呀眨。

那边，父亲帮郑勇把带回来的年货一件件拿出来。郑勇听出母亲的声音里有些哽，忙放下手里的东西，从车尾部走过去，抱住了母亲。母亲那清瘦的身体在郑勇宽厚的怀里，像一片干枯的树叶，仿佛稍微用力抱一下就会碎裂，再也无法复原。这让郑勇心疼无比……母亲为了这个家、为了自己和姐姐，几乎耗尽了所有的生命能量，却不舍得给自己任何滋养。

郑勇非常清楚，这些年父母二人拖着残障的身体，付出了怎样的辛苦，才把自己和姐姐养大成人。郑勇没有像一般残疾人家庭里的孩子那样自卑、敏感、怯懦，完全是受父母一直以来在他和姐姐面前呈现出来的乐观、豁达的性格和心态所影响。他们从未觉得因为身体上有残缺，就低人一等，也没有必要抱怨上天不公平。既然无法改变这种事实，就接受它，但不是屈从于它，而是要尽全力、用心去生活。他们给予郑勇的，不仅是一个健康的身体，还有健全的人格。郑勇从未觉得自己的父母是残缺的——无论在生理上还是精神上，也从未因为有这样的父母而觉得丢人。他觉得他们是世界上最好、最伟大的父母，也是他在这个世界上最爱的人，他愿意为之付出生命那种爱。

"我都闻到香味儿了，太想吃您做的红烧肉了！"郑勇把脸贴在母亲的耳边，对母亲说。其实他想说的是，妈，我好想您啊！但是话到嘴边，还是没有说出来。包括在凉山工作每次和母亲通电话的时候，他都想告诉母亲，他有多想她。但至今都没有说出来过，他不知道为什么说出那几个字会那么难，就像烫嘴似的。

母亲腾不出挂着拐杖的手，又怕菜勺上的汤汁落到儿子身上，只能放弃去拥抱儿子。但儿子给她的这个拥抱足以让她感到幸福。尤其当儿子说想吃她做的菜的时候，她感受到自己是被儿子需要的。无论他走多远，在哪里，通过从小到大吃过的妈妈做的饭而建立起来的连接，牢固而可靠。儿女小的时候，作为母亲，还能在很多事情上给予他们意见和指导，甚至是命令。但现在儿女都长大了、都独立了，都有了自己的世界，很多事都不和父母说了，即使说了，自己也不懂，也无法像他们小时候那样给他们出谋划策了。所以她时常觉得自己在子女面前越来越没有用了，越来越可有可无了。

这让她心里很失落。被子女需要，是她支撑自己的元气，是她让自己坚强的根由，尤其是面对周围不友好的因素时，它让自己始终能够抬起头，挺起胸，可以用沉默去不计较。

现在儿子说还想吃自己做的菜，她就像一个得到表扬的小学生，喜悦之情溢于言表，差点流出泪来。她轻轻地对儿子说："这几天想吃啥，妈都做给你吃。"

郑勇父亲看着母子俩亲密的表达，脸上露出一种笑容。有欣慰，有羡慕，可能还有一点嫉妒。他本来就不是一个善于表达的人，平时话就少，也很少主动给两个孩子打电话。只是在孩子打过来或者老伴打给孩子们的时候，他会凑在老伴的电话旁听孩子们和老伴的对话，以此了解孩子们的情况。如果他想对孩子们说点什么，就在旁边小声地嘀咕，让老伴把自己的话转达给孩子们，还不让老伴说这些话是他说的。

他何尝不想和儿女们多说说话？他也想和儿女们有亲昵的互动。但是他从不曾在孩子们面前流露过这样的想法。一方面，他把所有对家人的温情表达都放在日常的劳作里了，他要保证一家子的温饱。一身汗、两脚泥，多换来一些粮食和收入，这是对家人最实实在在的爱。在生活的风风雨雨面前，他无暇顾及这细腻的形式。另一方面，他心里对孩子们是有歉疚的。因为自己的残疾，而带来的家庭的清贫。他以为，这一定会让孩子们心里不好受，让他们在学习、工作的时候，要遭受很多本来可以避免的障碍。而这，是他无法改变的。这就像他心里背负的一块大石头，多少年来都不曾卸下。

现在女儿在外地打工，儿子的工作也不断有突破，他的心里是高兴的，但也是落寞的。他觉得，孩子们取得的成绩越大，他们和自己，和这个家的距离就越远，他和他们之间能说的、能表达的就越少。毕竟，外面的世界更大，更需要他们。而他和老伴能做的，就是不给子女添麻烦。哪怕是要求他们回来过年这样的话，都不能理直气壮地说出口。而儿子这次能回来过年，于他和老伴而言，就像一个奖赏，一个天上掉下来的馅饼，只是他不知道下一个馅饼什么时候会砸下来。

在子女面前，父母是弱势的，也是卑微的。

八十六

凌晨一点。养老联盟的群里，水牛发进来几张照片。前几张是装满羊肉、羊汤和烧卖的餐盒，后几张是汤光肉尽的空餐盒，还有水牛和同事发汗的额头。

水牛："真是救命饭啊！吃得我们肠满肚圆，一身热汗！同事们要我转达对你的谢意！我的谢意下次见面当面表达。比心！@你们的乐乐。"

水牛原以为这么晚了，大家肯定已经休息了，不会有什么人回复。

"客气啥，咱们军民鱼水情深呀！警察叔叔如果喜欢吃，我下次再给你们送。（一个笑脸的表情）"来自青格乐的回复。

水牛："大乐还没睡啊？忙啥呢？你送的饭太香了，吃得我撑破了肚皮。啥叔叔，差辈了不说，都把我叫老了，叫哥！（一个龇牙笑的表情）"

青格乐："哈哈，好的，警察哥哥。我在去外地的火车上，正在背明天的发言稿呢。好几百人的场子，讲不好就糟大了。牛哥你是刚下班吗？早点休息吧，太辛苦了！先泡个脚，解乏，也能睡得香。"

水牛："好的大乐，你也别搞太晚。以你的口才，即使没有稿子，也能 hold（控制）住全场。"

黑鱼："哥哥们都这么辛苦！奉上我新鲜出炉的小曲儿一首，给大家放松一下。（一个抱拳的表情）"

黑鱼是一位独立音乐人，是养老联盟七个人里面年纪最小的，也是最有个性、最天马行空的。他有着特别敏锐的观察力、鬼马的文采和独特的表达，喜欢重金属摇滚，但并不愤怒。更多的时候，他活在自己的世界里，很难与外界建立有效的关系和链接。他想与世界保持距离，保持自我的空间，不想被任何规则束缚。所以他放弃了几个向他伸出过橄榄枝的音乐公司，而选择做独立音乐人。他想保持自己的表达方式和风格，而不是向市场和商业妥协，虽然这样会极大影响他的收益。好在他对钱没什么概念，哪怕冷点饿点也没关系，清苦一点更能激发灵感，更有表达的空间。

为了维持生计，他平时除了自己写歌的版权收入外，也会给一些唱片公司的歌手写歌。其中有几首还火了一阵子，但没有人知道他这个词曲作者是谁。

蛋饺:"点赞！好听！"

三石:"我说小鱼儿，你还能再拽一点儿吗？我代表周杰伦给你点赞！"

大头:"我代表奥斯卡给你点赞！"

大胡子:"大头，外行了吧？你是想说格莱美吧？哈哈……"

凌晨的养老联盟群，瞬间热闹了起来。

黑鱼:"我是不是把哥哥们吵醒啦？罪过罪过。"

蛋饺:"不会，我也刚忙完。明天要出庭，今天一整天都在和委托人准备辩护材料，有点累。现在听听歌，正好放松一下。"

大胡子:"我也是，这不春节快来了嘛，我们餐厅的年夜饭预订非常火爆。我这几天带着小伙伴们在试新菜，后半夜后厨才有空闲。要让大家吃得到好味道，也能吃出好心情。"

三石:"我刚到家，还在地下车库呢，先抽根烟。最近在服务一个大富豪，给他装修一座超大的别墅。干完这单，哥们儿明年一年都不用干活儿了。不过这个大款真是太难伺候了，把我们骂得像孙子似的，简直让人怀疑人生。不过让我知道了有钱就是好！"

大头:"我负责的一个产品近期要上线，我手下的程序员们这些天都睡在公司里，身上都臭了……我今天已经喝了不知多少杯咖啡＋红牛了……"

大胡子:"要不要我给你和你的小伙伴做点宵夜送过去？@大头"

大乐:"@大头　听说你们大厂最近都在裁员，对你没啥影响吧？@黑鱼　歌儿我听了，我没啥音乐细胞，但也觉得很好听，而且我觉得词也写得带劲，很有态度！我看这首歌要火！"

大头:"@大胡子　胡子哥，多谢啦！他们估计没时间吃你亲手做的美食了。等产品上线了，我带他们去你的餐厅大吃一顿，到时再品尝你的拿手菜。@大乐　目前没啥影响，但我隔壁的那个团队被连窝儿端了。如果我负责的新产品表现不如领导的预期，我和团队的命运就很难说了。"

蛋饺:"别担心，你是互联网圈子里的产品大神，你做的产品如果不行，那大厂就没有合格的产品总监了。我们对你有绝对的信心。@大头"

黑鱼:"@大头　大头哥，你的产品如果需要创作背景音乐什么的，招呼一声，我随叫随到，我不懂互联网，但音乐还略知一二，嘻嘻。"

大头:"得嘞，哥儿几个。有你们在，我这心里踏实多了。你们都早点睡哈，我还得熬一会。（三个抱拳的表情）"

大乐:"行，我也马上睡了。对了，@黑鱼　把你刚刚那首歌的歌词发过来，我再细品品，学习一下。"

黑鱼:"@大乐　好的乐哥，我马上发。"

八十七

夜风在霓虹里起舞

狂欢又一次被抵触

星光像某种情绪若有若无

粮食和远方你是否能兼顾

不想做自己的叛徒

梦想虚弱得像假如

现实总被铜墙铁壁般围堵

多少欲望张牙舞爪难征服

主动归顺了世俗何苦

就像失去自由般残酷

你的快乐会被什么满足

你的未来拿什么去奔赴

可曾把自己内心安抚

生活给了你多少领悟

你为青春下了多少赌注

你和世界有过多少冲突

我不想做谁的重复

没什么比做自己更靠谱

也许一路重重迷雾

可我只想把自己依附

我不适合做大多数

无比享受在人海里孤独

也许这是我的天赋

世间的热闹我不在乎

我就是自己的原著

该如何写不需要谁给思路

我宁愿清简素朴

也不想被所谓的成功荼毒

我知道自己很顽固

我的雅俗与红尘大有出入

不需要谁的倾慕

接纳各种自我和波澜起伏

一心若谷

孤独将会把你救赎

——黑鱼的歌词《我的天赋是孤独》

八十八

上铺的那个家伙一直打呼噜，声音大过发疯的重型摩托车。这对林树这种入睡难的人而言无异于一种天大的折磨。

林树在床铺上翻来覆去像摊煎饼。火车上给的被子太薄，他蜷缩起身体，把被角揶得紧紧的，依然感觉冷，甚至直哆嗦。肚子也在咕咕叫，像里面藏着好几个实心的大气泡，互相之间在摩擦、碰撞。晚上没吃饭，明明胃里很空，却胀得很，还有一种坠痛感，下腹部像埋了一颗长满刺的秤砣。是不是因为喝了凉牛奶导致的？要不要去个卫生间？

　　林树犹豫着坐起来，看了一下手机屏幕上的时间。已经快凌晨两点了，就是说，他在床上躺了三个多小时都还没睡着。怎么还有点恶心？林树闻到一股馊臭味儿，好像是从床底下的鞋子发出来的。是上铺那个家伙的鞋。

　　不对劲儿，有点想吐，而且身上开始冒虚汗。这种感觉很熟悉，也很恐怖。上面想吐，下面胀痛，还头晕冒虚汗，逐渐会有透不过气的感觉，而且会耳鸣，睁不开眼睛……对，就是这样的。之前林树曾"遭遇"过几次这种情况，每次都是突如其来，非常痛苦，需要很长时间才能缓解。他需要去卫生间，以防"不测"。最好能有一杯冰水，帮他压一压反胃的感觉，以及镇定一下情绪。或者被一阵强烈的冷风吹一吹，都会让他好受一些。这是以前发生这种情况时积累下来的经验。

　　林树拉开卧铺的厢门，有些跌跌撞撞地奔向车厢一侧的卫生间。还好，这个时间乘客基本都睡了，卫生间是空的。他注意到卫生间旁边的洗漱台有个人在洗脸刷牙，从那个人衣服后背上的单词看，他穿的羽绒服与自己穿的是一个品牌，而且是同款。

　　林树反手锁上卫生间的门，赶紧蹲下来，从旁边的纸盒里抽出若干纸巾，开始不断地干呕。卫生间的气味刺激他的胃里不断掀起汹涌的波涛，一浪一浪的向上袭来，到了嗓子眼儿却什么都没有，最后变成剧烈的咳嗽。同时腹部的坠痛感越来越重，他擦了一下溅在嘴边的口水，放下马桶圈，解开腰带坐了上去，生怕控制不住"开关"而让局面变得难堪。

　　还是什么都没有。但整个呼吸道却像堵住了一样，林树不得不做了几次深呼吸。卫生间内的空气并不新鲜，反倒引起他更强烈的干呕。

　　一墙之隔的洗手台边那个人听到卫生间里的动静，一边漱口一边探过上半身向卫生间这边张望。想着自己好像也帮不上什么忙，就带着洗漱用品向与林树相邻的车厢走去。一边走，一边嘴里还念念有词，像是在背诵着什么。

　　这个人竟然是青格乐，他完全不知道林树和他在同一辆火车上，林树也不知道。

　　折腾了近半个小时，林树蹲得小腿发麻。没有吐出来，也没有泄出来，身体里的海啸终于平息了。好像耗尽了全身的力气，林树像个煮得烂透的面条，软绵绵地从卫生间出来，来到旁边的洗漱台洗了把脸，含了点儿水漱了一下口。抬起头，看了下镜子里的自己，脸色如一张白纸，像生了一场大病。

　　以前也发生过类似的事，有一次他甚至在办公室因为这个症状而晕倒。旁边的同事七手八脚地想扶起他，他闭着眼睛示意大家不要动他，他躺一会儿就好。即使发生过好几次，林树都没有去医院。他自己在网上查了一下，也没有一个准确的结论。有的说是椎管狭窄所致，有的说是某处神经被压迫所致，还有的说是长期压力大、睡眠不足所致。算了，以自己的经验，虽然每次都挺难受的，但还不致死。

八十九

天亮了，火车进站了。

青格乐坐上出租车直奔酒店。在那里，他要参加一个全国电商行业的交流会，而且要作为扶贫先进工作者发言。他在火车上一直在准备的就是他的发言内容。青格乐还是第一次在这样的场合发言，心里还是有些紧张的。

手机响了，还是那个陌生号码。这个号码昨天夜里已经打过来几次了，青格乐现在对于陌生电话一概不接。他看这个号码几次三番地打过来，鬼使神差地按下了接听键。

"爸爸，我想和你一起过年。"对方是一个小男孩的声音。

"什么？你打错了。"青格乐哭笑不得，哪有上来就叫人爸爸的。

"别挂，他是你儿子。"这次换了一个女人的声音，这个声音好像很熟悉。

青格乐愣在那，心里一惊……

九十

红烧肉、油焖笋、梭子蟹炒年糕、腌笃鲜、虾仁豆腐、糖醋鱼、猪油八宝饭……这简直是郑家的满汉全席。看着这挤满小小饭桌的大盘小碗、荤素鱼鲜，郑勇一边咽着口水，一边搓着手，像个饥饿了很久的人，要一下子把所有的菜都抓到手里，塞满口腔和肠胃才能镇压住那种饿。这都是郑勇日思夜想了很久的饭菜，是他这几年只能在梦里才能吃到的饭菜。于郑勇而言，口舌、肠胃之饿都还好满足，内心的"饥饿"才是让他更为难耐的。这桌上的每一道菜，都是妈妈的味道，都是家的味道，都是吸满了父母亲情后绽放出来的迷人的味道——让郑勇无比贪恋的味道。如果说这些年在外求学、工作的他是一只风筝，那么扯着他的那条线就是这种味道，让他无论飞多远，最终都要顺着这条线回到家里，回到他从小长大的地方，回到他根植于此的地方。

郑勇给父亲和自己倒了一杯黄酒，给母亲倒了一杯果汁。他举起杯："爸、妈，好几年没有陪你们过年了，是我不好，真是对不起。希望爸妈别怪儿子。我敬您二老一杯，祝爸妈身体健康。我以后一定多回来陪你们。"说完把满满一杯酒干了，给爸爸夹了一块他爱吃的笋，给妈妈夹了一只她爱吃的虾。

郑爸爸呷了一小口酒，放下酒杯。"不怪你，我和你妈身体都挺好的，不用你陪。你现在是公家的人，千万不能把公家的事耽误了。"

郑妈妈给郑勇夹了一块红烧肉、一块鱼、一块蟹："多吃点，都是你爱吃的。"郑妈妈没有喝果汁，也没有吃郑勇给她夹的菜，从郑勇进家门开始，她的目光就一直没离开过郑勇，就像生怕目光一移开，郑勇就会消失一样；就像要把那么多日子没见过郑勇的缺欠都补回来。她真想把这目光变成一把锁，把郑勇锁在身边，再也不让他离开。

但实际上，郑妈妈和郑爸爸一样，从不曾那么直白地对郑勇说过自己想他了，也不曾说过希望郑勇留在自己身边。她知道，自己的世界很小，郑家所在的地方也很小，而儿子的世界很大很大。他只是生在这个地方，但他不属于这个地方，他属于更大的世界。在那个世界，才能发挥儿子的价值，那个世界也更需要儿子。她和老郑不能阻拦儿子，不能成为儿子的羁绊。虽然她和老郑其实非常非常想念儿子，想到每天都盼着儿子的电话，想到为了能随时看到儿子的信息而努力的学习使用微信，想到每天都关注儿子所在那个地方的天气预报……

而作为母亲，除了每次通电话的时候，叮嘱他按时吃饭、别熬夜、注意添加衣物之外，似乎什么也帮不了儿子。虽然郑勇自初中时就在外住校，自理能力很强，也从不让父母操心，但郑妈妈还是会无比牵挂几千里之外的儿子。而就像有心灵感应似的，每次郑勇有个头疼脑热，郑妈妈在家里就坐立不安，心里像有只小猫在抓挠。这就是母子连心吧？！

"爸、妈，我回来之前在市里相中了一套房子，格局和采光很好，小区设施很齐备，周围也很安静。是精装修，还送一个小院子，非常适合你们。等春节后我就去把首付交了，明年用不到这个时候就能住进去了，到时咱们在新房子里过年。"郑勇一边不住嘴的吃菜，一边很有兴致地和父母说。

郑爸爸："你想买房子，我和你妈支持你。但我们不去住，留着你自己结婚用吧。如果钱不够，让你妈给你拿一些。"

郑妈妈："是啊小勇，我和你爸在这儿住了几十年，去其他任何地方都不习惯。再说你常年不在家，我们过去住你也还是不在我们身边。买不买你自己做主，如果钱不够，我和你爸这几年把你和你姐姐给我们的钱都攒着呢，到时都取出来给你。"

"咱家这房子太老了，每年雨季都要维修，爬上爬下太危险了。而且太潮湿了，冬天阴冷阴冷的，对你们身体不好。城里楼房条件好些，也便利，你们住那我放心些。再说我回来看你们也方便嘛，不用每次走这么远的山路。"

郑勇知道让父母去城里住这件事很难，但他一直没放弃做动员。

"我们在哪都一样，你不用为了让我们进城而特地买个房子。如果你结了婚，有了孩子，在城里安了家，到时我们说不定因为帮你看孩子，就去住了。"郑妈妈对郑勇结婚这事其实心里是很着急的，但她知道催促没有用，所以基本不会催婚，但每次有机会，还是会旁敲侧击一下。作为一个母亲，还不就是盼着这些吗？

但即使郑勇结了婚，需要他们老两口去帮忙看孩子，郑妈妈和郑爸爸也不打算在那里长住。郑妈妈想的是，她和郑爸爸身体都有不同程度的不方便，未必照顾得了孩子不说，可能还要让郑勇两口子有压力。再说，现在的年轻人哪个愿意照顾身体有残疾的公婆呢？还是不要去给他们添麻烦了。

另外，她知道，关于儿子的婚事，她有所期盼是一回事，但至于儿子是否结婚、什么时候结婚、和谁结婚，她也不会强行要求。儿孙自有儿孙福，郑勇有他自己的人生。只要是他自己喜欢的生活方式，结不结婚都不重要。作为父母，只是希望他过得开心、幸福。而婚姻未必是其中的必要选项。

郑勇听出了母亲的话外音："妈，我加油。努力让您早日抱上孙子！"郑勇不由得想起来文岚还一直没有回复他。明天去市里开会，要不要约她见个面？

九十一

林树头重脚轻地下了火车，每走一步都像踩在棉花上。身体像一条失去弹性的皮筋，如果有风吹来，他一定会原地摇摆。在去文岚家的路上，林树甚至觉得很庆幸。他庆幸的是，昨天发生状况时是在火车上，怎么说也是公共场所。一旦情况严重，总会被人发现并帮他急救。而如果发生在他自己的住处，那可能即使他当场死去也不会被人发现。最终可能会因为没有按期交纳房租而被房东上门催缴时才能被知晓。想想，那该是多么悲惨和荒凉？

可能还是最近压力太大了。工作的事一直搞不定，心里一直很乱，连锁反应导致睡眠也不好，再加上吃饭不规律。种种因素叠加，身体就扛不住了。还有一个他不想算在内的原因，就是自己年龄大了，身体的硬件越来越"脆弱"……

以前他也来过这个城市看文岚，但从未去过文岚的家。虽然是多年好友，但他总觉得还是要有一定的边界感，要保持应有的距离，互不"侵犯"，包括不进入对方的私人空间，无论是物理空间，还是精神空间。尤其文岚受美国文化影响较大，对这方面看得很重。即使她不这样，林树也要求自己恪守。他觉得关系越好，越要把最基本的礼貌、尊重做好，而不能因为关系好，就随意进入他人的"领地"并觉得理所当然。这是他对自己的要求，不能逾矩。

这次他乘坐的火车到达比较早，本来他也想自己订个宾馆先去休息，顺便洗漱一下，等时间到了再去找文岚，而且这个时间去别人家，可能人家都还没有起床呢。但这次文岚要他下了火车直接去她家，她说林树是因为她的事才来的，旅途本来就很辛苦，怎么还能让他自己花钱去宾馆休息呢？

林树想想自己捉襟见肘的财务状况，也就很务实地没有推辞，他也想提前了解下文岚究竟因为什么事、要让自己陪着去见什么人才让自己来的。

当林树出现在文岚家门口的时候，文岚看到的是一个头发凌乱、满脸胡茬、面色铅灰、一身憔悴的林树。整个人像是一只霜打的茄子，毫无生气。如果再晚开门半秒钟，说不定他就要站不住倒在地上了。

文岚的第一反应是，林树是多久没吃饱饭了吗？失业的这段时间，他这么落魄吗？如果真的是这样，她作为好朋友，真是太失职了。这段时间，她很少主动联系他，更没有提供任何实质性的帮助。而现在林树为了自己的事，二话不说就千里迢迢地来了，而且看上去身体很不舒服，想想就很不安。

文岚赶紧把林树扶到沙发上，给他倒了一杯热水，问他是否哪里不舒服，要不要去客房休息一下？林树虚弱地回应说先不用，如果有退烧药可以给他找找。文岚找了药并拿了杯温水给他，林树吃下药，靠在沙发上，闭着眼睛，好像在等元气回来。

"我没事，可能是昨天上车前喝了快过期的冰牛奶，加上被冷风吹了一下，所以身体有些小矫情，这会儿浑身无力，歇一会儿就好了，让你担心了。有没有毛毯，怎么感觉房间里很冷呢？"

文岚去卧室拿了条毛毯给林树盖上，说："要不你先在沙发上躺一下？这样舒服些，我去煮点粥，你喝了会暖和些。"

林树确实有些撑不住了，顺势侧躺在沙发上。"真是不好意思，以前一直觉得自己身体很好的。没想到一阵风就把我吹成这样子了，让你见笑了。"

文岚说："有啥不好意思的，要不是为了我，你也不用遭这个罪。不好意思的是我。你先别说话了，安心躺着，需要什么就和我说。"文岚转身拿了条热毛巾，让林树简单擦了下脸，并把毛毯给他盖好，就去厨房做早餐了。

在文岚的心里，林树一直是一个非常有义气、有涵养并得体的朋友。愿意为朋友两肋插刀，但从不愿意给朋友添麻烦。而且在朋友面前，很清楚什么能做，什么不能做。从来不说伤人的话，很有分寸。就像他明明是为文岚的事来的，却因为自己身体的状况而对文岚说不好意思，这真的需要修养。

林树迷迷糊糊，半睡半醒。昨天夜里折腾得几乎没有睡，脑子里像糨糊一样。胃里也像有一股气在游动、碰撞，像是在寻找着出口。有十几个小时没有吃东西了，这会还真是有些饿了。同时身上还是阵阵发冷，埋在毛毯下的身子时不时地抖。文岚把一个电暖气放在沙发边上，并调到了最高档位。橙红色的发热管辐射出强大的热度，渗透到林树的毛孔里，驱赶着他体内的寒气。

"起来吃点东西吧，吃了身上就有力气了。"文岚蹲在沙发旁，用热毛巾给林树擦着额头上的汗，轻声地说。林树睁开眼睛，阳光透过落地窗洒在他的身上，也映照在文岚的头发和脸上。金色的光线勾勒出文岚温柔的面庞，耳边是文岚轻柔的声音，林树一下子感觉空气都似乎明媚了起来，好像元气也已重返体内，精神了好多。他坐起身来，把毛毯从身上扯下来，揉了揉太阳穴。"我好像睡着了，没打呼噜吧？"林树笑着问文岚。

"没有，但好像说了句梦话。你好受些了吗？"文岚探手去林树的额头试体温，感觉不烫了。

"好多了，我没事了。我说啥梦话了？太难为情了吧……"林树有些尴尬地说。

"我在厨房做饭，也没听清。不管它了，过来吃饭。我做了你比较爱吃的鸡蛋羹，煮了点白粥和馄饨。比较清淡，可能没什么味道，但你现在不能吃别的。"文岚带着林树来到了餐桌边。

林树看着桌子上的早餐，一瞬间感觉这场景好像他所向往的家庭生活。阳光和煦的早晨，爱人为自己准备一桌可口的早餐，自己一边吃，一边逗她笑，还会为她擦去嘴角的酱汁。然后自己负责洗碗，并开车送她上班……竟然有点恍惚。

"好香啊。上次吃你做的馄饨还是大学时校刊编辑部组织的春游。这都多少年了？这味道好熟悉啊。"林树坐下，接过文岚递过来的一碗馄饨，在鼻子前闻了闻，一副陶醉的模样。

"这么久了你还记得呀？我还记得当时你非要包，结果

192

你包的那几个全都煮散了。好好的一锅馄饨差点变成一锅肉粥。"

"可不是嘛，我笨手笨脚的，这么多年过去了，还是没学会做饭。只是能把东西煮熟，但绝对谈不上美味，也就我自己能吃。"林树说着，先喝了一口汤，"好鲜美啊。"林树心里说，要是有人能一辈子为我做馄饨，那该多幸福呀！

"那就找个会做饭的媳妇儿啊。就凭你的条件，应该很容易的。"文岚笑着对林树说。

"算了吧，我现在是失业、油腻、中年、大叔，谁会嫁给我呀！对了，咱们几点出发？去见什么人？"林树不想因为自己的身体状况耽误这次来的正事，于是边吃边问文岚。"这个鸡蛋羹也很滑嫩呢，太正宗了。"喝了一口鸡蛋羹后，林树继续夸赞着文岚的手艺。

"你身体可以吗？不然你就在这里休息，我自己去吧。"文岚有些于心不忍。

"我没事啦，尤其吃了这么美味的早餐之后，已经满血复活了。我就是为了陪你去才来的，怎么能不去呢？别担心我，我真的没事了。"说着林树还示意文岚看看他的脸色，确实已经从灰白色恢复到了趋于正常。

"不着急，吃完早餐，我先给你讲一个故事。"文岚说。

九十二

青格乐从电话里的声音判断出对方是钱丽敏——他的前女友，也就是在他被骗钱、长湿疹、无法上班没有收入、最落魄的时候，抛下他远走高飞的那个人。乍一听出她的声音，好多往事从青格乐的记忆海底被勾起，一点一点浮出水面，搅得他的心一下子乱掉了。

那是青格乐非常认真投入的一段感情。在他闯荡世界、一穷二白的时候，钱丽敏曾经给了他很多支撑，陪他一起吃苦，一起打拼，一起做白日梦。若不是遭遇了当年那次业务上的被骗而损失了那么多钱，青格乐凭借那笔订单应该就能赚到在那个城市买房的首付了。买了房子之后，青格乐就会向钱丽敏求婚。而在那之前，钱丽敏已经陪着青格乐过了好几年非常清苦的日子，压力很大，又看不到希望。所以在青格乐出现那次重大状况后，钱丽敏真的受不了了。生活一下子掉进了无底洞，怎么也爬不出来。她不知道什么时候能过上自己想要的生活。而自己的青春啊，就那么几年可以不计后果的挥霍。那以后呢？

转身离开是钱丽敏当时能做出的最理智的选择。她也想捍卫爱情，但拿什么捍卫呢？她也爱青格乐，但她更想好好爱自己。这有什么错吗？

她没错，青格乐也不觉得她有什么错。只是在他当时的处境下，钱丽敏的离开让他倍受打击，人生一下子跌到了谷底，摔得稀巴烂。青格乐也觉得对不住钱丽敏，她几年的青春"投资"在他身上，却打了水漂。让一个自己爱、也爱自己的女人失望，是他最大的失败——这成了青格乐的梦魇，也是激励他创业的一个动力。他不想再让任何爱他的、他爱的人失望了。而创业能帮他摆脱这个梦魇。当然，那件事还为他带来另外一个影响，就是他再也不想谈及男女感情之事了。他不能保证能够给到下一个女朋友幸福，他不想被别人伤害，更不想伤害别人。所以他自钱丽敏之后，再也没有谈过女朋友。这也是他"加入"养老联盟的一个原因。

青格乐摇下车窗，深吸了一口这个南方城市的冷空气，让自己平复下来。且不说钱丽敏是怎么找到自己的联系方式的，光是那个叫自己爸爸的男孩就够让人抓狂的。不过青格乐很清楚，那不可能是他的孩子，因为他很清楚自己的身体情况……

九十三

担心自己脆弱的肠胃还负担不了太多食物，但又不想辜负文岚一大早的忙碌和诚意，所以虽然很饿，但林树很克制地只吃了一点点粥和蛋羹，象征性地吃了一只馄饨。

趁着文岚收拾碗筷的间隙，林树回到客厅的沙发上，这才注意到文岚家的装修风格。整体非常简洁，有着浓浓的北欧风。色调很柔和，主体是淡淡的抹茶色，像春天的嫩芽，暗香浮动。一些饰品是绯红或者云粉色，像天边的流霞。置身其中，仿佛漫步在上野公园的樱花林，淡绿的花蕊、粉盈盈的花瓣，清朗又柔美，端庄不俗媚，就像文岚本人。

此时已是上午九点多，南方冬日的阳光冷淡又慵懒，透过落地窗浮在茶几的花瓶上。黛绿色的桔梗、粉白色的雏菊、淡紫色的鸢尾，清雅里透着几分忧伤。香气像斑驳的往事，若即若离。林树心里涌出好多个如果，以及由它们交织成的一种生活——会不会也是在这样的空间里？会不会也有一日三餐，二人四季？会不会也是日常里互相照顾、精神上如胶似漆？

食物的热量和体内的寒气形成了对流，让林树不期然地打了个冷战。元气在恢复，但多少还有些萎靡。文岚递过来一个咖啡杯，说："给，你最爱的抹茶拿铁，我手工做的，尝尝是否'够味'？"

"你还有多少技能啊？这都会做？！"林树确实有些惊讶。其实他喜欢抹茶，也是受文岚的影响和推荐，在感受到抹茶的文化和精妙之后，才发自内心地喜欢上它。

林树浅尝了一口，说："嗯，超级棒！茶香很醇厚，很悠长，在口腔里流连，回味绵绵，像春天的味道。你可以考虑开店了。"

"先不说我做得好不好，开个抹茶店这事，我还真的想过。抹茶虽然很小众，但比较长尾。目前国内在这个领域还没有领导品牌，真的有机会。"文岚提到抹茶就神采飞扬，她是重度抹茶粉。"不过这不是我这次请你来的重点。"

林树说："对，我已经准备好听你的故事了。"说着他放下手里的咖啡杯，整理了一下衣服，调整了坐姿，一副洗耳恭听的模样。

此时，在这座城市的某个酒店里，一个外国人正坐在大堂旁边的咖啡厅里，等待……

九十四

同一家酒店的早餐厅，青格乐一个人坐在角落的座位，看上去风平浪静。面前的餐盘里，都是当地的特色餐点。青格乐有个本事，让林树非常羡慕，就是无论遇到什么事，都不会影响他的胃口和睡眠。用他自己的话说，吃不下、睡不着，事情就能解决或者变好吗？既然不会，那就更要该吃吃，该睡睡。吃好了、睡好了，才有精力去面对这个美好又糟糕的世界。

这很像青格乐，心宽体胖说的就是他。虽然他心里在嘀咕来酒店路上那个电话的内容，但并不耽误他享受一餐美食，何况此行舟车劳顿，只有一顿美味的碳水才能抚慰这一路风尘。

青格乐参加的行业会议就在这个酒店举行。上午除了总结、表彰，还有一些行业头部、标杆企业的经验分享，这是他非常想学习的。平时如果想现场近距离听这些企业的老板分享，机会也是不多的。他们无论在创业经验还是所取得的成就上，都是自己可望而不可即的。不说他们吃过的盐比自己吃的饭都多吧，可能他们的一两句话就能解决自己多年的困惑，让自己少走不少弯路。所以青格乐对上午的环节非常期待，为此还特地带了录音笔，打算录音回去反复听。

下午是分论坛，关于私域流量运营、品牌建设、供应链管理等。还有一个是关于电商扶贫的，他要发言的环节就在这个分会场。昨天夜里在火车上，他还一直在修改发言稿。虽然大部分都背下来了，但新增加的部分还不是很熟练。其实可以照着发言稿念的，但青格乐觉得那样太机械了，也太没水平了。他希望自己能脱稿演讲，或者说和大家唠唠嗑，别搞得像背课文一样，像完成任务一样。虽然准备时间不足，但他相信自己可以搞定。

再来一杯咖啡，喝完大会也就开始了。昨晚睡眠时间不太够，加上年底事情太多，消耗了他很多心力，需要咖啡帮他提点一下精神。他之所以不着急进会场占座，是因为组委会已经为他这样的"嘉宾"预留了前排的座位。对于这个待遇，青格乐还真有些受宠若惊。这些年来，他一直都是一个艰苦的创业者，从未获得过任何奖项。他没什么野心，只要能把供应商伙伴们、合作社的乡亲们、员工兄弟姐妹们"伺候"好了，就比啥都强——这一直都是青格乐的"小九九"。所以这次获奖，青格乐也是蛮意外的。

果然，青格乐在会场嘉宾席的第二排找到了放有自己台卡的座位，就在过道边第一个。他放下背包，把羽绒服搭在椅背上，和邻座的嘉宾打了招呼并主动握手，然后递上名片。"您好，我叫青格乐，幸会幸会。"

"幸会幸会，我叫郑勇。"对方稍微一愣，随即站起来，身体微微前倾，和青格乐握手，满脸真诚，也递上自己的名片。

青格乐看着对方的名片，上面的信息非常简洁：郑勇凉山美洛村村官。背面是一种他不认识的文字，像是某种少数民族文字。有点意外，不禁重新打量了一下郑勇，才注意到眼前整个人，浓眉大眼、仪表堂堂，儒雅中透着稳重，却没有任何官气。虽然只是简单一句话，但能感觉到对方是一个很诚恳、很实在的人。

"您也是少数民族？我看您的名片上好像是少数民族的文字。"青格乐一边示意郑勇落座，一边问了一句。

"哦，我是汉族，是外派在那边工作。那里是一个彝族村，为了工作方便，我就把名片做成了双语的。"郑勇微笑着回答。"我看您的名字，倒像是一个少数民族的名字，冒昧地猜一下，是蒙古族吗？"

"对，您真是好眼力。我是蒙古族，出生、成长在大草原上。欢迎您到我们草原玩儿啊。"青格乐眯着眼睛，灿烂地笑着，憨憨的，很青格乐。说着，青格乐拎起自己的背包，打开拉链，从里面掏出一些零食放到郑勇手上。

"这是我们那的特色小吃，都是健康食品。您别嫌弃，尝尝。"青格乐的热情让人难以拒绝。

郑勇倒也没客气，双手接过来，说："太感谢了，我早上还没来得及吃早饭，这会肚子里正敲锣打鼓唱大戏呢。我就不客气啦。"郑勇从青格乐的笑容里就感受到青格乐的淳朴、热情、厚道和实在，还有亲和力，让你虽然第一次见，但就像认识了很多年一样。所以当青格乐把各种小吃塞到他手里的时候，他也没拒绝。

青格乐也没想到这位兄弟真不客气，三下五除二就把青格乐的燕麦酥、风干牛肉、风味奶酪吃了个精光。看来他是真饿了。青格乐看郑勇这样实在，又从包里拿出一瓶饮料。"兄弟，看你是个实在人，我就给你来点更实在的。这是我们打算春节前后推出的特色饮料，给兄弟尝尝鲜。刚刚你吃的都是干粮，喝点润一润。"青格乐一笑眼睛都快看不见了，圆圆的胖脸像两个红苹果。

"兄弟太周到了。你看我这连吃带喝的，可真是不好意思了。"郑勇用纸巾擦了擦嘴角的燕麦碎，接过了那瓶饮料。

"都是自家产的，一点都不用客气。如果你喝了之后能帮忙提些意见，我就更开心和感谢了。"

"还没上市的饮料就让我喝到了，真是太荣幸了。那我就恭敬不如从命了。"郑勇打开瓶盖刚要喝，就听到会场响起了背景音乐和倒计时，会议马上开始了。

"咱们先加个微信吧，会后多交流，多联络。"青格乐边说已经边准备好扫郑勇的微信码了。

郑勇其实也有此意，就亮出自己的微信二维码，说："必须加微信，辛苦乐兄扫一下。"

九十五

直到真的开始讲述自己的故事时，文岚才意识到，它们虽然在记忆里如此清晰——清晰到她还记得和雅各布在密歇根湖边散步时，风迎面吹来的角度；清晰到她还记得雅各布为她弹吉他时，每一根琴弦振动的频率；清晰到她还记得雅各布为她做的每一道以色列美食所散发出的香味的浓度；清晰到她还记得他们在学校图书馆准备考试时，每一杯深夜咖啡的酸度——但已丝毫没有她预想中的那种痛感。以前她之所以不愿意回忆，是害怕这丝丝缕缕的回忆汹涌而来的时候，会在她的皮肤上、身体上、心肌上留下道道割痕，会让她血流不止，会让她痛到窒息，会让她求生不得。也会让她的情绪如滚烫的沸油，灼伤她的五脏六腑，甚至魂魄，再无恢复的可能。

但是，完全不是。她只是在讲述，心里非常平静，甚至没有一丝波澜，就像在讲一个她在某个杂志上看到的别人的故事，那个人和她毫无关系，甚至她对那个人没有任何同理心，没有任何感同身受。

她没有任何情绪。这让她自己都惊讶不已。是不是因为林树在身边，所以让她心里非常的安定？

"那个女孩就是我。"这是文岚的结尾。心如止水，面如平湖。

林树有点恍惚，似乎对这个结尾不是很满意。他第一次听文岚讲起这个"故事"，第一次知道她的这段经历，他的"CPU"还不知道如何处理这段信息，目前来看还是一段乱码。

林树也面如平湖，但心里已经惊涛骇浪。

在文岚留学期间，他们也会发邮件或者通电话，虽然没那么频繁，但林树以为自己对文岚的留学生活已经很了解了。她的衣食住行、头疼脑热，都是他的关心范围。但直到今天，他也才意识到，他从不曾问起过文岚的感情问题。是啊，他不是不想问，但不敢问、不能问。不问，就可以不知道；不问，就可以心存希望；不问，就还有各种可能。他原来一直在刻意回避这个问题，虽然他也知道，在那个汇集了全世界最优秀人才的地方，文岚和任何人恋爱都是有可能的，都是合情合理的，都是再正常不过的，当然，也是未必一定要告诉他的。

所以他以为文岚是没交过男朋友的，或者是他让自己这样认为的。所以他终于知道自己的这种想法有多蠢了。

就是，自己有什么不能接受的呢？这和你有什么关系呢？既然你没有勇气对人家说出那句话，为什么会以为全世界的人都没有勇气对文岚说呢？难道你潜意识里就在想当然地认为文岚一定要和你谈恋爱才行？

太无耻了！林树感觉有股血液从脚底涌向额头，像吞下了世界上最辣的辣椒，让他从头发梢到脚趾头都着了火。他一口喝干了杯子里的抹茶拿铁，而味蕾像是得了阿尔茨海默病，毫无知觉，完全品不出那抹茶香和甘甜。

"YOU美的故事。"林树幽幽地说，只是他不知道是"优美"，还是"忧美"。"所以呢，你让我来，是让我和你一起去见雅各布吗？"林树追问了一句。他不知道，在见雅各布这件事上，他要扮演一个什么角色？他有什么同去的必要？他已经从心里在抵触这件事了。

"我原来很担心自己会情绪失控，不知道会发生什么。因为在我给你讲这个'故事'之前，我心里还是有很大的怨念的，还是非常想听他一个解释的。毕竟这么多年来，这件事在我心里像一座废墟一样，无法清除，又无法重建。"文岚的语气依然很平和，没有一丝波动。

"但我讲完这个'故事'之后，发现它在我心里已经没有那么重了。我明白了自己的怨念来自对自己的不接受，而不是对他有恨。以为我的怨念可以用来惩罚他，让他一直背负一种罪。其实不是，我才是那个'背负'的人，虽然我背负的不是罪，但它依然沉重，没必要的沉重。只有放下它，我才能获得救赎，才能重新开始。我尊重他当年的决定，也不想探究他做出那个决定的原因。可能现在的状态，就是最好的状态。"文岚轻轻地舒了一口气。

"可能我这么多年都在等一个好的倾听者，而这个人就是你，谢谢你的倾听。"文岚向林树投来一束真诚的目光，那目光像湖心的漩涡，把林树卷入其中。

"谢谢你给我机会做你的倾听者。"林树回应着文岚的目光，注入了十倍的真诚。但我不想仅仅做你的倾听者……林树自己在心里嘀咕。

"你愿意陪我去见雅各布吗？就当认识一个新朋友也好。"文岚征求林树的意见，语气中透着鼓励。

"没问题，他会是我认识的第一个外国人，就给他一个机会。"林树控制着心里的情绪，故作轻松地开了个玩笑。

"你身体没问题吧？还撑得住吗？或者咱们下午去也行。"文岚关切地问。

"我没事了，你不是说今天是最后一天吗？别让国际友人久等了，估计他已经心急如焚了。"林树说着已经从沙发上起身开始穿羽绒服了。

"那好，如果你不舒服随时说。你先稍等我一下，我换件衣服，马上来。"

当文岚再次出现在林树面前的时候，已经是一个完全不一样的文岚了，一个林树从未见过的文岚。她一袭天青色调的旗袍、一件淡粉色的披肩，略施粉黛，就像一支秀荷，典雅玉立，满眼东方神韵。

我真的了解她吗？林树心里又多了一抹滋味……

九十六

养老联盟群。

黑鱼："哥哥们，小弟不才，写了一首歌，作为送给哥哥们的新年礼物，希望哥哥们笑纳。（一个笑脸的表情）"

随之，黑鱼发到群里一个链接，显示标题是《酒肉朋友》。

黑鱼："这会儿哥哥们估计都在上班，不用理我，有空时再听。我也熬了几个大夜，困成狗，我去睡会儿……（三个打呼噜的表情）"

黑鱼又发进来一张图片，是这首歌的歌词，上面还有他画的七个人的卡通头像，很传神，一看就是花了很多心思画的。

《酒肉朋友》

那时我们都一无所有

恰是青春热血志趣相投

谁有一块肉　都给对方留
冷暖喜忧　对彼此最在乎

　一路搀扶历经岁月稠
　我们在各自天地中游走
　遥望通有无　隔空一杯酒
　万缕挂牵　始终彼此守护

成就时　我们跳起撞胸口
心里为彼此干杯　毫无保留
哪怕以水代酒　真心相托付

挫败时　我们拥抱着痛哭
肩膀托起彼此的头　不认输
眼泪化成酒　相陪伴不孤独

你的痛　像是割了我的肉
　心在一起就能风雨同舟
我的醉　像是你喝多了酒
　付出再多愿为对方承受

　感情是时光酿的酒
　流进心里　很上头

谢谢你陪我长醉不休

心是天下最贵的肉

限量珍稀　不折旧

谢谢你让我如此富有

是哦　我们竟是　竟是　酒肉朋友

我们是彼此回味最无穷的酒肉

是的　我们就是　就是　酒肉朋友

没有酒肉也是彼此最香的朋友

即使时间逆转江河倒流

我们依然会陪在彼此左右

即使天地颠倒宇宙重构

有你为友已足够夫复何求

谢谢你　我的酒肉朋友

谢谢你　我的酒肉朋友

九十七

雅各布腰身紧绷，让自己的上半身近乎"垂直"地坐在酒店咖啡厅的沙发里，屁股只坐了沙发的前三分之一，背部和沙发的靠背之间留有很大的空隙，就像随时准备起身迎接他期待的人。因为他不知道文岚什么时候会来，他必须保证文岚看到他的第一眼，就是他最好的状态。为此，他还特地去理了发、修了面，甚至打理了指甲；并穿了一套三件套西装。除此之外，还喷了香水，是文岚和他在一起后，送给他的第一个生日礼物的同款。前调是葡萄柚、绿茶，中调是天竺葵、青柠、薄荷，后调是雪松、琥珀和薰衣草。这些年，他大部分时间都在治疗，根本没有心情和场合用香水，但他一直保留着当年文岚送他的那瓶香水的空瓶子——一个心形的水晶瓶，玲珑剔透、纯净无瑕，像极了他们当年的爱情。而且因为这支香水的气味里有文岚喜欢的绿茶和雪松香，虽然雅各布对薰衣草的香味不是很能接受，但他依然把这款香水当作自己的唯一"御用"。这次为了见文岚，他特地提前买了一瓶，他希望文岚能够察觉到，并由此能够回想起他们共度的那些美好、幸福时光。

雅各布面色平静，没有任何表情，但能看出他的紧张。他目不斜视，但眼角的余光一直在留意着从酒店正门进来的人，尤其是女人。他完全无法预判十五年后的文岚是什么样的，留着什么样的发型，胖了还是瘦了，穿什么款式的衣服，是怎样的仪态。所以他觉得每个进来的女人都有可能是，但他又分辨不出来哪个是。他想在文岚出现的第一时间认出她，他不想错过十五年后见到文岚的每一秒，就好像文岚非常确定会出现在这里一样。他必须坚定，很坚定地认为文岚会来，不然他在这里的等待就失去了意义。

这是他在这里的第三天。咖啡厅的服务员对这位外国客人满是好奇——已经连续三天了，他每天早早地就来了，坐在最靠近门口的位置；点一杯美式，并给很大方的小费，但几乎一口都不喝，也没见过他吃什么东西；也几乎不去洗手间——即使去也是来去匆匆，很想跑起来加快速度但右腿似乎不是很灵活；每天都是西装革履，发型也是一丝不苟；除了点单一句话不说，但说中文字正腔圆非常流利。总之就像一尊静默的雕塑，甚至有个服务员以为这位先生是个行为艺术家。

不远万里，跨山越海，异国他乡，孤独等待，一切未知——说起来确实很行为艺术，而且很浪漫。但这都不是雅各布关心的，他只想见到她。

这个人好像……不是，文岚比她要高……

难道是她？但文岚应该不会穿得这么俗艳……

是她，是她，是她，一定是她……

身体已经不受控制地激动起来，雅各布感觉自己每根汗毛都在抖，跃跃欲试，想要冲过去。因为一动不动坐得有些久，肌肉已经有些僵硬、酸涩。当雅各布用左脚蹬地站起来的时候，他的身体不自觉地摇晃了几下，但他的目光一直盯着那个人——在酒店大堂目光切切、四处张望寻找着什么人的一个女人。虽然这么多年过去了，但雅各布确定，她就是文岚！

"Jasmine！"雅各布呼唤着文岚的英文名，声音小心翼翼、怯怯的，抖动得似乎看得见里面起伏的波纹，生怕惊动了什么似的。

她听见好像有人在喊她的英文名——虽然已经很多年没有人叫过她这个名字，但这个声音似曾相识——好像被记忆硬生生地、非常鲁莽地撞了一下。她转过头，顺着声音抛过来的那条线，看到了声音的源头——那个男人。她愣在那里，仿佛在记忆里检索着那张脸。是他吗？声音莫名的沧桑、浑哑，少了十五年前的明亮、清澈，像是裹挟了满嘴岁月的泥沙，但刚刚喊出的那个单词有着只有她才能听出来的口音；轮廓似曾相识，依然玉树临风。她不由自主地向雅各布走过来，慢慢地，她需要距离再近一点才能确认。近了，近了，一种熟悉又久远的香水味在空气里若隐若现，刺激着文岚的嗅觉细胞，刚刚给林树讲过的故事再一次被唤醒，她的视线有些模糊……

九十八

郑勇上次去省里汇报工作的时候，偶遇了自己在省电商行业协会工作、去省政府办事的同学邓伟，得知邓伟所在的协会将承办今年的全国电商行业大会。郑勇想着安排美洛村负责电商业务的人来学习一下，就请邓伟给留了一个参会名额。郑勇还担心这属于走后门，会让邓伟难做。邓伟说，就当是为扶贫做贡献了，而且答应留一张嘉宾票——位置靠前，视听效果更好。

只是大会开始前两天，美洛村原定来参会的西波勇多的老婆生小孩，西波勇多脱不开身。郑勇想年底了，家家户户都有事要忙，干脆自己去参加，然后再回去讲给美洛村的电商团队。这次大会还有一个扶贫帮农对接环节，说不定可以为美洛村的特色农产品找到更多的经销商。虽然春节后他即将卸任美洛村的村官，但任何能够帮到美洛的事，郑勇都愿意去做。为此，他陪父母吃过那顿丰盛的餐饭就返回了市里，还没来得及去看海叔。

他也想顺便去市里把买房的事敲定，这样也能早日把父母接到城里享福。有可能的话，再约一下文岚，他总觉得他和文岚之间的缘分不会止步在上次的见面，他也能从文岚当天的表现感觉得到她对自己印象也不错。他确信他和文岚之间还会有更多故事。

不过在这次大会开始前就认识了一位叫青格乐的蒙古族大汉是他没想到的。看着他粗粗莽莽的样子，整个上午一直在用电脑做笔记，还用录音笔录着音，非常认真。郑勇趁着去卫生间的空隙，搜了一下青格乐名片上那家店，没想到是专门做特色农产品的。店里除了他给自己品尝的那几种食品外，还有很多其他的东西，比如沙地红薯、杂粮面条、生鲜牛羊肉等，好几种还是所在品类的前几名。相比电商业务还在摸索和起步阶段的美洛村，这位青格乐简直就是大咖和前辈呀！真的要好好向他学习和请教一下。而且那位兄弟看着非常实在、豪爽，应该是个值得结交的朋友。

郑勇回到主会场的时候，台上正在进行颁奖仪式。这是上午的最后一个环节了。本想请青格乐中午一起在酒店吃自助餐，但他不在座位上。郑勇直接给青格乐发了微信，表达想请他吃饭加请教的意愿。虽然刚刚认识，但郑勇丝毫不觉得唐突。他知道身处官场，说话办事有很多规范、忌讳、注意事项，他也时刻提醒自己注意尺度、分寸、火候。但在青格乐面前，郑勇完全没把自己当成一个政府"官员"，只是想如同朋友一样，和青格乐聊聊，所以就没有想那么多。

人和人之间真是很奇妙：有的人相处多年，但始终无法走进彼此心里；有的人萍水相逢，却意气相投像知交已久。最近认识的文岚、青格乐与我好像都是后一种，郑勇想，心里不由得笑了起来。

青格乐回复郑勇，说自己在酒店的咖啡厅准备下午的发言稿呢，请他三十分钟后去咖啡厅找他即可。他也很感谢郑勇的邀请，到时可以敞开交流。

就像郑勇想象的那样，通过回复的微信更能看得出青格乐是个爽快人。而且他捕捉到一个信息：青格乐在准备发言稿，说明下午有他的发言环节。那他一定是行业里的"大人物"，相信一定能从他那里学到很多有价值的东西。郑勇很期待中午的交流。

九十九

乘出租车来酒店的路上，林树一直靠在座位上闭目养神，其实是在掩饰自己心里的紧张和不安。他在想到底该如何定义他和文岚的关系呢？如果当初他对她表白，如今会是什么状态呢？文岚会答应他吗？还会有文岚给他讲的故事吗？当初为什么就没有对文岚说出那三个字呢？当初自己顾虑的是什么呢？如果现在说，你敢吗？

真是懦夫！林树在心里暗暗地骂了自己一句。

这该死的自卑！在他心里，文岚是白天鹅，而自己就是癞蛤蟆。不仅丑，而且穷，要啥没啥，任何一个女孩子都会觉得和他在一起看不到希望吧？何况文岚！他自己也没有任何底气能够给文岚幸福，所以就一次次地把在喉咙里滚动的那个三个字吞咽下去，任它们烂在自己的肚子里，哪怕自己的肠胃根本无法"消化"，吐不出，又消化不了，就这样梗在那里，成为顽疾。

不过他好像比文岚更期待这次见面，他好像比文岚更想知道这件事的结局——他更想知道，自己在这个"局"里面是什么角色，是看到希望，还是彻底出局？似乎，他和文岚接下来的关系，是由一个叫雅各布的外国人决定的？！

司机说难得有这么好的太阳，于是开了车窗。虽然没什么太大的风，但林树还是觉得身上阵阵发冷，甚至有些哆嗦，就像身上有无数个看不见的洞，空气穿洞而过，形成风暴。他下意识地裹紧了羽绒服，青格乐送给他的那件，确实很暖和——就像兄弟的拥抱一样暖。林树忽然意识到，"兄弟"这个词对自己是如此重，重要的重，重到他不曾把这个称呼给到除了青格乐之外的任何人。虽然他不像青格乐那样，经常把"兄弟""哥哥"这种称谓在他们的日常里使用出来，但在他心里，只有青格乐配得上这个称呼，配得上与他之间建立这种关系。即使他的人不在身边，但他的温暖一直都在。

　　可是自己为什么不答应青格乐的邀请去和他一起打拼一份事业呢？自己到底在担心什么？

　　没有工作，没有爱人，没有房子，没有未来，这就是目前的自己。而一个"四无"人员，竟然还有心思千里迢迢地来"掺合"别人的事，这心也太大了吧？他不禁在心里嘲笑了一下自己。

　　出租车路过一条步行街。入口处两边各立着一个硕大的红气球，渲染着过年的喜庆气氛。步行街两边的空地上摆满了各种年货，像林树小时候和爸妈一起去赶的大集市。步行街里人头攒动，都在采买心仪的物品。林树却一点过年的心情都没有。回不去老家、孤身一人，又几个月没有收入不敢花钱，昨天在火车上还遭遇了身体"翻车"，别人是过年，他是过关。

林树在心里叹了口气，想起来文岚这里之前和青格乐约好等他回去要聊聊的，何去何从，都要有个决定了。想到这里，林树把羽绒服的帽子拉到头上，似乎这样会更暖些。

一〇〇

林树跟在文岚的身后，虽然看不到她的表情，但从她的肢体动作判断出，她认出了雅各布。他不知道她现在是何种心情，迫不及待，还是近情情怯？出发前，林树并没有问文岚，如果见到雅各布，会和他聊什么？想达成什么样的结果？更重要的，他们二人会有怎样的下文？文岚说只有放下才能重新开始——是和谁重新开始？和雅各布吗？有可能是和我吗？

林树和文岚隔着几步远的距离，小心翼翼，像进入了一个布满地雷的阵地，生怕一不小心被炸得粉身碎骨。文岚和那个人的距离越来越近，脚步也越来越慢。林树的目光越过文岚的肩膀，看到一个人颤颤巍巍从沙发上站起来——面容清瘦，头发有些青白相间，满脸倦容和沧桑，目光里透着焦灼和激动，好像有泪水在眼眶的边缘试探。那个人也向着文岚走来，脚步有种不易察觉的跛——难道是因为激动？林树心里有些疑问。

在相距一臂之隔时，两个人同时站住，目光交错又犹疑，无处安放又无处躲闪，仿佛在做最终确认。那个男人伸出双臂想要拥抱文岚，文岚愣在那里不知做何反应。那个人的双臂停在那里，抬起来也不是，放下去又不甘，那一刻时间好像凝固了。

"Jasmine，你……终于……来了！"

"Jacob，你……终于……来了！"

二人同时伸出双臂，拥抱彼此。林树看到那个男人——现在可以确认是雅各布了——两行热泪奔涌而出，毫无节制——毕竟蓄积了十五年，林树心里想。文岚的身体有轻微的抖动，林树看不见她的脸，相信她的泪水也一定决堤了。林树知道，文岚根本没有她自己说得那么平静，相反，她的心里一定波涛汹涌。

这会是怎样的心情呢？这种泪水是什么滋味呢？失而复得的喜悦？破镜重圆的微光？为了曾经的爱情？为了不再存在的爱情？为了曾经谈婚论嫁的遗憾？十五年时光留白的心酸？林树想，如果我是雅各布，我会有勇气来吗？如果我是文岚，我会愿意来吗？雅各布飞过来，可能需要十几个小时的时间；文岚从家里来酒店，可能也就二十分钟；但他们为了这次见面，可能准备了十五年吧？

真是太不容易了！无论从哪个意义上说，这都是一场伟大的见面！也是一场美好的见面！无论如何，林树都佩服他们的勇气，而这正是他一直以来严重缺乏的。于他而言，能够见证这次见面，是他的幸运，虽然也颇受刺激——林树想。

雅各布侧身想引导文岚落座，这才注意到文岚身后的林树，面露疑惑。文岚见状，示意林树走近，给二人介绍：

"这是雅各布，我的前男友。"好坦荡的介绍，林树想。"你好，雅各布！"林树友好而真诚地问候雅各布，并伸出右手准备在文岚介绍他之后和雅各布握手，他注意到雅各布的表情有微妙的变化。是不是"前男友"的"前"字刺激了他？不过从声音看，文岚的情绪已经有所平复。

"这是林树，我大学同学。"

雅各布注意到林树伸过来的手，于是也伸出右手握住林树的手，说："林先生，幸会幸会。"雅各布的脸上露出绅士的微笑，但应该对文岚带来一个陌生人，还是个陌生男人，有点意外。

"欢迎你，雅各布。您的中文说得真棒！"林树微笑着说。说完这句话，林树顿时感到多余，是不是有点喧宾夺主了？

"哪里哪里，您谬赞了！"雅各布回应着，并示意文岚和林树落座。

文岚坐在雅各布的左手边，林树坐在文岚的左手边，三人形成个半圆形。

"还记得我和你提到过我有一位蓝颜知己吗？就是他。"文岚指着林树对雅各布说。文岚确实曾经和雅各布提到过林树，还顺便告诉过他一些他们之间的故事。

尽管时间久远，但雅各布依然在他的回忆里找到了"林树"这个信息。"原来您就是林树，我记得。"雅各布说，表情似乎放松了许多，没有了刚刚见到林树时的戒备。

原来文岚向雅各布提起过我？原来文岚把我定义为他的蓝颜知己？这两条信息林树都是第一次知道，不知道该高兴还是失落。

"谢谢雅各布，你们久别重逢，慢慢聊，我就不打扰你们了。"林树觉得自己还是不要留在这个"局"里比较好，毕竟他们二人有很多话要说，自己不能做这个"灯泡"，虽然他也比较好奇雅各布会说什么，以及他们的故事会有怎样的结局。说着，林树用目光征询文岚的意见。

文岚想着如果让林树继续陪着自己，他可能会觉得不礼貌或者尴尬，就没有勉强他。

"我在旁边看书，你有事就叫我。"林树从背包里拿出一本书示意给文岚，又指了指旁边的座位，起身，向雅各布点了点头，就去了相隔不远的座位坐下。

一〇一

看着桌上立着的台签上写着"消费区"几个字，林树乖乖地点了一杯最便宜的美式，刚喝了一口，就感觉有些反胃。担心又出现昨夜在火车上的情况，他赶紧放下书问服务员卫生间在哪，并急匆匆奔过去。就在快走出咖啡厅时，林树注意到一个人背对着他，穿着一件和自己同款的羽绒服，看上去有点像青格乐。他没多想径自去了卫生间，在那里干呕了许久，可能是胃里没什么东西，所以也没吐出来。大概是昨晚的"余震"，有惊无险。林树漱了漱口，洗了把脸。脸色还是没有完全恢复，是不是刚才在出租车上被风吹的？这身体，竟然脆弱至此。林树心里又感慨了一下。

在回咖啡厅的路上，正好看到刚刚那个人的正面，林树以为自己眼花了，特地揉了揉眼睛，居然真的是青格乐！这也太不可思议了吧？！

"怎么是你？你怎么在这儿？"林树用手推了一下青格乐的肩膀，声音有些虚弱地说。

正在全神贯注背发言稿的青格乐被突然推了一下，显然吓了一跳，猛地抬起头，看到林树的瞬间，原本带着惊吓和气愤的表情瞬间变成了惊讶和惊喜，说："咋回事？你不是说你有事吗？怎么在这儿啊？"说着站起来双手搭在林树的肩上摇晃着林树的身体。青格乐对林树的出现显然没有任何心理准备。

林树皱了皱眉，一脸苦笑，说："你轻点，我头晕。"

青格乐这才注意到林树状态不好，身体像煮得过火的面条，软烂无比，好像他再用点力就能把林树摇断了一样。"你咋了哥，生病啦？"青格乐一脸担心，并试图把林树的脸转向向阳的方向，想确认一下林树的脸色。

林树拨开青格乐的手说："拿走你的熊掌，我没事。你怎么在这儿？"

还没等青格乐回答，就看见郑勇向他走来。"青格乐兄弟，我来找你了，走，吃饭去。"郑勇热情地打着招呼，看到青格乐旁边的林树，以为青格乐有事情，赶紧说："是不是在谈事？我在旁边等一会。"林树听到有人找青格乐，转身看到了郑勇。郑勇注意到青格乐和这位陌生人穿着同款羽绒服。

青格乐笑着说："没事，今天太巧了，我给你介绍一下。这位是我哥，林树。"青格乐又对林树说："哥，这是我今天刚认识的朋友，郑勇。"

"原来是青格乐兄弟的哥哥，难怪衣服都是一样的。那我叫您林哥吧。我是郑勇，幸会幸会。"郑勇热情洋溢地和林树握手。

"你好你好，不敢当不敢当，叫我林树就好。幸会幸会。"林树有点强打精神地回应。

"走，咱们一块去吃饭。郑勇兄弟不介意吧？"青格乐拍拍林树的肩膀，询问着郑勇的意见。

"不介意不介意，一起一起。我对这家酒店比较熟，来，跟我走。"郑勇说着前面带路向餐厅走去。

林树不知道会遇见青格乐，更不知道青格乐有饭局，而且他不能把文岚扔下，就拉住青格乐说："我这边还有事，你们去吧，回头我再找你。"

"你还有啥事？现在是午饭时间，有事吃了饭再办呗。"

青格乐说，同时招呼郑勇稍等一下。

林树有些为难，索性和青格乐说:"我是陪一个朋友来的，她那边的事还没完，我得等她一下。我说的人你也认识。"说着指了指旁边不远处的文岚。

郑勇回到青格乐旁边问怎么了。青格乐说:"我哥这边还有一位朋友，他暂时走不开。"青格乐边说边顺着林树所指的方向看去，郑勇也顺势看过去。

"文岚？！"

"文岚？！"

青格乐和郑勇同时说。

三个人同时惊讶地看着对方！"原来你们认识？"三个人同时问出了同一句话，也不知道谁在问谁……

一〇二

人生何处不相逢！

在没有事先约好时间和地点的情况下，在前一刻彼此可能还是陌生人的前提下，青格乐、林树、郑勇、文岚和雅各布汇聚于此，都不同程度地见到了自己想见的人。虽然百种心事，万千滋味，但也不失为一种圆满。

郑勇坚持自己做东，一来这顿饭本来就是他张罗的；二来他是"地主"，必须尽"地主"之谊。令郑勇没想到的是，原本只是他和青格乐两个人的饭局，一下子变成了五个人，竟然还有一个外国人，而且还有他一直想约又担心约不到的文岚。他不知道该感到庆幸还是遗憾。庆幸的是，他又见到文岚了；遗憾的是虽然见到了，但没有什么机会和她多说几句话。但终归他内心是很高兴的，就像本来买的是经济舱，结果被免费升级到头等舱了。

对文岚而言，这顿饭绝对是个意外。她和青格乐也是大学同学，她也知道林树和青格乐亲如兄弟。所以虽然她自己和青格乐相交不多，但因为林树的关系，相比其他同学，她对青格乐也是亲近很多。而郑勇是她的"相亲对象"，且给她留下了非常不错的印象，甚至还被他邀请去他工作的地方做客。文岚一直没有答应，是不想那么不矜持，虽然她其实心里是有些想去的。是不是以"女朋友"的身份去倒不确定，她只是觉得多一个郑勇这样的好朋友也是很好的，至于以后两人能发展成什么关系，一切顺其自然就好。

她本来不想加入，毕竟雅各布下午晚些时候就要回北京，她和他还有很多话要说。而且对雅各布来说，除了文岚之外的几个人都是陌生人，即使雅各布之前听说过林树，也是第一次见而已。文岚很担心雅各布会尴尬。

但文岚也知道，郑勇并不了解其中的来龙去脉，也没有必要向他解释那么多——不仅费时间，而且未必说得清楚。所以她很体谅郑勇的热情邀约，而如果她拒绝，就不是很合适了。

林树其实是更愿意随青格乐一起和郑勇去吃饭的，他想让文岚和雅各布不受干扰地独处一下。毕竟十五年没见，而且下一次见还不知道什么时候，每一秒都非常宝贵。他自己也能休息一下，毕竟身体还是有些虚弱。

青格乐和文岚也是多年没见，他也不知道文岚和那位外国人是什么关系，他甚至不知道文岚就在这个城市工作和生活。所以见到文岚那一刻，他也非常意外，同时也明白了林树为啥宁可麻烦自己去找薛校长"求情"也要放弃去薛校长那里试讲的机会。

而对于雅各布，文岚去哪里，他就去哪里。所以他只能加入。

因为青格乐还要在下午的大会上发言，而雅各布还要准备去机场，这顿饭吃得很高效。最高效的一点就是，一顿饭下来，每个人都梳理清楚了饭桌上这五个人之间的关系。

一〇三

青格乐是作为行业内扶贫工作优秀代表来发言的，尤其他的扶贫区域属于少数民族地区，让这一举动有了更多的意义。就像青格乐在发言中所说，他并没有去刻意"扶贫"，只是觉得家乡的农牧产品品质优良，天然无污染，值得让更多人去享用。所以就通过电商的方式把家乡的特色产品面向全国做了推广。客观结果就是，家乡的一部分农牧民乡亲因此提高了收入，摆脱了贫困状态；自己公司的员工们也因为这份工作获得了在大城市发展的机会；自己也有了更多的使命感和成就感，当然也让自己"脱贫致富"了。青格乐这种实实在在、不浮夸、不喊口号的发言，加上他略带大草原风味的口音，获得了现场热烈的掌声。甚至有人高喊"好样的"为青格乐加油，表达敬佩之情。

青格乐在发言中表示，从 2022 年开始，他会从每张订单里拿出 1% 的金额设立一个基金，用于帮助更多人脱贫致富，受助对象不限于自己的家乡，而是面向全国。只要有需要，该基金会提供农牧技术、种子、种畜等，并包产包销。青格乐还倡议在场的同行都能加入这一行动中来，让商业向善，让未来更好！

正当青格乐准备走下讲台时，主持人示意他留步，邀请他和现场观众一起看一个视频短片。视频里，是青格乐家乡农牧业合作社的乡亲们的采访，他们都在发自肺腑地表达对青格乐的感谢，感谢他带领大家通过科学种植和养殖，改变了家乡的面貌，让他们过上了好日子。

视频里，还有当地的小学、敬老院、卫生院、宽阔平整的柏油路。乡亲们说这都是青格乐个人捐建的。一位身穿民族服装的老阿妈用蒙古语说，如果不是青格乐在当地捐建了卫生院，去年自己突发疾病的时候，很可能就会因为得不到及时救治而发生危险。

现场的掌声更热烈了！

青格乐非常意外，不知道组委会竟然这么用心，不禁深受感动，眼泛泪光。主持人请出了颁奖嘉宾，是一位十几岁的蒙古族少年。少年手捧哈达和奖杯，为青格乐颁奖。少年说自己曾经在青格乐捐建的小学就读，今年刚刚升入中学。如果没有那所小学，自己当年就要到几十公里外的另一所小学上学，会给家里增加很大的负担，甚至有辍学的可能。他非常感谢青格乐叔叔的善举，并表示自己长大后也要像青格乐叔叔那样，用自己的能力帮助更多的人。

主持人请青格乐发表获奖感言。青格乐擦了擦眼睛说："这是感动中国颁奖典礼吧？我是不是走错会场了？！"一句话逗得现场笑声一片。青格乐说："这个奖我受之有愧，我做得还很不够。我记得作家艾青说过一句话，为什么我的眼里常含泪水，因为我对这片土地爱得深沉。我想这就是我的初心，我所有努力的意义和价值。谢谢大家！"

一〇四

青格乐的发言，以及视频中呈现的他所做的事，让郑勇深受震撼和感动。青格乐所做的事，就是他正在做的事。所不同的是，他做这件事的时候，是组织赋予他的"任务"。这个任务里，有各种KPI（关键业绩指标）。所以他在做的过程中，多多少少会有一种为了完成考核而做的心态——虽然他已经非常投入、非常用心，并为此付出了非常多的努力和热情——这种考核会决定他以后的仕途发展。而青格乐，是因为爱、因为使命在做这件事，是完全不计回报的。出发点不同，动力就会不同，效果自然也会不同。

同时，让郑勇没想到的是，外表粗犷的青格乐，内心会如此细腻，二者形成了强烈的反差。豁达又深情，朴实又幽默，低调又靠谱，无论是作为好朋友还是事业伙伴，都很难得。他由此萌生了去青格乐家乡或者公司考察学习的念头。

同样深受感触的还有在现场的林树。青格乐已经不是他所认识的那个乐乐了——不是说他变坏了，而是他真的长"大"了——大格局、大情怀、大境界，他真的是一个"大"人了。想想大学四年，青格乐还是一个大孩子——丢三落四、不修边幅、逃课打游戏、不会照顾自己、没有目标、粗莽无心、口无遮拦，事事都要林树操心。林树盯着他一日三餐、盯着他下雨打伞、盯着他天冷加衣、盯着他感冒吃药、盯着他上课出勤……青格乐曾经说林树比他的妈妈管他管得都多、都严。但青格乐从不反抗，反而还很享受的样子。他说自己在草原上自由散漫惯了，需要被人管一管了，不然由着性子来可能都无法毕业。

林树也不知道自己为啥对青格乐要管这么多。虽然他俩同岁，但林树莫名其妙地觉得自己对青格乐有一种责任感，可能是不想看着青格乐那么不着边际，可能是看着青格乐那

226

大苹果一样的笑脸就有一种亲近感，可能是不想让青格乐心底里那份纯净、天然、良善被破坏，总之就是不由自主地想要去"保护"他，像哥哥保护弟弟那样。

大学毕业后，青格乐骨子里的自由天性让他"云游"了好多城市。很长时间内都没有固定工作，靠打短工生活，时常会遇到上顿不接下顿的情况。林树除了时常接济他一下之外，还会留意青格乐所在城市的天气变化，并据此提醒他下雨刮风、降温沙尘，让他提前准备应对。如果青格乐从那个城市回到林树所在的城市，林树无论如何都会去车站接他；每次青格乐离开，林树也都会去车站送他，风雨无阻，并带上大包小包吃的喝的，以及各种常备药品，就像半个家长。

这些年，林树看着青格乐从一个"少年"成长为一个"大"人，并且越来越强大，强大到通过自己的努力，解决了上百人的就业，还带动了更多人脱贫致富。这是多么了不起的成就！林树发自内心地为青格乐感到骄傲。只是在青格乐发言过程中，林树觉察到青格乐的声音里有一种焦虑和不安，如果不是对青格乐非常了解的人，是绝不会发现的。

一〇五

午餐结束后，文岚和雅各布向三人"告别"。十五年的时光，真的不是三言两语就能填满的，他们需要更多时间去走进没有彼此的这十五年。林树对文岚说，自己此行的"使命"已经完成，就不在旁边"干扰"了。就此别过，各自珍重。

而雅各布在这十五年里为了能够再见到文岚所做的种种努力，是林树后来听文岚讲述的，而这也促使林树做出了一个重要决定。

雅各布用他去往机场前仅剩的几个小时，对文岚讲述了自己这十五年的所有经历。抗癌、创业、学中文、深度认知中国文化、学做中国料理、每年为文岚准备生日礼物、把公司业务努力拓展到中国、为在中国长期生活做准备，以及寻找文岚。

当然，还有当初关于信仰的那个谎言，那个导致文岚与他分手的谎言。

雅各布虽然语速较快，但语气很平和，丝毫听不出有任何情绪，就像在讲述别人的故事。只是从他目不转睛看着文岚的热切眼神中，可以看到他内心涌动的感情。他好想在这短暂的时间里，能够看尽文岚这十五年的每一个分秒，每一次喜怒哀乐。他想知道文岚有没有时常想起他，有没有想过他，以及听了自己的讲述，文岚的心里是否有触动、有决定。

文岚全神贯注，身体没有一丝挪动，眼神也不曾回避雅各布的眼睛，仿佛也想从雅各布的眼神里去探究他的这十五年。如果彼此不曾错过这十五年，如今会是什么样？不好想，不敢想，不能想。

其实从刚刚见面时，文岚就注意到了雅各布身上的香水味，那是她送给雅各布的第一个生日礼物。虽然时隔十五年，那种气味一直在文岚的记忆里萦绕。如今雅各布依然在使用这款香水，其中的含义不言自明。文岚也是心生感动。

而当文岚了解到雅各布这惊心动魄的十五年中各种经历时，文岚已经泪流满面。他比我更辛苦吧！一边要为自己争取活着的机会，一边要面对家族的重振，还要忍受对文岚的内疚和思念。任何一件事放在普通人身上，都已经是一副重担了，何况这三种叠加到一起，放到一个随时可能失去生命的人的身上，这是何其的难，何其的苦，何其的难以置信！如果我是他，我能坚持十五年吗？我会为他做那么多吗？学习对方的语言、了解对方的文化、想尽办法把对方寻找，并拖着残弱的身体漂洋过海地来见他？我可能做不到，我没有他那么坚强、那么坚韧、那么不轻言放弃。

还谈什么伤害？还谈什么怨恨？还谈什么原谅？

一〇六

林树在会场内感觉到青格乐的声音里有焦虑和不安，情况属实。

青格乐之所以在大会上午的环节还没结束时就离开了会场，其实是因为他收到了公司行政总监发来一段视频。视频里，一个女人在青格乐公司前台又喊又叫，嚷着要见青格乐。

前台小姑娘说老板去外地开会了，不在公司。那个女人不依不饶，上去撕扯前台小姑娘的衣服和头发说她在骗她。最后还把前台放的花瓶摔在地上，瓶子里的水、花瓣、瓶子的碎片流淌了一地，非常狼藉。最后那个女人干脆自己躺在地上打滚、哭嚎，一定要见青格乐，并说了很多难听的话。

行政总监一时不知如何处理，一边录了视频留下证据，一边指挥其他人报警。她留言给青格乐，说自己一定处理好善后工作，请老板放心。

青格乐认出了那个女人，正是他下了火车后乘出租车时给他打过电话的钱丽敏。他没想到她竟然跑到公司去"闹"，实在有些不管不顾的过分，甚至连最起码的体面都没有。青格乐并不欠钱丽敏什么，为什么要如此撒泼呢？抛开这一举动给青格乐和他的公司带来的不良影响不说，让青格乐揪心的是他注意到在视频的角落里有两个孩子。看着在地上打滚的钱丽敏，他们一脸惊恐地大哭着。两个孩子显然是双胞胎，都是男孩，看上去五六岁的样子，虎头虎脑的，眉眼间竟然和自己有几分相像。不可能吧？难道真是？青格乐在心里极力否定着，但又不能确定。他隐约觉得，无论是还是不是，这件事都不会轻易结束。

青格乐心里一团乱，再也听不下去大会现场的内容，只好提前离场到咖啡厅平复一下，喘口气，然后就遇到了林树。

而林树当时丝毫没有察觉到青格乐心里的汹涌。不知是青格乐在见到林树的瞬间就把自己的情绪掩藏得很好，还是林树的关注点在文岚那边而没有注意到青格乐眼神里的忧烦，直到在下午全程听完了青格乐的发言，林树才发觉到其中的不对。

一〇七

青格乐结束发言就离开了会场，正要打电话给林树，就见到先他一步从会场出来的林树向他走来。"恭喜获奖！刚才的发言真是太精彩了！"林树拍着青格乐的后背说。青格乐提不起任何精神回应这份祝贺，一脸疲惫地看着林树，眼神里暗淡无光，完全没有刚刚在会场上那种光彩和喜悦。

"哥，你在这边还有啥安排吗？没有的话，今晚能不能陪我一起回去？"青格乐几乎是有气无力地问。

林树马上意识到一定是有事发生了。"我没有安排，我和你一起走。我订了返程的火车票。"林树是在会场内紧邻门口的角落里听青格乐发言的，他一看到青格乐发言结束后收拾东西准备离开，并来回扫视了几次整个会场，像在确认和寻找林树在哪里，就意识到自己的猜测是准确的——青格乐心里有事。于是他推门就出了会场，在门口等青格乐。他要在青格乐需要他的第一时间出现在青格乐身边，就像以前任何一次青格乐需要他的时候那样。

"你把票退了吧，我给你买机票，更快些，不然要明天早上才能到。飞机今晚就能到，到家后你还能睡个完整觉。"青格乐说着就掏出手机给林树订好了机票。林树没有纠结青格乐花钱给他买机票这件事，以后找机会还给他就好，他担心的是青格乐究竟遇到了什么事，让他看上去这么无精打采，没有一丝精气神儿。

尽管自己心乱如麻，但青格乐还是没有忘记发微信给郑勇，表达对中午盛情款待的感谢，并邀请郑勇有机会去东州做客，自己就先行一步返程了。郑勇看到信息后让青格乐等一等，他开车送青格乐去机场。待郑勇从会场出来，正好看到青格乐和林树坐上出租车离开。郑勇也表达了对认识青格乐的荣幸，以及后续进一步交流、拜访的意向。青格乐表示随时恭候大驾。

一〇八

养老联盟的群里，整个上午都没有人说话。黑鱼发过来的歌曲链接就那样晒在那里，没人点开，直到下午接近下班时间。

大头发来一段语音。

青格乐正和林树在去往机场的路上，点开那段语音，听到大头略带醉意的声音："兄弟们都在哪儿呢？过来陪我喝酒！"

大头是不太能喝酒的人，酒量很一般，通常能不喝就不喝，现在竟然主动约酒，而且好像已经喝多了的样子，很反常。

青格乐也发了一段语音："大头，大头，你在哪儿呢？怎么这个点儿就开始喝酒了？而且好像喝多了呢。没事吧？"

大头没有回复。其他人也没有反应。青格乐脸上又多了一重忧虑。

就在当天中午，大头被领导叫到办公室，宣布大头所负责的项目因为公司战略调整而取消了。团队原地解散，部门也被裁撤。也就是说，在新产品上线的前一天，大头及他的团队全部被解雇了。领导给出的解释是，由于大环境影响，公司的股价一路下跌。董事会对新业务的市场预期非常悲观，只好终止。连同大头的项目一起被裁撤的还有其他几个处于开发阶段的项目。公司在接下来的一段时间内不会在新业务上投入，而是着力发掘现有产品的潜力。同时通过裁员来降低成本，以求拉升利润，以及股价。

前几天大家还在群里说大头是互联网圈子里的"产品大神"，绝对没有被裁之虞，但事情就这样猝不及防地发生了。这波互联网大厂的裁员浪潮无比汹涌……

而大家不知道的是，水牛此刻正躺在医院里，昏迷不醒；三石也遇到了一个棘手的大麻烦……

这个年，还真是个难过的关……

一〇九

直到不得不出发、不然就要错过当天最后一班回北京的飞机，雅各布才依依不舍、一步三回头地上了去机场的车。文岚没有去送行，她担心控制不住自己的心绪，同时也需要一点时间缓冲这一整天接收到的来自雅各布的信息给自己造成的激荡。

除了把这十五年自己的经历全部告诉了文岚，雅各布还郑重地向文岚道歉。道歉的内容除了当初以宗教信仰为由"拒绝"文岚这种撒谎，以及不辞而别，还有一项，就是单方面做出"分手"的决定。这一决定隐含的假设是，文岚在知道雅各布患了癌症后，也会提出分手——毕竟，一个得了癌症的人，几乎没有可能给自己爱的人幸福，甚至要让对方面对生离死别。而这显然不是一般人可以接受和面对的。雅各布当初的这个决定，就是在潜意识里把文岚归类为"一般人"。他为自己这样"小瞧"文岚而道歉，为自己武断地替文岚做出"分手"的决定而道歉。如果重新来过，他会把真相如实相告，让文岚自己做决定。

同时，雅各布发自内心地感谢文岚，除了曾经那段刻骨铭心的爱情，文岚还是他艰苦卓绝地抗癌的精神力量。他对自己说必须坚持下去，必须活着，才有机会再见到文岚，才有机会当面向文岚道歉，才有机会去重新爱文岚，才有机会重新和文岚在一起。虽然这几乎等同于幻想，尤其在癌症不断恶化、他几乎命悬一线的时候。

好在他坚持到了这一刻，好在他终于来到了文岚面前，好在他完成了这么多年的夙愿，哪怕他不知道接下来他和文岚之间的故事会如何续写。

雅各布告诉文岚，借着北京冬奥会契机，中国政府将大力推动冰雪运动的发展。而庞大的人口基数、政策红利等因素将合力催生出一个巨大的和冰雪运动有关的市场。雅各布的公司也将大力拓展中国市场。接下来的计划就包括在中国南方的几个省市建立冰雪运动基地，帮助冰雪运动发展比较薄弱的地区快速提升冰雪运动水平，既有面向大众的普及型服务，也有面向运动队的专业服务。而文岚所在的城市也在他们的市场拓展计划范围内。雅各布甚至考虑常驻中国，这样，他也会有更多机会与文岚见面并照顾文岚。

"我们已经错过了彼此最好的十五年，我不想再错过你往后的每一天。"雅各布深情地凝望着文岚，那眼神像一团火焰，炽烈又澎湃，映红了文岚的脸庞，还有她脸上滚烫的泪水。那泪水燃烧着，将她淹没……

一一〇

这段时间水牛和他所在的交警大队一直在高速路口执勤，本来人手就不够，大家都是三班倒，已经记不得多久没有正常休假了，身体和精神都处于极限状态。

水牛已经不是年轻人了，每次出勤结束回到家除了倒头就睡，他不想做任何事。吃饭都要挤时间，洗澡更是变得奢侈——他有一次洗澡的时候愣是坐在浴室里睡着了。他太缺觉了，宁可忍受浑身酸臭，也要多睡一会儿，不然体力根本恢复不过来。

就在前天晚上，水牛负责的路段来了一辆轿车，一个三十多岁的男子开车送马上要生产的媳妇去医院。

该男子因为担心妻儿生命安全，因此情绪激动，拒不配合做酒精检测，直接开车冲破水牛和同事的阻拦直奔医院。水牛虽然可以理解该男子的举动，但责任在身，立即跳上执勤的摩托车追赶。结果在一个十字路口出了车祸，水牛被侧面驶来的货车重重地撞飞……

医生诊断结果显示，水牛除了多处骨折之外，还有严重的脑震荡。万幸的是没有伤及内脏，暂时没有生命危险，但昏迷状态会持续多久、什么时候才能醒来还不确定。春节之前估计难以出院了。

而三石那边，他服务的老板在结算尾款的时候突然失联了。后来三石在新闻里看到该公司因涉嫌商业欺诈账户全部被封，目前处于取证调查阶段，占了这次装修费大头的尾款很可能泡汤了。而这是三石忙活了好几个月的工程，全指望这笔收入给员工发工资过年呢。今年本来活儿就少，三石的公司也是在勉强维持。之前他还给员工打气，说这笔款一到账，就马上给大家发工资、奖金、放假，回家过年。现在，大家已经知道回款无望了，一直追问三石什么时候发工资，三石也是一筹莫展、焦头烂额，搞不好这个年是过不去了……

养老联盟群里气氛压抑，极度冷清……

一二一

去往机场的出租车里，林树和青格乐坐在后座，一个情绪低落，一个想知道另一个为什么情绪低落。

"是不是有什么事？你发言的时候我已经感觉到你情绪不对劲儿了。"林树看着青格乐的脸，像一只霜打的茄子。

"没事，就是有点困，昨天在火车上没睡好，想眯一会儿。"青格乐眉头拧成了一个疙瘩，表情像个苦瓜。

"那你靠着我肩膀睡一会儿吧，还要至少 30 分钟才能到机场，到了我叫你。"林树没有追问，但青格乐越不说，他越觉得一定有事，而且事还不小。

青格乐没说话，把头靠在林树的肩膀上，闭上眼睛。林树请司机把车窗关上，担心风吹到青格乐。他侧头看着青格乐憔悴的面容，注意到青格乐头顶已多了几处白发，深感青格乐一个人扛了太多事和责任，而自己又能帮他些什么呢？

"回到公司我得落实一下直播的事儿，同行已经做得风生水起了，我们却还在观望，太保守了。"青格乐嘟囔了一句。

"你是在说梦话吗？还是在想业务的事？"林树也不知道青格乐是睡着了还是没睡着，按照青格乐的习惯，他是倒头不过三秒就能睡着的人。

青格乐干脆坐起来，说："睡不着，事儿太多，心里乱。"

"有啥是我能做的吗？反正我最近也没事。"林树问青格乐。

"有！一个是你现在就能做的，一个是你一直都能做的。"青格乐的语气让林树猜不出他是认真的还是在开玩笑。

"具体我能做啥？乐老板尽管吩咐。我一定赴汤蹈火、肝脑涂地、鞠躬尽瘁、万死不辞……"林树很少和青格乐这样说话，但他想把气氛变得不那么沉重。

"你现在能做的，就是赶紧过来做我的合伙人，帮我分担一下压力；你一直都能做的，就是做我的兄弟，我的哥哥。"青格乐的小眼睛里闪烁着光芒，虽然声音有些低沉，但很笃定。像是命令，也像恳求。

林树不自主地搂住青格乐的肩膀，说："你让我一直做的，我一定会尽量做好，谢谢你给我这个机会。我现在能做的，我怕我帮不了你，反倒给你添乱。"

"我的乱子本来就多，也不差你再添几个。"说着，青格乐把自己的手机递给林树，示意他看一下里面的视频。

林树认出了视频里的那个女人。当年林树去深圳照顾生病的青格乐时，钱丽敏已经和青格乐分手一段时间了。有一天正好她来青格乐的住处拿她的东西，林树就是在那时候见过钱丽敏一面。青格乐当时不想再见到钱丽敏，就没让她上楼，而是让林树把她的行李送下楼的。林树还记得钱丽敏离开时，上了一辆颜色夸张的豪车，在青格乐租住的那个城中村街道上，显得特别扎眼。而开车的那个男人，看上去四十多岁了，但染了一头红色的头发，大热天穿着一条皮裤和一件画满各种动物的衬衫，还戴着一副遮住了大半张脸的墨镜。相比之下，钱丽敏当时的露脐吊带、热裤、长靴、烟熏妆、紫色的美甲，倒显得中规中矩了些。

　　当时林树还调侃青格乐："难怪人家会和你分手，她那种风格，你这个土包子怎么驾驭得了啊？"

　　不过视频里的钱丽敏已经完全没了当年的风采，皮肤像干裂的老树，头发蜡黄，身体枯瘦，像是一具行走的木乃伊。

　　"这是什么时候的事？她这是去你公司了？她怎么突然出现了？你们分手后还有联系？感觉她整个人有些不正常啊。"林树疑问重重，而且他也注意到了视频里的那对很像青格勒的双胞胎，只是没有说出这个问题。

　　青格乐重重地叹了一口气，说："就是昨天的事，我也不知道她怎么会突然出现的。我这么着急往回赶，就是要去处理这件事。本来我明天还要去参访一些直播的标杆企业的，还有几个重要的合作谈判也被我推掉了。"

"别担心，回到东州后我陪你去处理。"林树不知道自己的话能否安慰到青格乐，但他现在能做的也只有这么多了。同时，他也越来越深刻地体会到青格乐的不容易，他真的想帮青格乐多分担一些。

一一二

郑勇本来想当面再邀请一下文岚的，但那个场景下实在不适合，就没说。虽然文岚对他介绍雅各布的时候，只说是自己在国外留学时的好朋友，但郑勇从雅各布看文岚的眼神里能够感受到她和雅各布的关系肯定不只是"好朋友"。不过没关系，自己和文岚也只是刚刚认识而已，一方面，什么都还没开始；另一方面，一切都还有可能。顺其自然吧。

不过他早就知道以色列的农业技术非常发达，其中就有农产品保鲜技术。美洛村因为地处深山，对外交通十分不便，很多新鲜的水果不能及时运送到大山之外。又因为没有冷库，时间久了就会腐烂，严重影响了销售。如果有好的保鲜技术，就能延长水果的保存时间和运输时间，将极大改善销售状况。所以郑勇抓住机会，请雅各布帮忙推荐以色列的农业技术公司。

雅各布了解到郑勇的身份和工作内容后，对郑勇深表钦佩，也对中国的扶贫行动和成绩大加赞赏。他表示会请以色列国内的朋友帮忙联系合适的公司，到时会对接给郑勇。雅各布还建议郑勇有机会去以色列实地考察，拓展更多与以色列在农业等方面的合作可能。

文岚一开始对郑勇这种"务实"的风格不是很喜欢，毕竟他和雅各布还只是刚刚认识，连朋友都算不上，就请人家介绍资源，多少有些"功利"。但她转念一想，这恰恰说明郑勇一心想改善美洛村当前的状况，一心想带领当地的乡亲们尽快脱贫致富。有条件要上，没有条件创造条件也要上。所以他要穷尽各种可能，想尽各种办法，哪怕是在自己休假期间，也在想着工作的事。这正是他有责任心、有担当的表现。想到这里，文岚不由得在心里对郑勇多了几分钦佩和好感。

一一三

林树本来也有事要和青格乐说的，但看到青格乐的状态和那个视频后，就决定不说了。

还是在林树带打工子弟学校的孩子们去滑雪的那天，林树接到和他关系很不错的前同事唐毅的电话。唐毅是和林树同一批被裁员的，但他被裁员后直接去了深圳。当地有一所新成立的民办学校，对来自东州的教培机构离职人员大开绿灯，尤其是唐毅和林树所在的行业头部机构的离职人员，几乎免试上岗。唐毅很快就在该校实现了"再就业"，薪水也还不错，比在东州时提高了 30% 左右。学校还提供宿舍，都是条件比较好的公寓楼，租房成本也省下了。

唐毅问林树是否愿意过去，这边还有几个科目的岗位在招聘。如果林树愿意，他会提前和校领导打个招呼。

林树也听说过那边的情况，自己所在机构的人在那边很抢手，毕竟原机构的金字招牌有很强的背书作用。只是要离开他工作生活了二十多年的城市，这对于他来说是个重大决策。唐毅说，你孤家寡人一个，还不像我拖家带口的。我也一样在东州生活了很多年，我都能说来就来，你还犹豫什么？我们这个年纪在职场已经非常尴尬了，难得有人愿意"接收"我们，各方面待遇也都非常不错。过了这个村可就没这个店了。

林树知道唐毅说得句句在理，他留在东州确实也没有太多好机会，离开东州对自己来说也没有什么大的损失，换个环境发展也未尝不是好事，反正在哪里都是教学。而如果无业状态一直持续下去的话，整个人会非常低迷，甚至会抑郁，经济压力也会越来越大，这也是他急于摆脱的。唯一让他放心不下的就是青格乐。其实他也说不清不放心的是什么。"在青格乐屡次邀请我做他合伙人的情况下，在青格乐确实需要我助他一臂之力的情况下，我不但不帮忙，反而选择'逃离'，怎么想都有些说不过去。"林树心里想，一时陷入了两难。

但相比做商业，林树还是更愿意做教育工作。他给自己的定义是自己不擅长做商业相关工作，而更适合在教育行业发展。而且，这么多年做下来，做老师已经成了自己的舒适区。转身从零开始进入商业领域，林树非常不自信。

林树回复唐毅说反正现在学校也放寒假了，春节后再和他确认是否过去。唐毅说他会和校领导打个招呼，"预定"一个席位。唐毅打包票说，以林树这么多年的工作经验和获得的各种奖项，学校领导一定像挖到宝一样举双手双脚欢迎。

一一四

林树和青格乐上了飞机就昏昏沉沉地睡着了。林树身体还是有些虚弱，强撑了一天，体力已经透支了。青格乐也很累，但他更想通过睡觉暂时逃离一下那些让他烦忧不已的乱七八糟的事。

迷迷糊糊之间，听到机上广播响起，说东州暴雪，飞机无法正常降落，将备降在邻近的青城。航空公司将为大家统一安排住宿，请大家谅解。

本来还想第二天一早就去处理钱丽敏的事，却突然备降在异地，而且什么时候能起飞还不确定，这让青格乐懊丧不已，从摆渡车上下来的时候一下子把手中的矿泉水瓶摔在地上。

林树赶紧捡起矿泉水瓶，安慰青格乐说："既来之，则安之。别着急，说不定这是老天给你更多时间想想对策。"林树用手轻抚着青格乐的后背，宽慰着他的情绪。

航空公司开始为乘客分配房间。当轮到林树和青格乐时，已经没有标准间，只剩大床房了。林树本来以为青格乐会生气，但青格乐什么都没说，领了房卡直接去找房间了。估计他已经累得没力气生气了，林树想。

这是个经济型酒店，房间很狭小，除了一张床，几乎连转身的空间都没有。本来林树还想着让青格乐睡床，自己睡沙发或者打地铺，现在看来已经行不通了。

今晚怎么睡，这是个问题……

不管怎么睡，林树都已经做了一个决定——不是关于去留的决定，而是一个关于生死的决定……

一一五

文岚回到家里，依然觉得恍恍惚惚，仿佛在一天之间穿越了十五年。听雅各布讲述他这十五年，就像看了一部无声的电影，令她感慨万千：如果我在这部电影里出现，我会扮演怎样的角色？电影剧情会有怎样的发展？最终结局又会怎样？

在此之前，她不知道一个人的生命力可以这样坚韧，她不知道一个人对另一个的爱可以这样执着。从某种意义上说，雅各布当年的不辞而别不是扼杀了他们之间的爱情，相反，是保留了另一种可能，虽然这种可能里有各种变数，各种不可控的因素。

但毕竟他没有放弃！十五年啊，人生又有多少个十五年呢？换作是我，我能做到吗？这十五年里，我又做了什么呢？当初如果我选择他的宗教信仰，他还有什么理由拒绝我吗？如果我当初知道了真相，是否还会选择和他在一起？我对他的爱，是否如他爱我那样坚定？

她无法回答自己，因为这些假设似乎毫无意义。她现在要问自己的是，你还爱他吗？你还愿意和他在一起吗？你能接受现在的他吗？

不过文岚自始至终没有提到他们那个不曾降生的孩子。她不想以此去刺激雅各布，增加他的痛苦，或者内疚，并由此影响他对她的态度。

一种既疲惫又轻松的感觉包裹着她。疲惫是因为自从得知雅各布来到她所在的城市，她就一直处于高度紧张状态，由此消耗了她太多的心力，甚至影响了她的睡眠和饮食；轻松是因为她选择了勇敢面对，并由此揭开了当年雅各布突然消失的"秘密"。更重要的是，确认了雅各布的消失，不是因为他不爱她了，相反，是因为太爱她了，所以不想伤害她，让她解除了对自己的怀疑、否定和检讨。这种情绪曾像一团乱麻，缠绕在她的内心，让她无法解脱，成为一种负累。

暮色深沉，文岚开了灯，呆呆地盯着阳台落地窗上自己的身影。她觉得自己应该把这件事写下来，写到自己的小说里。在此之前，她拿出手机，给林树发了几条微信。

一一六

"我想喝酒。"青格乐脱下羽绒服，把自己放倒在床上，四仰八叉。

"这大半夜的喝啥酒呢？赶紧洗洗睡吧，你不是说昨晚没睡好嘛。"林树还想着就一张床怎么睡的问题，对青格乐的需求没有回应。

"哥，我想喝酒，我想喝酒。"青格乐像个耍赖的孩子，大人如果不答应就要在地上打滚那种。

林树的肚子也有点咕咕叫。刚才在飞机上两个人一直在睡觉，错过了飞机上提供的晚餐。中午虽然郑勇点了很多当地的特色菜，但几个人都没怎么吃。

"那好吧，刚刚进来时在酒店大堂好像有个便利店，我去买点啤酒和零食，你等一下。或者你先洗个澡吧，解解乏。"林树妥协了，转身出门去采购。

青格乐一动没动，躺在床上，眼睛盯着天花板，还在想着那个视频里的一对双胞胎，和他长得有几分神似的两个小男孩。

林树提着一袋子啤酒和零食回到房间，看到青格乐还保持着原来的姿势躺在床上。"酒买回来了，起来喝吧，我陪你。"

青格乐叹息了一声，起身来到床边的小茶几。他其实没有那么想喝酒，只是觉得心里闷得慌，不想睡觉。如果有人能陪着聊聊天，排解一下情绪，会好受些。

林树打开两个易拉罐，撕开一袋花生米，还有鸡脖子、牛肉条、地瓜干、烤鱼片、辣条等。"很少听到你叹气，是不是还在想钱丽敏的事？"

"我没在想她，我在想视频里的那两个孩子。哥，你注意到了吗？我感觉他俩长得有点像我。"青格乐喝了一大口啤酒，目光探询着投向林树。

林树在另一把椅子上坐下，吃了一块牛肉干。"说实话，我也注意到了，确实挺像的。我当时心里还纳闷呢，但是没好意思问你。他们是……你的……吗？"

"我也不确定，昨天下了火车我接到过钱丽敏的电话，电话里她让其中一个孩子喊我爸爸，说要和我一起过年。我当时起了一身的鸡皮疙瘩。太突然了。"青格乐眉头紧锁，又喝了一口酒，身体颓丧地窝在椅子里。

"看两个孩子的样子，也就五六岁。可你和钱丽敏分手至少有十年了吧？从时间上看，也不太可能是你的孩子吧？"林树盯着青格乐的侧脸，没有什么外露的情绪，但依然能够感受到他内心的起伏。

青格乐其实挺喜欢孩子的，所以他在公司里特别留了一块区域做成了儿童乐园，便于有孩子的员工在不方便的时候把孩子带过来照顾。每年儿童节，他还会请行政给员工的孩子准备礼物，或者是书，或者是游乐园门票等。所以他的同事经常说，如果老板有孩子了，他一定是一个超级优秀的爸爸。

"可是我们在分手三年左右的时候，见过面……"青格乐嗫嚅着说，像做错了什么事。

林树一愣，说："你的意思是？"林树心里计算了一下，也就是大概七年前，这么说，这两个孩子还真有可能是青格乐的。

"嗯，但你不知道，我……我……做过手术，按理说这孩子不可能是我的，但他们又和我那么像……"青格乐双手捂着脸，声音从手掌的缝隙里钻出来，像不小心泄露了一个秘密。

"手术？什么手术？"林树从来没听青格乐说起过，只知道青格乐壮得像头牛，平时连感冒都很少，更别提手术了。所以很想知道青格乐做了什么手术、什么时候做的。

说来话长。

青格乐其实有过一个哥哥。当时青格乐一家正在从夏牧场转场到冬牧场的途中，怀着身孕的青格乐的妈妈因为长途跋涉，导致生产提前。在前不着村后不着店的地方，青格乐的妈妈发生了大出血，危在旦夕。被送到医院时，已经奄奄一息。好在经过一夜的抢救，总算保住了性命，但青格乐的妈妈从此身体变得很虚弱。更令人难过的是，在路上生下的那个男婴，也就是青格乐的哥哥，因为受了风寒，感染了肺炎，没有抢救过来，在出生后第三天就夭折了。

青格乐的妈妈极度悲痛，虽然从大出血的状况里慢慢恢复过来了，但内心一直无法从丧子之痛里走出来。在此后的好几年时间里，一直未能再怀孕。等到怀上青格乐的时候，青格乐的妈妈已经是一位高龄孕妇，并伴有孕期糖尿病和高血压等。导致生青格乐的时候难产，青格乐的妈妈再一次从鬼门关走了一回。

从那以后，青格乐妈妈的身体越来越虚弱，需要常年吃药，再也不是那个风里来雨里去撑起半个家的女强人了。整个人的性格也不像年轻时那般开朗、乐观，总是忧心忡忡，不见笑容。

青格乐上初中时，有一次妈妈因为贫血导致晕倒而住院，在医院里，他才了解到妈妈之前生他和他哥哥时经历的危险。他非常心疼妈妈，同时也知道了女人的不容易，为了生孩子，可能要付出生命的代价。参加工作后，他的女友（当时还不是钱丽敏）曾怀孕过，因为当时他俩还没结婚，也没有经济能力抚养那个孩子，只能做了流产手术。结果引发炎症，女友遭了很多罪，甚至有不能再怀孕的危险。

青格乐想起妈妈的经历，觉得生育对女人的伤害太大了。他不想再让他爱的女人经历这样的伤害和痛苦。就决定去做了结扎手术，永绝"后患"。虽然他很喜欢孩子，但他不想让别人冒着那么大的风险为自己生孩子。虽然不可能有自己的孩子是个遗憾，但以后可以通过领养的方式做父亲，也未尝不可。

所以，当他看到视频里的两个孩子时，一方面怀疑他们到底是不是自己的，一方面在幻想如果真的是自己的孩子，那么他就升级做爸爸了，而且还是一对双胞胎的爸爸，太幸福了。但是在没有确认之前，他也不敢下结论，所以一直处于忐忑、纠结之中。

林树听了青格勒的讲述，不由得倒吸了一口凉气。他不知该心疼还是佩服青格乐，或者二者兼而有之。但至少在林树看来，青格乐的举动非常有魄力，有勇气，不是一般人能做得出来的。

"原来你还有这样的经历……那你……打算怎么办？"林树弱弱地问。

"哥，你不会笑话我吧？"青格乐抬起头看着林树，撇着嘴，要哭出来的样子。

"傻瓜，我怎么会笑话你呢？你很了不起，我很佩服你，换作我，我绝对做不到。"林树拍了拍青格乐的肩膀。"不过，也够委屈你的了。来，我敬你！"林树举起易拉罐和青格乐的碰了一下。

青格乐没有喝，苦笑了一下。"哥，你说我该怎么办呢？"

林树又拿起几块牛肉干，他实在是饿了。"别担心，等回到东州，我陪你去找钱丽敏，问清楚，咱们再做决定也不晚，你别想那么多。说不定是好事呢。"

"哥，我很紧张。比我当年参加高考还紧张。"

"紧张啥？难不成担心一下子多了两个儿子，你养不起？别担心，如果是你的儿子，我必须做他们的干爹，到时我帮你养啊！"林树拍着自己的胸脯，拍得砰砰响。

青格乐脸上好不容易有点了笑模样。"哥，你别陪我喝酒了，你身体还没恢复，不能喝太多，洗洗早点休息吧。"

"好，我确实困得不行了，刚刚在飞机上其实没怎么睡着，不像你，都打呼噜了。"说着，林树打了一个大大的哈欠。"不过，你看咱们怎么睡呢？就一张床。你自己就得占去三分之二。"相比床的问题，林树更担心青格乐火车头一样的呼噜声。

"别担心，你先睡，等你睡着了我再睡，这样你就听不到我的呼噜声了。到时我侧着睡，就占不了那么大地方了。"青格乐很认真地说。

"我开玩笑的，你也别喝了，等认下了儿子再好好喝一场。"林树从青格乐手里拿走了易拉罐，发现里面的酒几乎是满的。他意识到青格乐根本就没有心情喝酒……

一一七

视频里的钱丽敏，呈现出近乎失控的状态，直到被警察带走的那一刻都没能安静下来。她知道她不应该以这种方式出现，更不该让孩子看到她的这种状态。但她没有办法，她得了躁郁症。而这，还不是最严重的……

当年和青格乐在一起时，青格乐其实挺宠着她的。每个月的收入除了交房租水电吃喝拉撒等必要开支，几乎全都花在她身上了。买衣服、化妆品、看电影等消费就不说了，钱丽敏还特别喜欢买奢侈品，以及去酒吧。一开始青格乐也没觉得有什么，女孩子有几个拿得出手的包包什么的，也很正常。去酒吧一下，也能缓解一下工作的压力。但渐渐地，青格乐就有些吃不消了。

他发现钱丽敏经常旷工，问她去哪了也不说；还经常网贷，拆东墙补西墙；还时不时地与一些青格乐不认识、开各种豪车的人混在一起。每次问她，都说是在陪客户，或者在拓展新客户。钱丽敏也是做销售的，有业绩压力，青格乐很理解。但是看她和所谓客户之间的亲昵举动，青格乐就觉得不对劲。

有一次深夜，钱丽敏醉醺醺地回到小区。青格乐当时忘了带钥匙，给钱丽敏打过无数次电话都没人接，又不知道她去了哪里，只好在楼下等她。见她摇摇晃晃的样子，一身酒气隔着很远就能闻得见，青格乐就知道她一定又去了酒吧。想着自己在外面跑了一整天，满身臭汗，还饿着肚子，就很生气。青格乐责问了钱丽敏几句，就要扶她上楼。钱丽敏当场就耍起酒疯，说青格乐窝囊，赚不到钱，让自己跟着受苦，过不上好日子……惹得楼上的邻居纷纷打开窗户投诉。

青格乐当时收入确实不高，无法让钱丽敏过上她想要的生活。一想起钱丽敏曾经给过自己的帮助，以及自己给过钱丽敏的承诺，就觉得很惭愧。

青格乐与钱丽敏是在深圳的一家饭馆认识的。青格乐在深圳谋得的第一份工作是摄影器材销售，目标客户是婚纱影楼、拍广告片的广告公司等。底薪很低，收入基本靠提成。但开始的几个月，青格乐根本无法开单。那点儿底薪除了交房租，吃饭都费劲儿。他曾经连续三个月每天去固定的一家饭馆吃饭，点最便宜的麻婆豆腐盖浇饭五元一份，免费添饭。

当时钱丽敏在那家饭馆做服务员。她其实最初来深圳时，在一家外贸公司工作，但受到金融危机的影响，公司关张了。一时找不到合适的工作，只好来到一个老乡开的饭馆打点零工过渡一下。

有一次，青格乐忘了带钱包（那时候还没有移动支付），结账的时候很窘迫。钱丽敏当天正好在店里，她早就注意到这个每天都来这里吃饭，而且只吃同一种饭，又经常添饭的小伙子了。以她的观察，她觉得青格乐不是那种想赖账的人，就和他说没关系，可以明天一起结。青格乐红着脸道了谢，说明天一定来结账。

第二天青格乐真的来了，只不过没有再吃饭，结了昨天的账就走了。临走时他还留了一个苹果给钱丽敏表示感谢。自那以后，青格乐有一段时间没有再来这里吃饭。钱丽敏当时还纳闷，不过也没放在心上。后来她找到新工作，也离开了这家店。

直到大概三个月后，青格乐再次来到这家店，连续来了好几天——每次来的时间都比以前他来的时候晚，但都没有看到钱丽敏。他向老板打听那个"女服务员"，老板说她已经离开有一段时间了，具体在哪里也不清楚。青格乐解释了半天，说只是想表达感谢，最后老板才给了青格乐钱丽敏的联系方式。

原来，三个月前青格乐来饭馆结账时，全身只剩了七元钱，除了结账的五元外，他用剩余的两元买了一个大苹果送给钱丽敏表示感谢。中间有大概一个月的时间，青格乐借了同事一百元钱，买了一些挂面和咸菜，靠清水煮挂面拌咸菜填肚子维持，直到一个影楼的客户买了一个镜头，他才拿到一笔提成渡过了难关。

他拿到钱丽敏电话号码的第一时间就联系了她，说想表达一下感谢。当青格乐提着一大包各种水果找到钱丽敏的时候，激动得说不出话来。钱丽敏认得青格乐买的水果都是进口的，非常贵，也有点感动，心想：这个小伙子也太实在了，还知道感恩，就对青格乐的印象更好了一些。

一来二去，两人就成了男女朋友。青格乐从此更加努力工作，一心想让钱丽敏过上幸福的生活，他觉得这么善良的女孩子，值得拥有更好的生活。

但奋斗的过程很难，只有有耐心的人才能享受到奋斗的成果。尤其是当有了对比之后，更容易让人失去耐心。钱丽敏的同事里有个富二代，相比之下，吃穿住用各个方面，钱丽敏都觉得自己无比寒酸。尤其是参加了该同事在某高级酒吧举办的生日party（聚会），她更加认识了什么是有钱人的生活。受了"刺激"后的钱丽敏从此对青格乐失去了耐心。

其实不是钱丽敏变得嫌贫爱富，贪慕虚荣了，而是她一直都这样，只是现在被激发了。于是她开始不安于此，开始有意识地结识一些富贵人群，比如，林树那年看到的、钱丽敏上了他的豪车的那个红头发男人。

那个男人就是富二代同事举办生日party（聚会）的酒吧的老板孙大同。有点酷帅、多金，出手又大方，对钱丽敏那样的女孩有着致命的吸引力。只是钱丽敏不知道，孙大同的酒吧不仅卖酒水，还卖很多不该卖的东西。每个被孙大同吸引的女孩，最终都成了他"销赃"的工具。钱丽敏离开青格乐，投入孙大同怀抱以后，就被孙大同用毒品控制，让她做什么，她就得做什么。等到孙大同被警方逮捕时，钱丽敏已经对毒品形成重度依赖，被强制戒毒。

无论是精神上还是生理上，钱丽敏都付出了沉重的代价。经历了人生的起起落落之后，她才知道青格乐的好。他们在一起时，日子虽然没那么富裕，但很踏实、很温暖。但现在一切都来不及了……

最后一次戒毒结束后，钱丽敏尝试去找一份正常的工作。但因为她的前科而四处碰壁，生活没有着落……渐渐地，除了满身疾病外，她的精神也有些不正常了，她得了躁郁症……她无法保证自己的生活，也无法保证两个孩子的生活，她已经走投无路了……

虽然只有她知道那两个孩子是不是青格乐的，但她只相信青格乐，相信青格乐不会见死不救。其实她前几天也只是心怀侥幸地拨打了青格乐几年前留给她的电话号码，她也不知道能不能打通。庆幸的是，那个电话被接起来了，而且接电话的人就是青格乐。于是她让孩子对着电话喊爸爸，于是青格乐心里乱成一团……

一一八

养老联盟群。

大胡子：

"@大头　别灰心，没事的。裁员并不意味着你不优秀，这是大环境造成的。以你的资历，去任何公司都被抢着要。

你在哪？要不要老哥我去找你？

"@三石　你怎么样，有没有钱给团队发工资了？我手里还有点余钱，需要的话我给你转过去一些哈。别不好意思，谁都有个为难的时候。挺一挺，先把这个年过去，就好了！

"@其他哥几个　大家伙最近都咋样？有时间来老哥我这喝一杯。

"我再啰唆一句：没啥过不去的坎儿，你们都还年轻，年轻时遇到的困难都不是困难，都是让你变得更强大的催化剂。"

黑鱼："哥哥们，我这会在外地参加一个音乐盛典，我为一个电视剧写的主题曲入围最佳影视金曲奖了。（一个害羞的表情包）"

青格乐："兄弟们，我这会儿备降在青城了，啥时候起飞还不知道。你们的事我都听说了，都别急，至少我们还活着。等我回去了，咱们一起去看看水牛，他住院了。

"@黑鱼：祝贺你呀，我就说嘛，你去参加那个颁奖礼都是给他们面子，下次不是格莱美咱不去。"

大胡子："水牛怎么了？怎么还住院了？@青格乐"

黑鱼："同问，水牛哥怎么了？上次聚会他没来，都好长时间没见到他了，怎么还住院了？

"@青格乐　乐哥，借您吉言，我下次冲击格莱美！哈哈哈……"

青格乐："大家别担心，我也是刚刚收到水牛所在交警队的信息，具体等我回去再和你们说。"

一一九

　　林树决定去捐献遗体，因为他觉得自己这辈子不可能结婚了。原因在于，他的心里不可能接纳除了文岚之外的任何女人。在了解了文岚和雅各布的故事，以及雅各布这十五年来的经历之后，他从心里已经放弃了和文岚之间的可能。他和文岚之间的感情，也很美好，美好得无以复加。但是，那不是爱情，根本就不是。只是外人很难相信他们之间是百分百纯友谊。都啥年代了，两个成年男女之间还有纯友谊？别逗了，还有比这更不靠谱、更好笑的吗？

　　谁说不是呢？但就是这么好笑！他们之间就是别人所说的不靠谱的友谊！

　　意识到这一点的时候，林树在心里长长地舒了一口气，好像放下了一副千斤重担，轻松了许多。他不用再去揣测他和文岚之间的可能性了，他不用为如何去确认这种可能性而焦灼了，他不用望梅止渴了，他知道，自己该醒了。

　　从此他可以在心里把结婚这扇门关上了。虽然他也可以选择与别人谈恋爱，但在林树心里，一切不以结婚为目的的恋爱都是耍流氓。那么留给他的只有孤独终老这一种可能了。而这种可能带来的另一种可能就是，在生命的尽头，他要一个人面对死亡。更有可能的是，他在离世之后很久都不会被发现，而被发现的时候，尸体可能已经腐烂不堪。

其实某种程度上，以孤独的方式终老，是林树完全能够接受的。因为生活中孤独就是他的常态。除了青格乐，他和任何人都没有过密的来往，基本就是一个人面对整个世界。他没觉得有什么不好，反倒很享受这种状态——能够把所有的精力用来关照自我，而不是在无意义的社交中无谓消耗。但一想到最终收尸的人要面对腐烂发臭的自己，就觉得死了还要给别人添麻烦，是他所不愿意接受的。

为了避免这种给社会添麻烦的可能性出现，他决定去捐献遗体。因为接受遗体捐赠的机构会在捐赠人死后第一时间，也就是腐烂之前，为遗体整仪和火化——在遗体利用完毕之后——虽然"利用"这个词看上去太功利也太锋利了，功利得让人后背冒凉气，锋利得让人不敢触碰。这是他所能想到的减少自己因为死亡而给别人添麻烦带来的心理负担的最好方式了。

只是他还没想明白一个环节：如果他是孤独终老，最终由谁去通知接受遗体捐赠的机构自己去世了这件事呢？

在从青城回东州的飞机上，林树半认真半开玩笑地对青格乐说起自己遗体捐赠的决定以及理由。

"想啥呢？有我在，你怎么可能孤独终老呢？"青格乐拍着自己的胸脯对林树说。"你不是还有我吗？！"青格乐努力地瞪大他的小眼睛盯着林树，眼球都好像要从眼眶里跳出来。

周围乘客被这突如其来的厉喝惊到了，纷纷扭过头来寻找着声音的源头。看到一个圆头大脸的胖子正对着邻座的男人怒目圆睁，怒发冲冠。再细品一下胖子说的话，一众看客无不露出迷惑的表情，心里嘀咕着这两位到底什么关系？难道是在练什么台词？

青格乐丝毫没有留意到周围人的举动，还在盯着林树，似乎想要林树给他一个回答。林树被青格乐这盛怒钉在座位上，他看到青格乐的瞳孔里射出一种怒气和杀气，恨不得将林树生吞活剥。青格乐是真的生气了——林树太了解他了。同时周围人的反应让他尴尬得恨不得钻到座位底下，消失……

一二〇

从青城回到东州后，青格乐与林树直接去了拘留所，想把钱丽敏保释出来。在此之前，青格乐的同事告知他警察带走钱丽敏后，根据事发情节，给予钱丽敏拘留处分，但并没有说两个孩子在由谁照看。青格乐惦念着两个孩子，他们肯定不会和钱丽敏一起被拘留，但他不知道钱丽敏在这个城市有什么亲戚朋友可以帮忙照看两个孩子。想想他俩在人生地不熟的环境里，无依无靠，青格乐莫名地感到揪心。这种感觉让他怀疑他和两个孩子之间有着某种关系，甚至有可能是……血缘关系。这让他更心急想见到孩子们。

但是，青格乐被告知钱丽敏不在拘留所。

原来，当天钱丽敏被送到拘留所后，因为情绪波动比较大，精神受到刺激，出现了抽搐等现象。警务人员赶紧把她送去医务所，在检查过程中，医务人员发现钱丽敏有吸毒史，并处于复吸阶段。警务人员在钱丽敏得到初步治疗之后，当即把她送去了戒毒所。

戒毒所？钱丽敏吸毒？青格乐有些惊到了。联想起视频里钱丽敏的精神状态和憔悴的面容，似乎有些明白了。

"请问她的两个孩子在哪儿呢？"青格乐问民警。

"由我的同事在照看。如果钱丽敏短时间内无法戒毒成功，又没有家属或亲戚可以照看他们的话，我们只能考虑把两个孩子送去太阳村了，毕竟这不是我们的本职工作。"民警面无表情地说。

"太阳村是什么地方？"青格乐第一次听说，有点茫然地看了下身边的林树。

"没记错的话，好像是收留、照看服刑人员子女的公益机构。"林树用手掩着嘴附在林树耳边说。

"对，他说的没错。"警察显然听到了林树的话，对青格乐确认道。

"警察同志，您看我能把两个孩子带走照顾吗？也是不想给您和您同事添麻烦。"青格乐满脸堆笑地对那位警察说。

林树听到青格乐这个请求，脸上有一丝微妙的表情变化。他看了一眼青格乐，没说什么，心想：兄弟啊，你也太着急了，至少问清楚情况、确认一下孩子的父亲是谁再说吧……他想提醒一下青格乐，就小声地咳嗽了一下。

青格乐的注意力都在等待警察的回答上，没有留意林树的暗示。

"请问你和钱丽敏以及两个孩子是什么关系？"民警听到青格乐的请求后问道。

"我是钱丽敏的朋友。"青格乐弱弱地说。

"朋友？如果不是孩子的监护人，那需要得到监护人的授权许可才行。"民警继续向青格乐解释。

青格乐向民警道过谢，拉上林树直奔戒毒所。

"你真的要把那两个孩子带回去？"在去往戒毒所的车上，林树问青格乐。

"目前还是我的一厢情愿，还要看钱丽敏是否同意。"青格乐用右手的拇指和中指用力地揉压着太阳穴，一脸焦躁。

"我的意思是，咱们还不知道孩子的父亲是谁……而且，你说的照顾，是短期的还是长期的呀？"

"我还没考虑那么多，只是看到那两个孩子，就觉得很想照顾他们。而且钱丽敏目前的状态，肯定也无力看管他们。一会儿见到钱丽敏再说吧。"

林树看得出青格乐也是思绪如麻。可能两个孩子的出现让他想起了他和钱丽敏在一起时的美好时光，也激发了他的父爱。一个曾经被伤害的人，现在却要去照顾伤害过他人生的人的、还可能与他没有任何关系的两个孩子。林树想，这就是青格乐呀，我的兄弟呀。

一二一

从青城回来以后，林树本想第一时间联系文岚，问问她的状态怎么样，但转念一想，她估计需要一点时间去消化与雅各布的见面，以及思考接下来与雅各布的关系走向，不适合被叨扰。于是他把元旦前就准备好、但没能全部寄出去的几张贺卡找出来，想在春节前快递还没放假的时候发出去。

这是他的一个习惯，或者说是一个老套的仪式感。这个年代，还有人像他一样，在新年来临之际送别人贺卡吗？而且是手写的那种。他固执地以为，手写的文字才有温度，这样的祝福才是真情实感。他并不沉醉于朋友收到后那种惊喜，只是想用这种方式完成自己的表达而已。可是当他把贺卡放到面前的时候，才发现他并不明确要送给谁；就像想找人倾诉一下，但翻开电话簿却不知道要打给谁一样。

他想起了谷春河。谷春河所在的机构是林树前东家的供应商，为其提供海外游学服务。有一次林树公司负责游学的同事家里有事，就把即将出行的游学领队的任务委托给了他。而游学供应商方面负责那次游学的是谷春河。两人由此认识。

此前林树从没有做过游学领队，也没出过国，所以很多事情都不熟悉，毫无头绪。谷春河则经验非常丰富，在游学过程中为林树提供了非常多的帮助，最终使得那次游学圆满完成。林树事后为了表达感谢，还特地送了一个在国外买的小礼物给谷春河。林树以为游学结束了，他和供应商的合作也就到此为止了，因为他不负责游学业务，以后也大概不会再参与游学的事了，所以也就再没有联系过谷春河。

　　但谷春河隔三岔五、逢年过节都会发个微信给林树。林树也不以为意，只是当作乙方为了维护与甲方的关系而做的"商务"动作——这个动作是有目的的，是为了能够有后续的订单。林树甚至善意地侧面提醒过谷春河，自己不是游学业务的负责人，不要在他身上浪费时间，让他去找那个"对的"人。谷春河也不以为意，说他也不是他们公司的销售人员，不是为了订单才与林树来往的。只是在那次游学过程中，他看到了林树的敬业、严谨和为学生着想的职业精神和师者情怀，并且没有把那些学生仅仅当作学生，而是把他们当作独立的个体去尊重，让他很佩服，值得他学习。

　　后来有一次林树老家的一个亲戚来东州看病，请林树帮忙提前挂一个专家号。林树即使找了票贩子还是挂不到，只好抱着试试看的想法发了一个朋友圈求助。最终是看到了那条信息的谷春河帮忙解决了这个难题。原来谷春河有个远房亲戚在那家医院工作，他就是托了这层关系办的。自那以后，林树才换了一个心态去认识谷春河，发现这个小他几岁的年轻人很靠谱、很踏实，就渐渐地成了朋友。后来谷春河还送了一件世界名校的帽衫给林树，说上次游学听林树说起很喜欢那个大学，但没有时间去逛纪念品商店。这次谷春河带队游学又到了那个国家，本来没有去那个大学的行程，但他还是想办法请当地的朋友买了一件最新款的帽衫给林树带回来，也算是了却林树的一个夙愿。

后来情势所迫，谷春河所在公司的业务断崖式下滑，以至于公司无力支撑关门大吉，谷春河也因此失业了。当时谷春河的妻子已怀孕在身，预产期临近。而妻子向来体弱，面临一定的风险，谷春河把自己的父母接过来照顾妻子，一家人挤在并不宽敞的一个大开间里。为了不让家人担心，谷春河每天还是装作正常上下班，早出晚归。白天，他要么找个公园、要么找个咖啡馆，一坐就是一天。晚上还时常装作加班的样子，这样更符合他没有失业时的正常状态。而回到家，他还要掩藏起压力和沮丧，装作非常高兴的样子，把笑脸留给家人。那段时间他觉得自己是分裂的。

林树是从游学部同事那里听说谷春河公司倒闭的事的。他第一时间联系了谷春河，问他的情况。谷春河实情相告，电话那头的林树听出了他很低落的情绪，也能体会他面临的压力。林树请谷春河去他公司楼下的餐厅等他，一起吃饭。

席间林树所能做的，也只是鼓励他不要泄气，困难只是暂时的，以他这么资深的背景，找工作应该不难，多点耐心就好了。说完林树自己才意识到，整个游学行业都遭受了重创，谷春河如果想找工作，只能在其他行业找机会，这对一个接近中年的人而言，是非常难的。

谷春河估计也是压抑太久了，借着那次机会把心里的很多情绪垃圾向林树做了一次彻底的倾诉。中年人的崩溃真是就在一瞬间！房贷、即将出生的孩子、自己失业、年迈的父母……林树看着这个平时西装革履、意气风发、海外名校毕业的精英，在经受现实的暴捶之后，那种无助、迷茫、脆弱……

林树也帮他留意了一些工作机会，但一时半会儿没有那么对口的。后来不知过了多久，谷春河终于在一个打算拓展海外市场的新消费类公司找到了一份工作，职阶不高，工作内容也要从头学起。但重要的是，他能够有一份收入了。

林树找出谷春河的微信，问他要地址，说给他发一个快递。几个小时之后才收到谷春河的回复，他在微信里似乎已经恢复了以往的那种阳光、乐观的状态，还问林树是什么快递，像一个即将收到心仪礼物的孩子。林树看地址不像是他公司的，反倒像是家庭地址，就随口问了一句："这是你家的地址吗？是新公司收快递不方便吗？"

对方沉默了好一会儿。

"林哥，我这段时间在家休息呢。"

"哦，你看我，都忘了，你的孩子出生了吧？你一定是在休产假照顾老婆孩子呢吧？恭喜啊！"林树心里还怪自己太粗心了，应该补一份礼物才对。

"我这段时间身体不太好，也趁机休息一下。"谷春河回复说。

原来，谷春河入职后不久，公司给每人发了一张体检卡作为新年礼物。他和同事一起去体检，结果发现自己的很多血液指标不正常，经过诊断是患了一种白血病。公司怕惹麻烦，以他无法通过试用期为由辞退了他。

也就是说，现在的谷春河，又回到了失业状态，比之前那次更糟糕的是，还加上了他身患重病……而这次，他已经无法装作早出晚归了，他必须卧床静养。

林树还以为谷春河在开玩笑，直到看到谷春河发来了一张他在家打着点滴、面色苍白憔悴、整个人瘦了一圈的照片，甚至还有诊断书。

一二二

快递拿走了给谷春河的贺卡，林树忽然倍感心酸。他在微信里、贺卡上，都留下了非常正能量的话给谷春河。但他觉得，那都是一堆毫无用处的、正确的废话。如果"一切都会更好的"，那还要加油干啥？

而想想自己，又能把希望寄予谁呢？有时想想，活着还真是麻烦。为了活着，所需要的东西太多了。不仅要温饱，还要穿得漂亮、吃得美味；不仅要解决"里子"问题，还要解决面子问题。不仅要活着，还要比别人活得好；不仅不能受委屈，还要被人高看一眼才舒服。你可以说，谁都想追求更好的生活，可我们也都被"更好的生活"所囚禁，成为它的"奴隶"，最终越来越不知道自己想要活成什么样子，只是不断地努力去活成别人眼中"成功"的样子，于是我们就成为和别人一模一样的样子——既没有活成自己，也没有活成别人。

但对于林树而言，眼下最要紧的是有一份收入，有一份进项。

他来到小区旁边的超市。青格乐给他买的物资差不多都吃光了，他需要来采购点口粮。不来不知道，物价居然又上涨了这么多！他平时就固定那几种菜交替着买，而它们几乎都上涨了 20%-40% 不等。他不得不调整了采购计划，把原来想买的菜由三种减为两种。尽管林树很喜欢吃莴笋、柚子这样的蔬菜和水果，但由于它们在食用之前要去掉很多叶子和皮，而叶子和皮在购买时也是算钱的，这相当于买莴笋和柚子的钱有一部分并没有变成食物，而是被浪费了。所以林树已经有一段时间没有买莴笋和柚子这类很不划算的蔬果了——他要保证用于购买食物的每一分钱都能被吃到肚子里。至于肉类，也已经被他从采购清单上剔除很久了。

计划里还要买一瓶醋，这是他的厨房里除了盐之外仅有的调料。除此之外，他平时做菜，连酱油、鸡精、蚝油什么的一概不放，甚至连葱姜蒜都不买。他也知道，那些调料会让菜的味道更好，让吃的人更享受。但那只是口舌之欲，这种欲望被满足后所产生的快乐转瞬即逝。说不定还会因为加了这些调料后，吃的饭菜更多了，导致体重、体脂等增加，后续还要减肥，实在不值得。

但这瓶醋，他不想妥协了。这段时间，他已经把消费压缩到极限了。每压缩一点，都会让自己崩溃一点，就像在不断把自己逼到生活的死角。留下这瓶醋，某种程度上，也可以向自己证明目前的生活还是不错的，居然还有余钱买醋这种非必需品呢。

林树比较了货架上的几种醋，最终锁定在了容量相同的两个品牌，一个是某顺，也是他之前一直买的；一个是某林。二者的原料表、各种指标都差不多，最大的不同在于，前者的包装上明显地标识着一个信息：不含添加剂和防腐剂；而后者是含的。再看价格，不含防腐剂的，价格 6.5 元；含防腐剂的，价格只有 3 元。那还有什么犹豫的，显然健康更重要啊！林树果断拿了那瓶 3 元的……

现在，你不配吃不含防腐剂的醋。

买菜只是打掩护，林树真正在意的是这家超市在门口贴的招工广告。春节快到了，急需一些短期工人，只要身体健康即可。林树抄下了联系电话，打算回到住处再打，了解下情况。在超市里买东西的时候，林树特地留意了一下超市里的工作人员，基本都是年纪比较大的，至少比林树大十岁八岁的。

难道我真的要和这些"老大爷""抢"工作吗？

可我如果继续这么瞻前顾后下去，最终饿肚子的就是我自己呀！还在顾虑什么呢？那些大叔在这个行业里还是你的前辈呢，如果真刀真枪的竞争，你未必是人家的对手呢。你还真是想多了！

一二三

养老联盟群。

黑鱼在午夜时分发来一段歌词。

黑鱼："哥哥们，看到你们遇到各种状况，我心里很难受，也很着急，很想能为你们分担一些。但好像我能做的有限，刚刚忽然灵感来了，随手写了一段词，还没来得及谱曲，先分享给哥哥们，希望能给大家鼓鼓劲儿。"

《Hi man》

Hi man

是否已找到答案

你的迷茫可还在蔓延

Hi man

是否还畏缩不前

低落过后请务必勇敢

Hi man

可否对自己再耐心一点

年轻的脚步

总要翻几座山　过几道坎

Hi man

可否对明天再乐观一点

躁动的灵魂

不经过淬炼　怎会不平凡

Hi man

是否已元气满满

你的翅膀该舞动云天

Hi man

热血是否已点燃

原地踏步梦想怎实现

Hi man

可否对困难再凶悍一点

轻易说放弃

总不甘　辜负了人生苦短

Hi man

可否对辛苦再享受一点

所有汗和茧

是最好素材　做人生桂冠

至暗不是宣判

月亮有缺有圆

才成就了世间的思念

挫折在所难免

不经历些遗憾

如何体会生命的苦甜

Hi man

乌云遮不住天　雨过风轻云淡

每个考验都是天赐的成全

Hi man

时光滚滚向前　过好每个今天

用每毫米努力把世界惊艳

Hi man

出发

不怕慢　不怕晚

没退路　要够胆

Hi man

未来

不怕难　不怕远

余生浅　不等闲

Hi man

余生不等闲

说了就算

不欠　不欠

Hi man

余生不等闲

说了就干

不管　不管

黑鱼这段时间日子也不好过，他的一部分收入来自为影视剧做配乐、写主题曲、插曲什么的。但目前，开工的剧组少之又少，他能接到的订单就更少。而且之前还有很多剧组没有结算他的稿费，所以他的经济状况也是捉襟见肘。

青格乐："黑鱼，写得真好，真带劲儿！别担心，还有我呢。明天我去医院看水牛，你要不要一起？"

青格乐随手把黑鱼写的这段词转发给了林树，并特别圈了其中一句：每个考验都是天赐的成全。

一二四

正当林树要拨打超市的招工电话时，一个陌生号码打进来。来电显示这个号码属于自己老家所在地，犹豫接还是不接之间，林树还是接了起来。对方是一个有些沙哑的声音，听上去非常疲惫，像是背了几百斤的重担。

"喂，是林树吗？我是永贵呀。"声音里带着些许老家的口音。

"永贵，是你呀，怎么又换号了？"林树想给对方一个稍微热情一些的回应，但发现自己心里连把嗓音的音量调试得高一些的气力都没有，听上去冷冷的，像一个银器落满了厚厚的一层灰。

"啊，新换的号，咱们班高志成不是在电信吗？说这个号的套餐费比我之前用的那个号便宜，我就从他那儿办了一个。特地给你打个电话，告诉你一声我换号了，存上。"那个叫永贵的人说。

永贵，姓林，和林树都是老家林姓这个大家族的，算是同一个老祖宗，但两家已经出了五服，只能算是远亲的远亲。

按照辈分论，林永贵还比林树长一辈，林树应该叫林永贵叔叔。但他们同龄，从小就在一个班上学，所以并没有按照叔侄关系论。和普通同学不同的是，两家住得比较近，小时候林树经常帮成绩不好的林永贵写作业；两家平时做了什么好吃的，也会给对方送去一些。后来林树考上大学，离家越来越远。而林永贵初中没毕业就因为不喜欢读书而辍学了，留在家里种地为生。平时经常帮林树的父母干一些体力活儿。而为了表示感谢，林树每年春节回家都会给林永贵的爸妈、孩子带些东州的特产做礼物。前年春节，林树去看他时，发现他已经完全是一个农村小老头儿的样子了，酱色的皮肤、满脸沟壑、两鬓霜白，甚至都有些驼背。或许是生活的压力和农村的环境加速了林永贵的变老，林永贵还开玩笑说他俩站在一起，人们绝对不会信他们是同龄人，而一定会以为是两辈人。

相比其他绝大多数早就断了联系的小学同学，他们算是走动比较多的。但林树知道，林永贵这个电话绝不仅仅是通知他换了号码这么简单。

"永贵，是不是有什么事？如果仅仅是告诉我换了号码，发个短信就行了。"林树单刀直入。

"啊，也没啥事。我前几天刚刚去过你家，看看有没有啥活儿需要我搭把手。你爸妈说你过年又回不来了，我就想着给你打个电话，你爸妈身体都挺好的，不用惦念。"林永贵说得蛮真诚的，不像是有事的样子。

"谢谢你啊永贵，这些年多亏你经常去看我爸妈，让你费心了。"林树也是诚心诚意地表示感谢，相比大城市人与人之间的距离和冷漠，他还真是很怀念老家乡亲们之间那淳朴的关系，虽然到现在他还是无法接受老家干什么都要找人、托关系的风气。

"这么说就见外了，咱俩这是谁跟谁呢。"林永贵有些不好意思地说。

"我听说你老婆最近身体不太好，现在情况怎么样？"林树问。林永贵的老婆一直体弱多病，去年查出来肺部有块阴影，很快确诊为肺癌，而且已经接近晚期了。从去年到今年，林永贵一直带着老婆四处求医，花了不少钱。虽然有新农合保险，但有些药不在医保范围内，所以他的压力很大。去年林树没有回家过春节，所以也没有机会去探望。趁着林永贵打来电话，林树赶紧问候一下。

"唉，没救了。她现在就是靠药在维持着，挺痛苦的。但我不能让两个孩子没有妈呀，他俩一个读初三，一个读高三，不能影响他们升学考试啊。"林永贵长叹了一声，里面是沉重的无奈。

"你也别太担心了，现在医疗技术很发达，实在不行，带她来东州试试呢？"林树说完就觉得自己的话太冠冕堂皇了，比废话还废话。

"就不折腾了，她的身体受不了，就在家里维持着吧。再说我还要照顾两个孩子。你知道我爸妈身体也都不好，年纪大了，也离不开人。"一个中年男人的无奈，在残忍的生活面前，显得如此赤裸裸。

"也是，你也是够难的。今年收成怎么样？"林树赶紧转移话题，他有些心虚，如果林永贵真的带着老婆来东州，肯定是要投奔他的，而目前自己是泥菩萨过河，哪还有余力去帮他呢？

"今年因为家里有病人，还有要考试的学生，我一个人忙不过来，就没种那么多地。年景还算不错，就是粮价不高，我还在等，想着春节后粮价能涨一涨再卖。"林永贵的声音也有些蔫头耷脑。

"有啥需要我做的吗？有事你就说话。"林树终于说出了这句话，尽管他也不知道自己能帮上林永贵什么，但是他确实觉得林永贵太难了，那么多人指望着他，容不得任何闪失，他的压力一定也非常大吧？压力大的时候，他是怎么消化的呢？如果换作我，估计早就崩溃了吧？

"林树啊，我知道你也不容易。大城市的开销那么大，干啥都要用钱。不过我最近还真有个事，我说给你听听，你看看……能不能……帮我……递个话？"

该来的还是来了……

一二五

青格乐从公司直接去了水牛所在的医院。

问了护士水牛所在的病房，青格乐就想过去探望。护士拦住他，说现在不是探视时间，要再等一个小时。青格乐说："我等，我今天必须见到我牛哥。"

青格乐在医院的走廊里站也不是坐也不是，心里装着一万件事，还乱得很。

前几天他和林树去戒毒所找钱丽敏，想把那两个孩子带回家照顾，哪怕他还不知道他们的身世。钱丽敏不置可否，而是在有限的探访时间里，告诉了青格乐，自己与他分手后的经历。

当年她离开青格乐后，就投入了那个豪车男的怀抱，以为可以从此过上自己想要的生活。谁知道迎接她的，是她这辈子都不会摆脱的梦魇。她怎么也没想到，自己会经历如此荒谬又惨烈的人生。

在以出卖自己为生的日子里，她无论在肉体还是精神上，都遭受着难以想象和承受的苦痛。她无比绝望，绝望到对这个世界没有任何留恋，绝望到她几次选择割腕——又几次被救。直到她最后一次想割腕的时候，她感到腹内有什么动了一下。一个不该出现的生命，救了她。她怀孕了，医生说是双胞胎。而她，甚至不知道孩子的爸爸是谁。

但无论如何，孩子的到来给了钱丽敏一分希望，足以把她从这万恶的生活泥沼里拖拽出来的希望。虽然她自身且难保，虽然她满身"罪恶"——让孩子自出生起可能就无法抬头，但这是她唯一的救赎了。她把孩子生了下来，在极其艰难的情况下。

青格乐问她是怎么把孩子带大的，而且孩子看上去被照顾得还不错，看不出比如营养不良等状况。钱丽敏苦笑了一下，说："人被逼到绝路上，什么办法都想得出来，但请你相信，我给孩子吃的每一口饭都是'干净'的。"

"你相不相信又怎样呢？两个孩子和你又没有任何关系。"钱丽敏幽幽地说，两缕刘海垂在眼角，像两把深秋的枯草。

"那你为啥让他们喊我'爸爸'？而且他们和我长得又那么像，怎么会和我没关系呢？"青格乐显然有些不甘心，不想接受这个结论。

"叫你'爸爸'，不代表就是你的儿子。我只是后悔，当初不该那么冲动，离你而去。而当时你那么难……离开你我才知道，你对我是最好的。我为什么就不能对你耐心一点，陪你渡过难关，陪你一起奋斗，陪你一起过日子……那样的话，你就会是这两个孩子真正的父亲了……"钱丽敏双眼发红，但是没有一滴眼泪。她的眼泪已经流光了，她流过的每一滴泪，汇聚在一起，把她的大好人生腌渍成了一个木乃伊。

"不管他们的父亲是谁，我都愿意照顾他们。而且你现在这种状况，他们也需要有人照顾。我还算是比较靠谱的吧？你尽可以放心，我一定能照顾好他们，把他们当成我自己的孩子一样。"青格乐很激动，激动得像是在表决心。

"就是因为你靠谱，我才不能让你照顾他们。我已经对不起你了，绝不能再拖累你，给你增加负担。而且你没有任何责任和义务照顾他们。我之所以来东州，是想投奔我的一个亲戚，她说可以帮我找个工作。可我还是想见你，就去了你们公司找你。我以为你是故意不见我，情绪就很激动。你知道我有躁郁症，会控制不住自己，才发生了那样的事，对不起，对不起，对不起……"钱丽敏像小鸡啄米一样冲着青格乐弯腰道歉，青格乐一阵心酸。

他无法假设当年的事没有发生的话，现在他们二人会是什么样的关系，也无法想象如果没有当年钱丽敏的离弃，自己现在会过着怎样的生活。还有什么意义吗？

"那两个孩子怎么办？"青格乐问钱丽敏。

钱丽敏眼神茫然……

一二六

林永贵想让林树帮他办低保，如果办成了，他家每年会增加近万元的"收入"。这对于他目前的经济状况而言，多少比杯水车薪强一些。

"我哪有那么大的能耐啊，办低保你直接找政府不就行了吗？"林树没想到林永贵让他帮的是这样的"忙"，这已经完全超出了自己的能力范围。

"和你说实话吧，以我的家庭条件，是不符合办低保的标准的。但现在的问题是，办低保也不光看硬性标准，只要找到合适的人和关系，就能办。而且，咱们村里很多不符合条件的，都办了，尤其那些村干部。"林永贵说，像是在说一个常识。

果然又是关系、关系、关系。

"可我也没有这方面的关系呀。我恐怕帮不了你了。"林树说的是实话。

"你知道乡里是谁管这事吗？是任晓慧的弟弟。初中的时候，你和她关系不是很好吗，号称咱们学校的金童玉女，你能不能找找她，让她和她弟打个招呼，照顾照顾老同学。我这也实在是困难……"林永贵的声音越来越弱，想必他也知道求人办事不容易，他也觉得脸上挂不住。

林树一听就头大了。这都哪儿跟哪儿啊，怎么都扯上他和任晓慧的关系上了？当年他和任晓慧都是尖子生，每次考试，他和任晓慧基本都在全年级前三（第一名总是陈智）。而且两人属于良性竞争，不仅互相欣赏，还经常交流学习方法、互相推荐好的学习资料、一起自习什么的。有一段时间还被传看到两人一起"压马路"，大家私底下都传他俩在恋爱……他俩的友谊一直延续到高中毕业，可最后两人考取了不同省份的大学，联络就渐渐少了。现在更是连微信都没有，连他自己都觉得纳闷，当年那么好的关系，为什么现在竟然失联了。如果不是林永贵提起，他甚至都不记得上次听说任晓慧的名字是什么时候。太可悲了。

可是林永贵不相信林树说的两人早就失联了，以为是林树在借口推脱。他不会理解林树他们这些"城里人"的人际关系逻辑。即使是关系比较近的人，平时联系得也很少，互相求人办事，更是慎之又慎，和老家的处事方式完全不同。

"没事的林树，我知道求人的事都不好办，你脸皮又薄，连自己的事都不轻易求人。我也知道我不该提这个事，这不是被逼得没办法了吗？为啥有权有势的人就能办，我这个真正需要的人却不能办呢？唉，不说了，你就当我没说。你过年又回不来了吧？家里这边有啥需要我办的事，就说话，别跟我客气，咱们都多少年的关系了。"林永贵虽然心有不甘，但也不想为难林树，就自己给自己找了个台阶。

自上大学离开家乡到现在，二十多年过去了，在这方面，老家看来没有丝毫变化，可能还更严重了。所以有时爸妈半开玩笑地和林树说，让他回老家来发展，毕竟他们年纪大了，需要有人照顾。从感情上，林树也想回去，守在二老身边尽尽孝道，但一想到这无处不在的关系，就像被五花大绑，让他喘不过气来。那让人习以为常的东西，在他看来却如洪水猛兽。他觉得自己越来越不适应这个社会了。

一二七

水牛已经从昏迷中醒了，青格乐进到他的病房的时候，交警队的领导也在。青格乐从领导那得知，队里已经给水牛请了护工，但按照水牛的要求，没有通知他在老家的父母，只是和他父母说，春节有值班任务，不能回家过春节了。

青格乐看着全身被包裹得像个米其林娃娃的水牛，心疼不已。

"牛哥呀，几天不见，你怎么从水牛变成米其林牛了？"青格乐本想和水牛握握手，但水牛的双手也都缠满了绷带。

"大乐，你来啦。你那么忙，不用过来看我。我没事。"水牛看青格乐来了，眼睛里多了些光彩，想起身坐得更直些，但伤口的疼痛让他忍不住龇牙咧嘴。

青格乐轻轻按住水牛的肩膀："哥呀，你可给我'老实'点吧，你现在可比大熊猫金贵。"

青格乐说其他几个兄弟担心人多了会打扰他休息，所以派他为代表来看水牛。青格乐让水牛安心养伤，等春节前会来接他去青格乐家过年。"你不是爱吃我爸妈做的饭吗？到时让你敞开肚皮吃。上次聚会你没来，春节时一起补上。"

"还真是好久没有吃到二老做的饭了，你一说我都流口水了。去你家过年就不要了，太麻烦了。而且不知道到时能不能出院呢？"水牛也知道不太可能，但听青格乐那么说，心里还是非常温暖。人在受伤的时候，心理上是非常脆弱的，哪怕他是一个铮铮铁汉，这个时候也希望能被人看见、被人照顾。

"你放心，到时至少让你吃上我爸妈做的饭。"青格乐拍着胸脯向水牛打包票。

临走时，青格乐塞了一个大红包在水牛的枕头下。

从医院离开后，青格乐又去了大头的住处。大头一身皱皱巴巴的睡衣，一看就是好几天没有换洗了。满屋烟雾缭绕、一地空酒瓶，无不显示着他的颓废。

"大头，我知道你心里难受，一时半会儿接受不了。我也允许你用这种方式释放情绪，但到此为止，这样不仅伤身体，还伤精气神儿。大厂就像云端，在那里待久了，容易发飘，容易自视甚高，容易把平台的能力当成自己的能力。你趁这个机会也来我们凡间体验一下生活，没啥不好的。再说大厂压力多大呀，你看把你摧残的，明明是个小鲜肉，都跻身我们油腻大叔的行列了。再干几年，你的头发也快成'地中海'了。除了工作，还有生活，你说你有多久没去看过电影了？来品品我们人间烟火，包你青春回血。"青格乐语重心长地对大头说。

青格乐半调侃半严肃的一番话，让本来窝在沙发里、像被抽空了魂魄的大头不自觉地坐直了身体。其实以大头的资历和能力，重新找一份工作绝对是小菜一碟，各种机会随他挑。只是他过不去心里这一关。虽然是大环境所致，但好说不好听。大头知道，如果不是真心为他好，青格乐不会和他说这番话。平时，养老联盟这几个人里，青格乐也是最让大头认同的人，不为别的，他就是觉得青格乐可信、靠谱。

"乐哥，不用担心我，我过一阵就好了。可能是我之前的职业生涯太顺了，太多光环了，现在遇到这事，觉得很没面子。我也知道面子不值钱，但我确实需要点时间缓一缓情绪。"大头挤出一丝笑容，他也不想让青格乐担心。

"好，缓一缓，但别这样喝酒了。想喝的话，过年时去我那里喝，哥哥陪你。"青格乐拍了拍大头的肩膀，起身告辞。出门前又叮嘱了一句："别一个人喝闷酒。我来的路上给你点了你爱吃的外卖，马上就到，你好好吃。有事打电话给我。"

离开大头家，青格乐看了看时间，来不及去看三石了，正要给三石打电话问问情况，联盟里的任何一个兄弟遇到难事，青格乐都不会坐视不管。这时一个电话打了进来。陌生号码。

"喂，请问哪位？"青格乐问。

"我是青杉资本的鹿在川，最近有关注到贵公司，不知乐总本周四有没有兴趣见面聊？"对方的语气很商务，不带任何感情色彩。

青杉资本？就是那个赫赫有名的投资界大厂青杉资本？

青杉资本要和我聊合作？这是天上掉下一块手把肉吗？青格乐心里有些小激动，但尽量保持不动声色。

"周四？我看一下我的时间安排。"青格乐回答。

一二八

放下电话，林树用力地呼出一口气，就像做了什么亏心事而没有被发现一样，既有不安，又有庆幸。不安的是，他没能帮上林永贵的忙，这让他心里多少有些过意不去。抛去同学情谊不说，光是这些年林永贵对林树父母的日常关照，就让林树觉得想为林永贵做些事，能够帮到林永贵的事，何况他现在正是最需要帮助的时候。而庆幸在于，林永贵想让他办的事，确实是林树力所不及的，或者是他不赞成、违反自己原则的事。最后林永贵没有给他压力，没有让他非帮忙不可，可以说是放了他一马，而没有让他去逾越自己的底线，不然林树会瞧不起自己的。

其实他很理解林永贵。现实生活里有太多不公了，在同样一件事上，普通人家和权贵人家得到的待遇就是会不一样。但这并不意味着，林永贵就有"权利"去要求得到本就不属于他的东西，比如低保。更不能因为这种得不到而心生不满和抱怨。如果大家都像他们一样，必将挤占本就不够的社会资源，而那些真正需要低保来保障的人群就无法得到应有的保障。

　　林树不知道自己坚持这些原则有什么必要和意义，只是从小他就被教育不属于自己的东西就不能去索要。这么多年他也从未想过要去占任何人的便宜。他相信物理上的能量守恒原则也适用于社会领域。你在任何方面的获得，都会付出等量（可能没那么精确，但大致相当）的代价。如果你得到了不该得到的东西，就相当于你超额占有，那么必将以更大的失去为补偿，这样才能达到守恒。物理上是这样，其他方面也一样。

　　所以，如果现在和任晓慧还有联系，自己也不会帮林永贵和任晓慧说这件事。想想林永贵也是个"可怜人"。重复着父辈的生活，看天吃饭，如果不是因为给老婆看病，几乎没什么机会走出村子去看更大的世界，人生也没有太多可能性，一辈子可能就是为父母、老婆、孩子而活着。至于自己的梦想、快乐，可能都没有那么重要了。

　　不过林树也鄙视了一下自己的想法，子非鱼，安知鱼之乐？说到底，人类的悲欢并不相通。就像他有时也会想，即使是青格乐，也未必能体会他作为一个失业中年人的心情吧？是啊，世界上根本就没有感同身受这一说。不同的思维模式、不同的成长历程，即使经历过一模一样的事，两个人的感受也不会完全相同的。话说回来，你又凭什么要求青格乐去体会你的感受呢？你有你的难受和不快乐，难道他就没有吗？你又何曾去体会他的感受呢？他为你做的难道还不够多吗?

说到底,一个人只有自己强大,强大到刀枪不入、百毒不侵,才可能比较舒服地活在这世上。否则,不必被异类毁灭,同类就可以将你碾压。可既然活着这么难,人又为何要来到这世上呢?人活着的必要性又是什么呢?就像自己要打给超市的电话,仅仅是为了一个工作?而这个工作明明是自己不喜欢、不适合、不理想的,但因为它能给自己发工资,而发了工资自己就能有钱买吃的,买到吃的就能填饱肚子,填饱肚子就能活下去。

逻辑就是这么简单粗暴:工作能让自己活着!

就问你想不想活着?如果你不敢死,那就只能选择继续活着。想活着就不要挑三拣四、怨东怨西,就别把自己当回事,就让自己回归到一个动物的本能:看到食物就扑上去、抢过来、吞下去、活出来。

所以,还有什么可顾虑的?还有什么不好意思的?还有什么扭扭捏捏的?

林树拨出了那个电话,只问了一句:"请问您那边是在招人吗?"对方也只是冷冰冰地回答"招满了",就挂了电话。

多简单的一件事,只是打个电话而已嘛,就像被拒绝一样简单,只是三个字的事。

林树从沙发上站起身来,眼前一片漆黑,有些头晕,他赶紧伸手去扶沙发旁边的墙,让自己有个支撑而不至于摔倒。可能是起猛了，以前也经常出现这种状况，闭上眼睛原地待上几秒钟就好。

真不该买那瓶醋，现在，连带防腐剂的醋，你也已经没有资格吃了，林树对自己说。他想起太宰治的一句话："在所谓的人世间摸爬滚打至今，我唯一愿意视为真理的，就只有这一句话：一切都会过去的。"

是的，一切都会过去的。我还会吃上没有防腐剂的醋的，一定！

一二九

从戒毒所回来的路上，青格乐一直不说话，怏怏不乐，心事重重。林树很少见到这样的青格乐，他知道青格乐对两个孩子的事是真的走心了，但他很难真正体会青格乐的心情。他不知道面对一个离弃了自己的前女友是什么心情，面对前女友和别人生的与自己长得有点像的孩子是什么心情，面对自己想照顾前女友和别人生的与自己长得有点像的孩子却不行的心情。但林树忽然明白一件事：即使相处二十多年，即使亲如兄弟，我还是没能百分百了解青格乐，青格乐也不曾百分百向我袒露自己的内心。

是啊，这很好理解。每个人的内心都有一块自留地，都有一个不能向其他人敞开的空间。那里才是一个人的精神内核，才是一个人的元神，才是一个人区别于其他人的所在。所以，本质上人都是孤独的，都是无法被完全理解和接纳的。即使你浪迹在人海，即使你穿梭于红尘，我们可能与他人都没有什么交集。

林树不知道该如何开解青格乐，只想有什么办法能把青格乐从眼前这件事中拽出来。

"我的一个前同事，帮我联系了一份工作，也是做老师。"林树自顾自地说。他也不确定这个时候提起这个话题是否合适，他只想分散一下青格乐的注意力，虽然他知道这件事可能也会让青格乐烦心。

青格乐从情绪里抬起头，皱着眉，用目光探询着林树，好像在问：真的吗？

"是真的，薪水什么的都还不错，只是，工作地点不在东州。"林树预感他把这个信息说出来后，青格乐会有比较大的反应。

"在哪个城市？"果然，青格乐开口说话了，只是语气很平静，远不如林树预料的那般激烈。

"深圳，一个私立学校。"

青格乐用手指按压着太阳穴，轻轻地发出一声叹息。很轻，但林树还是听到了。

青格乐能说什么呢？自己那么掏心掏肺地邀请林树去自己的公司工作，做自己的合伙人，一起开创一片新天地。无论从物质回报上，还是发展前景上，还是兄弟情谊上，都是一个最优解——至少青格乐自己这么认为。但林树显然有自己的想法，这也可以理解。毕竟每个人解读一件事的角度不同，衡量一件事的价值的标准不同，所以结论就会不同，做出的取舍也会不同。即使自己再想挽留林树，再想和他一起做件事，可他还是会尊重林树的选择。

有时，青格乐其实很想强硬一些，强硬地要求林树留下，去自己公司，成为自己的合伙人。因为他内心对林树有一种依赖，从某种程度上说，林树是他的安全感。他知道，无论什么时候，林树都是会无条件理解、支持自己的那个人，是可以为了他青格乐付出全部的那个人。如果不是林树几次三番、倾尽所有地支持自己，他青格乐的事业可能早就关门大吉了，他还不知道在哪里讨生活呢。还谈什么帮农扶贫、共同富裕呢？虽然林树看上去很瘦弱，做的也是很寻常的工作，但他就是有一种能量、有一种定力，一种不动声色的强大，让青格乐无论遇到什么事，都觉得会有林树为他托底，让他内心不慌乱，就像他的定海神针。

他甚至想，即使林树找不到工作又如何？我青格乐可以"养"着他啊！自己又不是没有这个能力！但他也知道，林树的自尊心太强，会把自己提供的这个机会当成是可怜他、施舍他。又或者，二人在近些年的发展中，出现了经济收入上的差距，而这种差距又造成了二人心理上的距离感或者落差感，让林树觉得去自己的公司是一种高攀？应该不至于，我发展得好，说明他当初对我的帮助有了好结果，他会为我高兴的。

只是，如果林树最终真的选择去深圳，青格乐一定会感到非常难受，非常非常那种。

"哥，去做你想做的事。无论你最终做了什么选择，我都为你高兴。别担心我，我也会好好的。"青格乐心口不一，但他只能这么说了。

"我还没说我一定会去呢。"林树像要揭开一个谜底。

"你……你……哥，你这是浪费我感情啊。来来来，我收回刚才的话，我重说……"青格乐的脸上终于云开雾散了……

一三〇

文岚没想到自己心里这么快就恢复平静了，就像飓风过后的大海，依然是迷人的辽阔、诱人的深邃，一如往常的美。此前的十五年，文岚像是守着一个没有答案的谜语，而那个谜语像是一个漩涡，裹挟着她，让她深陷其中，仿佛与世隔绝，错过了无数风景。如今雅各布已经把谜底告诉了她，相当于把她从漩涡中拖拽上岸，她也应该和过往告别，向前走了。不管与雅各布的关系将如何发展，生活总要继续。

计划中的小说已经动笔了，她给自己定了一个计划：寒假期间，每天至少五千字。这样假期结束时，一个长篇也就完成了。不过这还要看素材的整理情况，毕竟不是水龙头，拧开就有水流出来。她想去接触更多的人，去踏访更多的地方（尤其是没去过的），聆听更多的故事，就算是采风吧。

对了，郑勇不是邀请我去他的老家吗？不知他是随口一说还是真诚相邀。文岚拿起手机给郑勇发了条信息。

"请问你的邀请还在有效期吗？"文岚装作有些漫不经心。

郑勇正在市里某楼盘看样板间，收到文岚的信息颇感意外。来不及细品文岚的真实意向，回复道："对你，永远有效。"郑勇说，自己正在看房，如果文岚有兴趣，可以过来帮他参谋一下。然后中午简单吃个饭，如果她愿意，还可以一起去看一场电影，然后他开车带文岚回老家。

文岚也没多想，便答应了，连她自己都有些惊讶。以前的她，用自己的话讲，是有些"社交恐惧症"的。不过这个社交恐惧症和别人可能不太一样。通常意义上的社交恐惧症，指的是对于人际交往有些害怕或者抵触，至少不享受。文岚给自己定义的社交恐惧症，是说她不需要那些社交，因为她在她自己的小世界里就完全能够获得想要的快乐。看书、教学、抹茶、写作、旅行、音乐、电影、瑜伽，让自己的世界非常丰富多彩，已经没有余地留给其他人或者事务。所以她大多数时间都沉浸在自己的世界里，很少与外界有交集。

但现在，她愿意分出一些时间和精力，去接触更广泛的世界，她要与自己之外的世界形成新的"对流"，以此实现自我更新。是的，自从找到了那个谜底，她觉得自己就像褪去了一个坚硬的外壳，她要从壳里钻出来，去呼吸新鲜的空气，让自己的瞳孔去拍摄更多的影像。

以前选择自我孤独的那个人，现在想走出自己的影子了。至于能遇到谁，会有什么新故事，就随它去吧。

郑勇心里也没有他自己想象得兴奋。如果在他发出邀请后的第一时间收到这样的回复，他一定会异常兴奋。但隔了这么长时间，好像是被吊足了胃口之后的延迟满足，已经淡了。不是他不欢迎文岚去，只是他不会那么冲动或幼稚抱有不切实际的幻想了。毕竟，他们也才只见过两次面，彼此还有很多不了解的地方，充其量也只是有好感而已。

永远相信美好的事情即将发生，但一切顺其自然，这就是郑勇目前的真实心态。他不想刻意去表现，他本来就不是那种虚头巴脑的人。而且都这个岁数了，更不想刻意去讨好谁了，太累，也没意义。人不能总是以那种状态去生活，总有一天会露出真面目。别人也不会愿意与这样的人相处。保持本真，保持本心，虽然很难，但至少不拧巴。自己活得通顺了，才有可能让别人通顺。如果别人不喜欢我这样，也不强求，即使一辈子都没人喜欢，也没关系。一个人也没什么不好。既能享受一个人的孤单，又能享受两个人互相扶搀，这种人生，就挺好。

一三一

    林树通过微信转给了谷春河一万块钱。他不知道还能帮谷春河做些什么，想想还是钱最实在，毕竟白血病的治疗不是一朝一夕的事，也需要很多钱。以谷春河目前的状况，资金上一定非常紧张，一定非常需要别人的帮助。虽然谷春河没有开这个口，但林树觉得自己不能视而不见。而且他知道，这笔钱不知什么时候能被还上，所以他也没指望谷春河还。虽然他自己也很困难，但相比救命，自己的这点困难都不算个事。除了生死，其他都是擦伤。

    林树没什么心情吃饭，只把一个土豆切块蒸了，然后捣碎，拌了点豆瓣酱，就算一餐了。他心里闷得慌，于是下楼遛遛弯儿。

    天色渐暗，小区里的长廊上亮起了成排的红灯笼，邻居家已经有人贴起了春联，一派新年气氛。下了班的人们左手拎，右手提，大包小裹的，都是各种年货。这喜乐的气氛让林树的心里更显荒凉。

    林树漫无目的，看着这万家灯火，就像飘在半空的星星。古往今来，无数诗人留下了赞美日月星辰的诗篇，但他们真的懂星星吗？相对这浩渺的宇宙而言，每颗星星都是一个孤儿吧？彼此距离那么多光年，运行轨道也没有什么交集，每颗星星不都是一身孤勇，漂浮在这苦寒的银河吗？无根无依，比浮萍又好多少呢？

而这偌大的东州，是不是就像这银河？这车水马龙，这摩肩接踵的人们都是这城市里的星星，各自孤独在这万千繁华里，各自冷清，各自宿命。周而复始，循环不息，永无止境。

腊月底的东州夜晚，气温还是很低的。一阵寒风吹来，林树不禁打了一个激灵，赶紧把棉服的帽子戴在头上。如果没有青格乐送给自己的这件棉服，这个失业的冬天，在没有暖气的房间，还不知道自己要怎么熬过这个年呢……

一三二

林树心乱如麻，脑海里却空空荡荡，明明想趁机梳理一下目前的局面和接下来何去何从，却又怕面对这不堪的当下，总想着能躲就躲，不想触碰，就像这不是他自己的事，是要替别人处理的一样。

如果用一个词概括自己目前的处境，那就是"溃败"，而且是全面溃败。

工作方面，毕业后这二十年，他一直在同一个行业里耕耘，也渐渐积累了自己的专业能力和形象。本以为可以在自己喜欢的领域一直做下去，实现他教书育人的人生理想，但一纸政策，一个行业就消失了。别说理想了，他现在是个十足的失业中年男，就像一个巨浪，把他这个小船打翻在海底，待浮上海面的时候，已经支离破碎。

生活方面，连续几个月没有收入，立刻把原本（表面）光鲜的日子打回了原形。以前为了追求一点生活品质，他一直不曾与人合租房子。而独住的代价就是要承担昂贵的房租。有收入的时候，他还不觉得有什么压力，毕竟自己所在的教培机构也算是行业的标兵，工资和互联网大厂没法比，但比公立学校老师的工资还是高不少的。他也非常享受一个人住的那种状态，不被任何人打扰，能够保持足够的私密性和自由空间。

而一旦没了收入，他立刻感觉到了房租带来的巨大压力。就在前不久，他刚刚交了一个季度的房租，在给房东转账的那一刻，他的心跳都在加速。太心疼了！一个人住又怎样呢？还追求什么生活品质呢？与人合租有什么不好？至少可以节省 30%-50% 的房租。省下来的钱做什么不好？现在连买个醋都要卑微地选择有防腐剂的，真是此一时彼一时。

也不是说没了收入，自己就一分钱都没有了。但"不知道什么时候才会有收入"的那种无望感，让他哪怕花一分钱都没有底气。在你有收入的时候，你会觉得这个城市千好万好：繁华、便利、机会多、高大上；一旦你没有收入，这个城市立刻变成一个无底洞：干什么都要钱、没钱寸步难行……以前的美好瞬间成了海市蜃楼，而分界线就在于你有钱还是没钱。

感情方面，虽然单身了四十多年，但没有陪文岚去见雅各布之前，他至少心存幻想，与文岚还有一定的可能。但从文岚那里回来之后，这个幻想也不存在了，就像一个肥皂泡，基本不用什么外力，自己就碎了。以前他还以为文岚是他这只孤舟的锚，有她在，总有一天他可以靠岸。现在，他都决定去捐献遗体了，看来是打算把单身的牢底坐穿了。

而对于前同事唐毅的邀请，如果他接受了，势必要换一个城市生活。当初大学毕业时选择留在东州，其中一个原因是为了让父母脸上有光。毕竟东州这个全国数一数二的城市，全村也没有几个人有机会在这里扎根、生活，就算来过这里旅游的乡亲也少之又少。当时因为自己能够留在东州，父母成了全村人羡慕的对象，都说"林家的祖坟冒青烟了"。

深圳当然也不错，但在村里人的认知里，根本没法和东州比，甚至他们都不知道深圳在哪里，代表着什么。无论怎么解释，他们肯定都觉得不如东州。他们会纳闷，为什么在东州待得好好的，要去一个他们听都没听说过的地方去工作、生活？不会是在东州待不下去了吧？而这种猜疑会让父母很没面子……

工作、感情、生活，他溃败得彻彻底底、灰飞烟灭。

一开始失业那会儿，林树还没觉得是个事。想着凭自己的从业经历，再找个教学方面的工作不是什么难事，甚至他都没怎么着急投简历。但现实很快让他实现了耳光自由——两个月之内连一次像样的面试机会都没有。大量的教育培训行业失业人员涌向了其他培训类岗位和机构，让竞争空前激烈。那些上有老下有小的人迫于生存压力，主动、大幅度降薪，哪怕是从基础岗做起都愿意。没办法，在现实面前，还有什么头是不能低下去的呢？为了活着，人可以做任何妥协，哪怕要放弃尊严、突破底线……

就像《变形金刚》里的一句台词：人只能顺应这个世界。

林树想起一个场景——劳务市场上，雇主一出现，就有一大群劳力围堵过来。"选我选我选我。""我力气大。""我吃得少。""我上有八十老母，下有两岁幼儿……"

他连冲过去的勇气都没有。

时间久了，他甚至都不想再找工作了，任由心里的不安泛滥，将自己灌醉。但他内心无比焦虑，越来越觉得自己像个乞丐，还是那种不好意思喊出"大爷，可怜可怜我吧，给点吃的吧"的乞丐。那就活该被饿着……而这种状态，就像眼前这暗夜，沉重、漫长，让人倍感压抑……

一三三

手机在震动。有微信。

"在吗？我看到你朋友圈转发的信息，你给牵个线，我可以帮他们做互联网推广。"

林树一看发来信息的人的微信名，备注是一位学生的家长，一位很泼辣的女老板，姑且叫她徐某吧。她提到的林树转发的那个信息，是关于某企业获得巨额融资的报道。林树在那条信息里表达了对该公司创始人的祝贺，说自己见证了这位创始人和这家公司的起起伏伏，如今终于守得云开见月明，获得了资本的认可，苦日子熬出头了。

徐某的儿子曾经在林树带的辅导班里短期学习过。林树记得那个孩子的成绩提升很明显，最终考上了一个比较理想的高中。当时徐某为了让林树给自己的儿子多些关照，曾私下给林树塞过红包，被林树拒绝了。因此林树对她颇有印象。

林树在教育培训行业多年，被很多家长加过微信。有一些家长和他有些来往，还有一些长期在林树所在机构上补习班的孩子的家长，和林树的关系都还不错。他们都觉得林树这位老师责任心强，业务过硬，教学方法好，提分效果明显。重要的是，林树不像很多老师那样有区别心。林树对所有孩子一视同仁，不会因为家庭条件不同而把孩子分成三六九等，更不会借工作便利向家长吃拿卡要、要求家长帮忙办事等，所以赢得了家长们的尊敬和信任。渐渐地，反倒会有家长找林树"办事"。

比如，林树了解很多学生家长的工作背景，就有一些家长求他帮忙牵线"互相成就"一下。大多数情况下，林树都愿意帮忙，反正是互惠互利的事，对自己来说只是举手之劳，又能成人之美，何乐而不为呢？

但有个别家长，会把这种帮忙当成是林树的"义务"，每次提出这种要求都理直气壮，如果林树觉得不合适而没有帮忙，还会被冷嘲热讽，甚至人身攻击。本来就是帮忙的性质，不仅没什么报酬，反而会耽误自己很多时间，搞不好还费力不讨好，何苦呢？所以林树现在对这种事慎之又慎。

今天这位徐某，之前林树曾经帮她对接过至少两次，但每次对接完了她就没有任何反馈了，既没有谢意，也不会告知林树后续进展，等到下次有需求，继续来叨扰求对接。其中有一次，被对接的另一方告诉林树最终他们达成了合作，徐某从那一单里至少赚了大几百万的利润。看徐某刚刚发来信息的语气，就是把林树当成服务员的感觉，简直是在下命令。

林树正一肚子郁闷没处发泄呢。

"不好意思，我帮不了你。"林树回复对方。其实林树说的是实话，他比较了解那家企业的创始人，也是林树班上一个学生的家长，非常低调。无论是个人穿着，还是开的车、住的房，都和普通人无异。做企业也是扎扎实实，不跟风不炒作。最难的时候，因为破产而身无分文，吃饭都成问题。曾经几个月没吃过水果，有个朋友请他去办公室坐坐，他见到茶几上有个水果萝卜，按捺不住，拿起来大口咬上去，结果竟然嘴抽筋，咬破了嘴唇，用他自己的话说"哗哗流血"……

而且据林树了解，这次的投资机构的投后服务非常强大，会给予被投企业全方位的支持，包括人力资源、营销推广、法务财税等方面。在这家机构的被投企业里，也有一家是做营销推广的。肥水不流外人田，如果其他被投企业有需要，他们内部也就达成合作了。

徐某很直接地表达了不悦："有那么难吗？不就是建个微信群的事吗？"

"抱歉，未经他本人允许，我不能私自把他和别人建微信群。"林树想：她真是嚣张，好像谁欠她八百万似的。

"那你就去问问他呗，多简单点事。这可是大生意，别给耽误了。"对方丝毫看不出林树的态度，还在肆无忌惮地展示自己的霸道、无礼和没有素质。

"对不起，我不是你的下属，更不是你的服务员。我帮不了你，你另请高明吧。"林树真是被惹怒了。等他发出这段话后，才发现自己气血上涌，太阳穴怦怦直跳，真是气坏了。

林树盯着屏幕，看到"对方正在输入……"字样，他再也不想看到徐某发来的任何信息了，不想再和她有任何关联了。想到这里，林树直接把徐某的微信删除了。就像切掉了一个恶性肿瘤，林树从内到外地松了一口气。不过他还是很惊讶，活了半辈子了，几乎没和任何人说过这样的狠话，从没这样粗鲁过，今天还真是"成长"了。

想到这里，林树不禁苦笑。

一三四

被青杉资本"翻牌子"，青格乐是万万没想到的。所以在接到鹿总电话的时候，他内心是非常意外和惊喜的。当时也没来得及多想，放下电话才回味过来，青杉为什么会主动联系我呢？我和他们没有任何交集呀？而且创业这么多年，也听了不少夸张的融资故事，但青格乐自己却几乎没有主动去触碰融资的事。很多人的生活一方面因为所在企业倒闭而失业，没有了收入来源；二是对未来预期很悲观，压缩了消费支出。各方面因素综合在一起，直接导致人们在非生活必需品方面的支出大幅度减少。

而青格乐经营的产品，是改善型消费，或者享受型消费，是对生活品质有一定要求的人才会购买的。而在目前的形势下，这方面的消费是受影响最大的。这也让青格乐心里焦虑不已。虽然各项数据还说得过去，但危机已近在眼前，如何破局，是青格乐每天都在思考的事。

本来他是有开线下店计划的，因为线上流量增长越来越慢，新流量获取成本越来越高。他想把店开到线下，去"收割"一些线下流量，借此拉动销售的增长。现在只能庆幸自己的行动慢了半拍，不然很有可能被拖垮了。

不管那么多了，既然青杉资本能注意到我们，说明我们还是有一定竞争优势的。如果真的能达成合作，我也就有了更多拓展市场的炮弹，后续的新品开发计划也就能落地了，也就能帮到更多的乡亲们脱贫致富奔小康了。

可是我实在没有和资本打交道的经验，而青杉资本又如此大牌，机不可失，我必须全力以赴，最重要的，要找个人给我壮胆。青格乐心里嘀咕着。

"哥，把周四的时间留出来，陪我去见个人，准备一套正装。"青格乐打给林树。这个时候，他特别希望林树在他身边，陪他闯关。林树思维缜密、冷静沉稳，能够看到他所看不到的问题。尤其是关于新产品开发、品牌建设方面，他之前给青格勒提过非常好的建议，他需要林树代表他对鹿总阐述公司在这方面的计划。

还有一个考虑就是，他也想让林树知道，他的公司已经被超级大的投资机构看上了，说明他的公司是很有实力、很值钱、很有前途的。所以林树加入他的公司，也会是非常明智的。对，尤其是上次林树告诉他深圳有个工作机会后，他更要想办法把林树留下。不，是拿下！必须拿下！

林树刚刚删掉徐某，还在对徐某带给他的不开心而耿耿于怀，就又被青格乐下了"命令"。不过他的感受完全不同，虽然他不知道青格乐要他陪见什么人，但至少，在这个不被任何公司接纳、需要的时候，他还是被青格乐需要的，说明他还是有价值的，尤其在青格乐这里。暂时找不到工作对林树的确有很大的打击，但是，如果对他来说最看重的人都不需要他了，对他的打击会更大。

"好，周四，我去哪里找你？"林树不假思索地就答应了。

"你在家等我，我来接你。"青格乐就知道林树一定会陪他去，倒不是因为他目前无事可做，即使林树在正常工作状态，当青格乐需要他的时候，他也会毫不犹豫地答应，在这件事上，青格乐还是非常有把握的。

一三五

电商行业大会之后，尤其是听了青格乐的演讲之后，郑勇非常庆幸自己去参加了这次大会，这份庆幸在很大程度上是因为认识了青格乐这个人。除了青格乐的企业经营做得非常棒之外，郑勇在青格乐身上看到了一种非常少有的悲悯情怀。他并没有把赚钱当作创业的第一追求，而是想通过创业，帮助家乡的乡亲们过上好日子。郑勇觉得青格乐是在用商业的方式做公益，这非常难，但非常有意义。而显然，青格乐已经把这条路走通了。虽然他的企业从营业收入规模上并不是行业里最大的，但他成就他人的心是很大的。

这让郑勇钦佩不已。加上他品尝过青格乐送给他的产品，觉得非常有特色。从食材的选择、营养成分、有机概念等几个方面，都算得上是出类拔萃。于是大会结束后，郑勇发了一个长长的朋友圈，以他了解到的信息，比较客观地介绍了青格乐和他企业的产品，配上了青格乐在大会现场分享的照片，以及郑勇从青格乐的网店上找到的照片，并在最后附上了青格乐的网店链接，推荐大家去体验他企业的产品。郑勇写得情真意切，诚心诚意，下面留下了非常多的点赞和评论。

其中有个人就是他的大学同学、目前在青杉资本任职的鹿在川。鹿在川点了赞之后，就让青杉的投资经理们去了解青格乐这个品牌，发现在内蒙古特色零食或食品这个品类里，做得非常不错。他甚至自费买了很多青格乐店里的产品，切身感受了一下客服、产品口味、购物体验等。虽然新消费这个赛道的投资起起落落，但只要是好项目，都是资本追逐的对象。而在资本市场上，好项目永远是稀缺的。

鹿在川在做了一番调研后，才联系郑勇，想再了解一下青格乐这个人。郑勇也没夸大，只是把他对青格乐的感受告诉了鹿在川，那就是朴实、真诚、重情重义，最重要的是，让人很愿意和他成为朋友。

鹿在川心里有底了，于是才亲自打出了那个电话。而鹿在川其实心里一直有个模糊的印象，他好像之前见过一份青格乐这个项目的商业计划书，只是一时半会儿想不起来是在哪里见的了。

林树知道，因为那份商业计划书就是他写的……

一三六

　　放下青格乐的电话，林树依然陷在自我怀疑的情绪里，不能自拔，甚至对所有事都产生了厌倦，连吃饭、睡觉，都让他提不起任何兴趣，他怀疑自己是不是抑郁了？

　　是我不够努力吧？所以才落到这步田地？可是再努力，一个人的力量又怎么对抗得了时代？这突如其来的行业厄运让多少人的生活变得颠沛流离？可谓"覆巢之下安有完卵"？

　　我也算是很努力了吧？兢兢业业、勤勤恳恳、任劳任怨，该拿的职业荣誉也都拿到了，学生、家长的口碑也不错。可是努力半生，终于成了一个普通人，普通到"四无"那种——无房、无车、无事业，无存款，而这不都是现在衡量一个人是否成功的"黄金"标准吗？

　　那我这前半辈子究竟在干什么？在游戏人间吗？在浪费光阴吗？在苟且偷生吗？

　　刚失业那会儿，觉得自己什么都能做，什么都想做；渐渐地，自信心被不断消解，越来越颓丧，直到什么都不想做——就这样吧，一个中年大叔还有什么竞争力呢？活该没有公司愿意聘用你。于是给自己的心理暗示越来越悲观、越来越负面、越来越消极。连一些朋友都发现了——喂，你现在发朋友圈的频率怎么越来越低了？而且即使发一条，字里行间也是灰暗得不得了，甚至有种厌世情绪。以前那个正能量满满的你去哪了？

正能量满满的我吗？那样的我真的存在过吗？感觉好陌生，现在的我难道是个假的我吗？那这个假的我又是谁呢？

林树好想回复那位朋友，这么落魄的时候还有人挂念、问候自己，真是难得的幸福。可他不知道该如何回复对方。

林树觉得自己都快精神分裂了。想想那些因为久不联系而渐行渐远的朋友，是因为觉得失去彼此也不可惜，才任彼此沉默在对方的通讯录里吧？那些收到我的求职简历，却连一次面试机会都不给我的公司，是因为觉得我不能给他们带来价值，才让我失业至今的吧？

不知是在黑暗里走了太久，还是心里烦闷不已，林树觉得口干舌燥。恰好路过一个便利店，里面的灯光好温暖，让人不由自主地想靠近。林树径直走进去，找到装满啤酒的冰柜，拿出四个易拉罐啤酒，自助结了账，走出便利店。在路灯下的长椅上，一口气喝光了一罐，又伸手打开了第二罐……

一罐敬之前近二十年那个努力在这个城市奋斗、扎根的自己；一罐敬现在这个失魂落魄、求职无果、不知未来在哪里的中年大叔。

一罐敬给过自己工作机会的几位前雇主；一罐敬正在茫

茫简历中寻找着自己、正想给自己工作机会的未来雇主……

今夜，咱们不醉不归……

一三七

钱丽敏的两个孩子最终被她在东州的那位亲戚接走了。说是亲戚，其实就是一个村的老乡。青格乐找到那位老乡刘春梅的住处，看到了两个孩子。

刘春梅和丈夫在东州打工，自己做保洁，丈夫在一个小区做保安，自家还有两个女儿，分别是 10 岁和 8 岁。寒假期间，夫妻俩白天上班的时候，就留两个孩子在租住的房子里。现在又多了钱丽敏的两个孩子，也是愁坏了夫妻俩。刘春梅和钱丽敏算是发小，只是从小学习成绩不好，小学毕业就没有继续读书了，很早就离家在外打工，也是最近这两年才在东州找到了相对稳定的工作。为了给两个孩子更好的生活，夫妻俩几乎把所有时间都用来赚钱了。丈夫白天做保安，晚上在另外一个公司的库房做搬运工，每天只能睡四五个小时。刘春梅除了做保洁，还帮住处附近的一个水站送水。

青格乐问刘春梅是否还有精力照顾钱丽敏的孩子。刘春梅说只能让自己的两个女儿帮忙照看了。她和丈夫的工作一天也不能停，不然就没有收入。好在两个女儿从小就比较独立，小小年纪什么都能做——洗衣做饭、打扫房间都会。虽然她们也需要大人的照顾，但这也是没有办法的办法了。

钱丽敏现在这种状况，老家是回不去了。钱丽敏的爸妈觉得钱丽敏做了见不得人的事，给他们丢脸，再也不想认这个女儿了。钱丽敏即使没有被拉去戒毒，平时也没有固定收入。既然钱丽敏来东州找自己帮一把，她也不能不管，尤其两个孩子还那么小，她怎么着也得给两个孩子一口饭吃。

青格乐说不出话，看着房子里简陋的家具，和刘春梅一脸的沧桑，心里很不是滋味。

"我能为你们做些什么吗？"青格乐问。

"不用了，我们挺好的。虽然不能保证每顿都有肉吃，但即使稀粥青菜，也总是能吃得饱的。"刘春梅说，目光看向钱丽敏的两个孩子。

两个小男孩刚刚来到新环境，一切都是陌生的。两个人安静地站在角落里，每个人手上拿着一个缺了一只胳膊的奥特曼玩具。青格乐走过去，蹲下来，捏了捏孩子身上的棉衣，又用纸巾擦了擦其中一个孩子的鼻涕，盯着两个孩子的小脸，像在寻找自己的影子，怎么看也看不够。

"你们叫什么名字？几岁了？"青格乐尽量让自己的声音温柔些，免得吓着孩子。

孩子看着眼前这个脸像苹果的胖子，并没有害怕的样子。

"我叫天佐，五岁了，我是哥哥。"

"我叫天佑，我也五岁了，我是弟弟。"

"我叫青格乐，四十岁了。"青格乐拉着两个孩子的小手，笑着说。

"我见过你，妈妈的手机里有你的照片。"天佐说。

猝不及防的一句话，让青格乐有些惊讶。

"是吗，我也认识你妈妈。就是她让我来看你们的。"青格乐扯了个谎。

青格乐留下了自己的联系方式，没多停留。第二天，他请同事送来了一些自己店里的奶制品、牛肉制品和一些米面油。隔天，刘春梅又收到了一大箱快递，里面是一些玩具、学习用品、衣服等，不仅有男孩子的，还有女孩子的……

一三八

前几年，"双创"热潮如火如荼的时候，东州一下子涌现了大量的创客空间、创客咖啡、创业培训等相关机构，就像灯光、音响、乐队等工种已全部就位，舞台已经搭好，就等着创业者上台唱戏了。那几年，如果天上下雹子，一个雹子都能砸到三个创业者。

林树当时就职的那家公司所在的中山路，被当地政府规划为创业一条街。一夜之间，进驻了很多创业孵化器、投资机构、创业咖啡馆以及很多配套服务机构，并带动了周边的便利店、餐馆、酒店等的火爆。每天在这里都有很多创业论坛、比赛、公益课程，为创业者和想创业的人提供各种辅导，好像几天之内就能把一个新手培养成一个创业高手，只要你有创业的梦想就行，其他的都有人手把手教你。

甚至林树所在的公司也推出了鼓励内部创业的政策。如果你的项目通过公司创委会的肯定，就能获得公司的投资等支持，你就能从一个打工仔变成自己的老板。如果创业失败，还可以在公司内继续工作，没有什么风险。

也就是从那时候起，林树开始关注创业——是不得不关注，每天在这条路上工作，睁眼闭眼都是各种创业相关信息，铺天盖地。比如有哪个人得到了投资，有哪家公司成了独角兽，又有哪个创业项目获得了创业大赛的冠军等，想不关注都不行。不过林树觉得还挺有意思的。他利用午休时间、晚上下班时间，去听了几场演讲，观摩了几场创业比赛。他发现一些投资人和投资机构对于投资什么、不投资什么，是有衡量标准的。他非常喜欢听投资人点评那些参加创业比赛的项目，比如优势是什么，短板是什么，行业前景怎么样，发展逻辑是什么，该如何打造自己的核心竞争力、护城河，融资时应该注意哪些问题等。

这是他在日常工作中不曾接触过的领域和信息。他原来以为自己对商业领域不是很感兴趣，他觉得商业很复杂，真真假假、虚虚实实，是他所无法驾驭、不想主动了解的。但接触多了，林树的态度也渐渐发生了变化，他觉得不应该给自己设限，而应该把心态打开，去接纳和尝试新事物，不然永远也不会有新的成长。比如一个创业者如何选择创业方向、如何发掘市场机会、如何从 0 到 1，如何在商业和梦想之间取得平衡等。他越来越觉得创业是对人要求很高的事，那些创业做出一些成绩的人，一定是综合能力非常强的人，都是超人。而且创业者要面对激烈的竞争，通过自己的创业项目为社会提供就业岗位，为国家创造税收，为员工提供工作机会，但所有的压力都要自己扛，有什么困难甚至连一个商量的人都没有。所以创业这件事真的不是谁都能做的，每个创业者都是值得尊敬的。

他也由此越来越理解青格乐，理解他做的事绝不是买进卖出那么简单，理解青格乐也不会是表面那样总是乐呵呵的，一定也面临非常大的压力。毕竟每个月都要给那么多员工发工资，要交公司的房租，要保证供应链稳定，要想方设法留住消费者……每件事单独拿出来都已经够难的了，何况他要同时面对这所有的事。如果换作我，我估计一天都做不了。而青格乐，已经做了十多年，已经帮了那么多员工，那么多家乡的乡亲们，那么多合作伙伴。所以，林树越来越钦佩青格乐，也越来越心疼青格乐。他注意到青格乐的两鬓已经有了不少白头发，身体各项指标也不断出现问题，真不知道他还能扛多久……

在听过一位投资人分享如何向投资机构介绍自己的创业项目、争取投资的分享后，林树就动了一个心思。青格乐不是想帮更多乡亲们吗？不是想做更多事吗？那都需要很多钱做支撑吧？如果用自有资金做也不是不可以，就是风险比较大，而且会影响现有业务。要不要试试去融资？

于是在听完分享后，林树找到那位分享嘉宾，咨询了对方几个问题。他把自己当作青格乐，问那位嘉宾自己的项目有没有可能获得投资。那位嘉宾建议他写一份商业计划书，并留了一张名片给林树，要他把写好的商业计划书发到名片上的邮箱。如果项目足够好，他会联系林树的。

而至于商业计划书怎么写，该嘉宾已经为现场的听众提供了一份模板。只要把对应的内容填写进去就行。林树抱着试试看的想法，在没有和青格乐商量的情况下，就按照那个模板写了一份商业计划书。他想的是，就当是一个小实验，如果有机会当然最好，如果没有机会，也没什么。毕竟他不是青格乐本人，商业计划书也是第一次写。至于是否涉及泄露青格乐的商业秘密，也倒不至于。因为林树写到商业计划书里的内容，基本在公开渠道都能查到，至于一些关键财务数据等，他根本不知道，也就没有写在商业计划书里。

写完之后，林树就把商业计划书发到名片上的邮箱了，之后就如石沉大海，没有任何回音。

而当年的那位嘉宾就是鹿在川，当时他还只是青杉资本的一位投资总监。他的邮箱每天都会收到大量的商业计划书。他也看到了林树那份商业计划书，觉得项目挺有特点的，只是缺少关键信息，无从判断项目的真实质量，于是项目就被放弃了。

没想到兜兜转转，几年过去了，青格乐的项目又以另外一种方式与鹿在川相遇了。而现在，青格乐公司的各项数据相比当年，已经有了很大的跃升；鹿在川也已经由当年的投资总监成了董事总经理。董事总经理亲自给项目方打电话约见，这还是不多见的。青格乐和鹿在川的第一次见面，会有怎样的碰撞呢？

一三九

青格乐是个资本方面的新手。作为一家企业的老板，他也有一些老板们的圈子，也会时常听说哪家公司融资了，哪家公司上市了，哪家投资机构一战赚了几百倍；当然，也会听说哪家公司和投资方闹掰了，哪家公司退市了，哪家投资机构因为一笔投资被拖进泥潭无法脱身。

在青格乐的印象里，资本都不是善茬儿，都是要求极高回报的，嘴上说和被投企业是一根绳上的蚂蚱，但是当企业遇到困难的时候，资本第一时间想的都是如何保证自己的投资不受损失，至于企业的死活，他们才不管呢。所以他们最多能锦上添花，绝不会雪中送炭。而在你成为"锦"之前，他们是不会出现的，只有你已经成为"锦"了，他们才会笑嘻嘻地来到你面前，告诉你你的"锦"是有问题的，而他们可以帮你解决，并帮助你成为更华丽、更值钱的"锦"。

基于这样的既有印象，创业这么多年，青格乐从未主动接触过资本，也很少参加所谓的创投类大会或者比赛。他宁愿把时间和精力花在田间地头研究怎么把麦子种好、把奶牛养好；花在生产线，研究怎么把生产效率提升、把产品质量提高；花在物流，研究如何提高配送速度、降低成本；花在研究数据，洞察消费者偏好、如何提升转化和复购。

当然，这几年也有一些投资机构联系过青格乐，但都被他不冷不热的态度劝退了。另一个原因是，青格乐觉得自己的公司运营得还不错，利润也可以，不缺钱，所以没必要拿投资。吃人嘴软，拿人手短，他不想受制于资本。

后来青格乐对资本的认知也发生了很多改变。他亲眼看到了那些资金储备充足的公司，过得比自己从容得多，甚至趁着竞争对手招架不住的时候，开足马力，多管齐下，收割了很多竞争对手原有的市场，进一步巩固了自己的竞争优势。而那些资金储备不足的公司，则只能苟延残喘，裁员降薪、收缩产品线、取消市场动作，甚至关门大吉。

那些资金充足的公司，很多都是未雨绸缪，在公司经营还没有遇到困难的时候，就着手引入外部资金，准备过冬的柴火了。那个时候，正是各路资本最擅长的锦上添花的时候。一旦公司遇到困难，表现不如从前，再想融资，可就没有机会了。

青格乐的公司，虽说看上去没受到太大的冲击，但面临的困难只有他自己知道。本来他准备把老家的合作社的种植面积再扩大一倍；把奶牛的存栏量再提升百分之五十；再推出几款新产品，甚至甄选国外的特色食品增加 SKU（最小存货单位）。他咬牙没有裁员，也没有降薪——他只给自己降了薪，但各项成本在一定程度上吞噬了既有的利润，让他不得不更加谨慎。

所以他多多少少开始动了融资的念头。只是苦于平时没有积累这方面的资源，迟迟迈不出第一步。当他接到鹿在川的电话时，非常意外，也非常窃喜。所以他第一时间联系了林树，让他陪自己去见这位资深投资人。虽然他知道林树对这方面也不了解——其实他不知道，林树对投资的事比他了解得多——但他就是觉得，这个时候，他需要林树在他身边，这样心里就会很笃定。

一四〇

这段时间以来，林树甚至恨不得 24 小时盯着手机，生怕错过任何一个电话、微信、短信。他太希望收到关于工作、面试的各种信息了。所以当今天上午电话铃声响起、一个陌生电话打进来的时候，林树毫不犹豫地接听了。

对方说他是陈智的儿子陈启明，打电话给林树，是想告诉他，父亲借的钱，要过一段时间才能还了。陈启明还说了句"对不起"，声音怯怯的，像做错了什么事一样。

林树对陈智无法按时还钱并不意外，甚至他都做好了无法收回这笔钱的心理准备。但是对为什么是陈智的儿子而不是陈智本人给他打电话说件事比较意外，因为他根本不认识陈智的儿子。而且陈智在微信上说一声就行了，不用打电话这么郑重其事。

"没事的，反正我也不着急用。听你爸爸说你在上高中，现在放寒假了吧？你爸爸还好吧？"林树想着，这孩子面临的压力也不小吧，生在那样的家庭，有那样一个爸爸。

"我爸爸半个月前去世了……"电话那头沉默了。

林树一时没有反应过来。"什……什么？去……去世了？"林树怔在哪里，这个消息惊得他有些结巴，说不出一句囫囵的话。

半个月前，依然没有赚到钱、也借不到钱的陈智，用身上仅有的钱买了酒，在一个烧烤摊烂醉如泥。其实他连一瓶酒都没喝完，但当时的他哪怕只喝一口，就能不省人事。他不想清醒，清醒就要面对他搞不定的烦恼，就得面对让他无比卑微、没有任何尊严的窘迫。他太想醉了，醉是他的金钟罩，醉是他的铁布衫，能让他刀枪不入，能让他不必面对任何他无法解决的问题。

高中以前，他周围是无穷无尽的赞美，这赞美让他陶醉，让他无比骄傲，就像整个世界都是他的；也让他无比脆弱，异常恐惧，生怕哪一天从云端跌落，摔得粉身碎骨。升入高中后，他的竞争对手从初中时一个学校的学生，变成了现在全县的学生。尤其是入学后的第一次考试，他一下子排到了全班的中游，在全年级连前两百名都进不去。内心骄傲如他，从未面对过如此的局面，甚至连第二名是什么滋味都不知道，何况第二百名？他要如何承受这般"屈辱"？但他一时又找不到走出困境的路径，接连几次小测验的成绩也都不理想之后，他陷入深深的自我怀疑。他的信念动摇了，满心骄傲被碾压得稀碎。他急需证明自己的"江湖地位"，他需要一套能够"称霸武林"的"武功绝学"。于是他开始疯狂地看武侠小说，就像里面的独孤九剑、降龙十八掌、九阳神功能帮他击败学习上的魑魅魍魉，让他重新夺回学霸地位……

下坠，下坠，不受控制的下坠。他像一位被贬入凡间的神仙，再也回不去了。从高中到大学，从大学到社会，从社会到人生，就像处处使坏、与他作对的小人，把他此前所有的荣光全部收回，把他摔在地上，再踹上几脚。没有什么能填补他从天上到地上的心理落差，也完全无力招架，他只能逃离，又流离。只是生活是张网，他又能逃到哪里？

他拎着剩下的半瓶酒，神志不清，摇摇晃晃，走向自己的出租屋。那时当地刚刚下了这个冬天最大的一场雪，陈智的身后是两行歪歪扭扭的脚印，每一个都像他这预料之外的人生。他那破旧棉袄上的拉链已经无法闭合，零下二十几度的寒风在他的躯体里自由穿梭。越走路灯越暗，越走行人越少，在他地处城乡接合部的出租屋外两百米处，他滑倒了。他以为到家了，可以睡了。他好累，这世间的一切都让他疲怠不堪，也许一觉醒来，他就能找到新工作了，或者欠薪的老板就能把工资补给他了。

只是，他再也没有醒来。

他冻死了。是的，是冻死的。

陈启明说他和家人花了半个月的时间清理出一份父亲的借款名单，他正和母亲一一与债主沟通说明情况，请求宽限。春节后他就会去打工，还债、供两个弟弟妹妹上学……

放下电话，林树觉得浑身冰冷，仿佛置身于吞没了陈智的那场大雪。他给陈智的微信发了一条信息："陈智，我的钱你不用还了，我会帮启明的，你放心吧……"

一四一

见过鹿在川，青格乐开车送林树回住处。

"多亏你陪我一起来了，哥，不然我还真 hold（控制）不住，鹿总的气场太强了。"青格乐满脸笑意地对林树说。

"没有，你应对得很好，不卑不亢，尺度拿捏得很好。不过你向鹿总介绍我是你的合伙人，事先怎么没和我说一下？"林树的语气很平淡，听不出是怪罪还是只是疑问。

"你不会因为这个生气了吧？"

"生气倒不至于，只是我事先不知道你会这么介绍我，我当时听到后反应慢了半拍，我担心鹿总会注意到，而引起他的怀疑，并影响他对你公司的印象和判断。"林树担心的是这个。

"你有我公司的股份，你就是我公司的合伙人啊，我没说错呀。"青格乐从容地说，"再说了，你在我心里，就是我的合伙人。"

"好吧，希望鹿总没注意到我的反应。据我的判断，鹿总的投资意向已经非常明确了，就看具体的投资条件了。"林树说。

"真的吗？希望是这样。今年新消费领域的投资不是很活跃，机构们出手都非常谨慎，希望咱们的项目能够打动鹿总。"青格乐不无忧虑地说。

"鹿总关于加大产品研发力度和品牌升级的建议，我觉得还蛮中肯的。这会影响到接下来你们公司的竞争力，你要好好琢磨琢磨，重视起来。如果这两个问题解决得好，鹿总投资的可能性会更大些。"林树在刚才的"谈判"中注意力高度集中，对鹿总的每个关注点都做了特别记录，就是希望后续能够多多提醒青格乐。

"这两点可都撞到你的枪口上了呀，哥。"青格乐一脸轻松，好像这两个问题的解决指日可待。"你之前不是在产品研发和品牌升级方面给过我非常好的建议吗？春节后你就把你的想法实施出来就行了。你就是我的产品和品牌合伙人，这方面交给你我特别放心。"青格乐边说边用眼睛的余光瞄着林树的反应，他已经在不动声色地给林树这位新晋合伙人分派任务了。

　　林树显然听出了青格乐话里话外的玄机，但他未置可否，只是嘴角露出一抹不易察觉的笑。青格乐瞄到了。

　　"对了，哥，没想到你对融资的事懂得这么多，不知道的还以为你曾经成功融过好几轮了呢，各种术语、条款完全不在话下，真是让我刮目相看呀。"青格乐手握方向盘，扭头向林树投去赞赏，甚至有点崇拜的目光，心想：你还有多少能耐是我不知道的，你这个商业奇才老男孩儿。

　　"你别拍马屁了，我了解的都是皮毛，纸上谈兵而已，在鹿总这种资深投资人面前，只有听的份儿，哪敢造次。"林树把身体靠在座椅靠背上，很疲惫的样子，"刚才没有给你添乱就好。"

　　"怎么会添乱呢，如果今天你没陪我来，我肯定搞不定，鹿总也不会约咱们春节后再面谈一次。"青格乐心里的喜悦溢于言表，"不过我比较纳闷，他说以前就看到过咱们公司的商业计划书了，我又没给他发过，公司里也不可能有其他人发给过他，他是在哪里看到的呢？"青格乐侧脸看了林树一眼，像要从他那里找到答案。

　　"对了，你记得感谢一下郑勇，没有他的引荐和背书，咱们也见不到鹿总。"林树提醒着青格乐，没顾得上解释商业计划书的事。

　　"好的，还是哥你想得周到，你不说我都没考虑到这一点。是要好好感谢一下郑勇，我晚上就联系他。"青格乐点头应承着。

"对了，"青格乐像是忽然想起了什么，对林树说，"不是说好去我那儿过年吗？爸妈前几天还问我你什么时候去呢。反正你也没事，现在就直接过去吧。有吃有住，还能帮我多陪陪爸妈，也帮我提前准备一下春节后与鹿总第二次谈判需要的材料，这事只有你能干。"说着青格乐就直接把车开往回自己家的方向。

"不合适不合适，"林树推辞着说，"现在离过年还有好几天呢，去这么早太麻烦你和爸妈了。我在我家也能准备材料，保证不耽误你春节后见鹿总。过年那天我一定去你家。你现在赶紧送我回我家，我还真有点儿累了。和鹿总这样的人对话，还真是很费脑子。"林树说着用手指揉了揉太阳穴，一副很疲惫的样子。

"现在你已经上了我的'贼船'，去哪儿就由不得你了。"青格乐对林树的话置之不理，还狠狠地踩了一脚油门。青格乐想着临近春节，林树一个人在那个清风冷灶的住处肯定更想家，莫不如把他"挟持"去自己家，除了能缓解一下他的思乡之情，也能有更多时间与他讨论春节后入职青格乐公司的事。另外，青格乐的爸妈也盼着林树能早点过去呢。

"可我连洗漱用品、换洗的衣物都没带。"林树还想继续"挣扎"一下，虽然他知道此时车已经在去往青格乐家的方向了。

"那还不简单，一会儿咱们会路过一个商场，去那里买就行了。你就别啰唆了。"青格乐装作一副不耐烦的样子。"总不至于让你不洗脸、不刷牙、不洗澡、不换衣服、蓬头垢面地过年的。"

林树见青格乐毫不妥协，也只能随他去了。唯一担心的是自己精心为青格乐一家人准备的礼物没有带过来，这如何是好？

青格乐早就"警告"过林树，去青格乐家过年的时候千万不要带东西，只要他人去了就好，青格乐的爸妈就会很高兴。林树知道，青格乐不让他带东西是怕他破费，但大过年的去人家做客，怎么能空手呢？不在于钱多钱少，主要他还是想表达一份心意。而且他相信自己准备的这份礼物，一定是市面上买不到的，是独一无二的。

不过他马上想到了一个解决方案，心里放松了不少。

一四二

文岚随郑勇去了郑勇的老家。在这个江南典型的村落里，文岚体会到了久违的淳朴、祥和、静美，甚至晚上还看到了满天繁星，真是个惊喜。她也认识了郑勇的父母——两位善良、温暖的老人。她也知道了为什么郑勇身上总有一种自信、正直和先天下之忧而忧、后天下之乐而乐的情怀。文岚没有丝毫的紧张与不适，甚至不像是第一次来，而是与这一家熟识了好久，连文岚自己都觉得很意外。

郑勇还带文岚去了附近村落的一个茶园，告诉她这里出产的绿茶品质非常好，并介绍茶园的老板给文岚认识。该老板是郑勇的初中同学，也是位"海归创二代"，正在研究如何提升品牌知名度、产品创新等事宜，他非常想打破中国茶叶"有品类，无品牌"的窘境。说不定文岚可以与对方聊聊抹茶产品的开发。

文岚很惊讶郑勇是如何知道她喜欢抹茶的。郑勇说是顾教授向他介绍文岚时提到的，他就记住了。文岚笑笑没说什么，但这份细心让她对郑勇又多了几分好感。

从茶园回郑勇家的路上，郑勇与文岚聊起了很多各自小时候的事，就像两位多年未见的老友，在共同回忆彼此的过往，气氛很轻松、纯粹。文岚看着车窗外的晚霞，听着车内音响里的爵士乐，心情有些微醺。

回到家，郑妈妈和郑爸爸已经准备好了饭菜，热情地招呼文岚入席。郑勇事先叮嘱过父母，让他们不用特别准备什么大菜，只是家常饭菜就好。他只想让文岚感受自己家最平实、最日常的生活，不带任何粉饰和包装。郑勇说他没有把文岚当作客人，因为那样会无端生出很多距离感，会让双方都不够放松。

"也没特别准备什么，都是家常饭菜，希望你别觉得被怠慢了。"郑勇很真诚地说。

文岚一边扶着郑妈妈落座，一边说："怎么会，家常饭菜才有家的味道。谢谢你们没有把我当客人。"说着还主动为郑妈妈、郑爸爸盛饭，她自己也没把自己当客人。

郑妈妈和郑爸爸对这位品貌端庄、知书达礼、落落大方的女孩非常有好感。但因为郑勇事先交代过，两位老人没有问文岚任何关于她个人情况的问题。但他们从文岚的举止能够看得出，她对这个家至少是不嫌弃的，这让他们心里少了很多不必要的紧张。

小院里，一盏红灯笼挂在院门边的桃树上，散发着黄莹莹的光。温暖、祥和，静美又治愈，就像这个夜晚，也像文岚此时的心情。

一四三

林树准备的礼物是三个相框，里面分别装着青格乐、青格乐爸爸、青格乐妈妈的照片。照片是他上次去青格乐家吃饭时，自己用手机抓拍的，他们三人都不知道，也没看过。

照片里的他们，呈现出的是最自然真实的状态。青格乐爸爸当时听青格乐说今年又带领多个乡亲脱贫致富，脸上露出自豪的笑容，对着青格乐竖起了大拇指。青格乐妈妈当时在厨房做手把肉，说这是青格乐最爱吃的。夕阳穿过厨房的窗子映在青格乐妈妈的脸上，一层淡淡的光辉让她呈现出非常慈祥、幸福的状态。估计她是想到了儿子吃着自己亲手为他准备的手把肉时的满足感，并因此而感到非常开心。青格乐当时正在试穿妈妈给他做的新的民族服装，英武帅气、蓬勃挺拔。他一边照着镜子，一边做着鬼脸，像个没有任何心机的孩子。

本来准备好的那份放在了住处带不过来，林树去了青格乐家的第二天，到街上又冲洗了一份照片，买了三个相框，还有包装纸、礼品盒、礼品袋，并且很仔细地把照片放进相框，再把相框放进礼品盒，又用包装纸包好，放进礼品袋。

林树希望自己用心准备的礼物能帮青格乐一家人留下美好的瞬间，也以此表达自己对他们的感谢，感谢他们对自己的"收留"，让自己不必再孤身一人过大年。

除夕夜，在林树的礼物还没送出的时候，青格乐倒先送了他一份礼物，这让林树颇感意外。青格乐递给林树一个大信封，示意他打开。林树一脸困惑地接过来，拿出里面的东西——一份聘用合同，不明就里地看着青格乐。

青格乐说："前几天我新注册了一家公司，这是我代表这家公司诚挚邀请你加入的合同，希望你春节后正式出任这家新公司的合伙人，咱们兄弟俩一起做大事。哥，我期待好久了！"说着，青格乐做起了"期待得搓手手"表情包的同款动作。"注意公司的名字。"青格乐冲着那份合同眨了眨眼睛。

林树这才注意到，合同封面上的公司名字叫"乐与树"。原来是从他和青格乐的名字里各取了一个字组成的，真是有心了。林树不禁眼窝一热，视觉能见度瞬间降低。

林树也拿出了自己准备的礼物。青格乐还没打开就开始"批评"林树，不听话，又乱花钱。

"你先打开看看再说。"林树微笑着说。

当青格乐打开盒子，看到相框里的照片时，先是一愣，又看了林树一眼，似乎在问这是什么时候拍的，我怎么不知道？随即，他又调皮地复刻了一下照片里的鬼脸。

"这个礼物好，把我拍得这么帅！"青格乐开心地说，脸像熟透的大苹果。他脑海里回映起这二十多年来林树对自己的关心和扶持，心潮起伏，却欲言又止，像是有千万句话一起冲到嗓子眼，却一下子拥堵在那里，不知该先说什么，只是用手摩挲着相框，像在守护一件宝贝。他能够体会到林树在准备这份礼物时花了多少心思，这可是全世界都买不到的礼物啊。就像这么多年来林树对他的照拂一样，总是润物细无声般地不动声色，却又无处不在，把温暖渗透到你内心深处的每一个方寸，让你无论什么时候想起，都会感动不已。

我知道，我一直都知道。

林树示意青格乐，纸袋里还有别的。青格乐这才发现有一张卡片。"惊喜连连啊！"青格乐调侃着。他拿出卡片，很快看完了上面仅有的一行字，不出声了，看了一遍，一遍，又一遍。

青格乐红着眼眶，走到林树面前，给了林树一个熊抱。

"哥……"

一四四

零点钟声敲响的那一刻，窗外传来此起彼伏的爆竹声。像早就约好了一样，为新年合奏一曲欢乐颂，昂扬、激越，似一股汹涌的洪荒之力，喷薄着新气象。绚烂的焰火把饱满的喜庆撒向万千红尘，也点亮了林树的瞳孔，像是奔腾的希望在燃烧，一个若隐若现的黎明呼之欲出。

林树推开窗，一阵冷风与他撞个满怀，让他像是从一个长长的愣神中猛地醒转过来。林树用力地呼出一口气，像是要甩掉胸中那积蓄已久的烦闷。他真切地意识到一言难尽的2021年终于、终于过去了。新的一年真的、真的来了，好像这凝重的暗夜也越来越稀薄了。

无论如何也要有一个全新的开始了，林树手里攥着青格乐在火锅店塞给他的那张银行卡，看了一眼手机屏幕上深圳未来十天的天气预报，在心里对自己说。

（完）

多幸运，我有你们

——感谢成就这本书得以出版的每个人

从未想过自己有一天会出书。于我而言，那是一个乌托邦。虽然以前也发表过一些作品，但成为一本书的作者，实在是可望而不可即。

当我 2022 年 6 月初把这本小说写完的时候，忽然意识到小说里的人物、情绪，几乎就是当时外部环境的映射。我的心里忽然冒出一个声音：有没有可能把它出版呢？如果有读者能够与小说里的故事产生共鸣，甚至因此被治愈，哪怕一点点，也不枉它曾经"来过"。

但我也知道，一个普通人出书的难度，很快就打起了退堂鼓。

一个偶然的机会，我和一位好朋友聊起这件事。他非常坚定地表示愿意支持我把小说出版，并鼓励我把这个想法说出来，让更多人知道。他说只要是有价值的事，就一定能获得支持。

结果实在出乎意料。

当我通过自己的公众号把我的想法表达出来之后，在很短的时间内，获得了很多人的回应。他们一边鼓励我要坚定，要相信这部小说出版后能够创造的价值，一边通过各种方式把他们的心意转给我。说这是将来买这本书的"预付款"。甚至有的朋友说，等你下次出书，我还支持你！

我看到了一束光，照亮了我的梦想，并照进了现实，也照进了我的心里。

想起了一句歌词，我稍加改动：这世界有那么多人，多幸运，我有个你们……

于是才有了这本书的出版。

请允许我以最大的诚意，表达我的谢意！他们（如有遗漏，请见谅）是：

聂卫华	张　衡	张　乐	马　今	阚洪哲
张向涛	彭　启	寇永聪	陆海彬	郭高兴
戴书响	马　群	杨　晶	胡旭东	丁小勇
肖确伟	孙亚民	蒋　平	郑　瑞	邓学妙
叶　轩	范　强	庄川杰	吴东毅	瞿学仕
姜永栎	陈泽君	刘建军	万　涛	左志浩
曹玉美	华　枫	施宜平	刘　凌	何　磊
戴毓青	高则豪	李正茂	董利波	占宝生
张　廉	王思宇	关小川	李恩艳	王乐见
孔令霞	张　莉			

感谢这些我认识和不认识的人，成为我的"梦想赞助人"，让我把一件不可能的事变成了可能，而且是100%的

可能。

　　还要特别感谢这本书的封面设计者，也是我的好朋友谭子。他不仅是一位资深的设计师，也是一位出版、品牌方面的专家。除了帮我设计了别致的封面，还在这本书出版的诸多方面给予了我非常专业的意见和建议。可以说是他赋予了这本书在制作上的气质和美感。

　　也非常感谢我的爸爸、妈妈和家人的支持，他们永远是我最坚实的后盾。在他们看来，出书是一件很了不起的事，希望这本书的出版能让他们感到高兴和骄傲。

　　再次感谢。

南山

2023 年 6 月　于天津